VERONIKA PETERS

DAS HERZ VON PARIS

ROMAN

KAMPA

Für den Blick hinter die Verlagskulissen:
www.kampaverlag.ch/newsletter

KAMPA POCKET
DIE ERSTE KLIMANEUTRALE TASCHENBUCHREIHE
Gedruckt auf säurefreiem und chlorfrei gebleichtem Papier
zur Unterstützung verantwortungsvoller Waldnutzung,
zertifiziert durch das Forest Stewardship Council. Der
Umschlag enthält kein Plastik. Kampa Pockets werden
klimaneutral gedruckt, kampaverlag.ch / nachhaltig informiert über das unterstützte CO2-Kompensationsprojekt.

Veröffentlicht im Januar 2023 als Kampa Pocket
Alle Rechte vorbehalten
Copyright © 2022 by Kampa Verlag AG, Zürich
Lektorat: Ulrike Ostermeyer, Berlin
Covergestaltung: Lara Flues, Kampa Verlag
Covermotiv: © Deanna Halsall
Satz: Tristan Walkhoefer, Leipzig
Gesetzt aus der Stempel Garamond LT / 230220
Druck und Bindung: GGP Media GmbH, Pößneck
Auch als E-Book erhältlich
ISBN 978 3 311 15064 0

www.kampaverlag.ch

Für Carla Dorothea Peters

I

Someday beneath some hard
Capricious star –
Spreading its light a little
Over far,
We'll know you for the woman
That you are.
Djuna Barnes: *The Book of Repulsive Women*

She had gone to Paris in order to read
and to be away from home.
N. R. Fitch: *Sylvia Beach*

Eine zornige junge Frau

Der erste Anblick von Notre Dame entspricht wahrscheinlich nicht den Erwartungen, die der berühmte Name erweckt, warnte der Baedeker in dem Kapitel *Cité und linkes Ufer.*

Das, dachte Ann-Sophie von Schoeller an diesem milden Frühlingsnachmittag im April 1925, kann man getrost von ganz Paris behaupten. Wobei sie diesbezüglich nicht objektiv war, und das wusste sie auch. Vier Wochen zuvor war sie bereits übellaunig an der Gare du Nord aus dem *train rapide* gestiegen, und bislang hatte nichts an ihrem Gemütszustand etwas ändern können. Im Gegenteil. Ihr war unbegreiflich, was alle an dieser Stadt fanden. Die Leute saßen bereits am Vormittag trinkend und lärmend auf den überfüllten Caféhausterrassen herum, Hütchenspieler, Jongleure und sonstige Schausteller krakeelten in den Gassen und zogen gutgläubigen Passanten die Sous aus der Tasche, vagabundierende Musikanten schmetterten anzügliche Gassenhauer, Blumenmädchen versuchten jedem, der den Fehler beging, in ihre Nähe zu geraten, halbverwelkte Veilchenbouquets oder zerrupfte Trockenrosen aufzunötigen, das Röhren und Knattern der unzähligen Motordroschken, Automobile und Omnibusse war ohrenbetäubend, und das verdampfende Benzin stank viel ekelhafter als in Berlin. Vollkommen überschätzt, das Ganze!

Sie blieb auf dem Pont Saint-Michel stehen und wandte sich nach Osten, um die Fassade der Kathedrale zu betrachten, auf die man von hier aus eine gute Sicht hatte.

Der Gesamteindruck, den das ehrwürdige Gebäude nach dem Besuch hinterlässt, ist allerdings als wahrhaft majestätisch zu bezeichnen, fuhr der Text im Reiseführer fort.

Vielleicht wäre es tatsächlich interessant, sich diesen Dom mit den eigenartig abgeschnittenen Türmen von innen anzuschauen, dachte sie, verwarf den Gedanken aber sofort wieder. Sie wollte gar nicht, dass dieser Spaziergang durch die Stadt, die ihr Ehemann mit provozierender Hartnäckigkeit »unsere neue Heimat« nannte, einen Eindruck hinterließ, schon mal gar keinen majestätischen.

Ann-Sophie beugte sich über das Brückengeländer, überlegte einen Augenblick, ob sie das kleine Buch mit dem roten Ledereinband einfach fallen lassen sollte. Sie sah es schon auf dem Wasser aufschlagen, hörte es platschen, sah, wie es unterging, auseinanderdriftende Kreise auf der Wasseroberfläche hinterließ und zum schlammigen Grund der Seine trudelte, wo es noch vor Sonnenuntergang von Flusskrebsen aufgefressen sein würde. Dann fiel ihr ein, dass sie mit ihren dreiundzwanzig Jahren für derart überspannte Phantastereien zu alt war und dass ein trotzig in der Seine versenktes Reisehandbuch rein gar nichts an ihrer Situation änderte. Außer vielleicht, dass sie nicht zurück zur Wohnung fände, und das würde alles noch schlimmer machen. Was für eine grauenhafte Vorstellung, orientierungslos durch die verwinkelten Gassen von Paris zu irren, womöglich noch jemanden nach dem Weg fragen zu müssen. Zwar beherrschte sie die französische Sprache fließend, sie hatte sechs lange Jahre in einem Mädchenpensionat am Genfer See verbracht, wollte aber nicht in ein Gespräch verwickelt werden. Womöglich würde man sie nach ihrer Herkunft fragen, danach, wer sie war, warum allein unterwegs ... Ich wünsche keine neuen Bekanntschaften, dachte sie. Nicht hier, nicht in dieser Stadt. Hier bin ich eine Fremde und will es auch bleiben.

Sie legte den Baedeker auf dem Steinsims des Brückengeländers ab, klappte den Kartenteil auf, fand die Stelle, an der sie gerade stand. Mit dem Finger auf dem Papier zog sie eine schnurgerade Linie den Boulevard Saint-Michel entlang, direkt bis zur Ecke Rue Cujas, wo sie und Johann im zweiten Stock über einer Brasserie wohnten. »Nur, bis ich etwas Besseres für uns gefunden habe«, hatte er beim Einzug in diese spartanische Behausung gesagt, die ihnen sein neuer Arbeitgeber und Mentor zur Verfügung gestellt hatte. Keine zehn Minuten Fußweg wären das von hier aus, schätzte sie, laut Karte außerdem kinderleicht zu finden. Weil sie aber, sowenig sie bislang von ihrem Stadtspaziergang angetan war, noch weniger Lust hatte, schon jetzt den Rückweg anzutreten, blätterte sie erneut im Reiseführer, auf der Suche nach allem und nichts.

Der Boulevard St-Michel kreuzt etwa 300 m südlich der Seine den Boulevard St-Germain. Links blickt man in den Vorgarten der römischen Thermen, rechts erstreckt sich die École de Médicine.

Unwillkürlich musste sie an ihren Vater denken, der womöglich in diesem Augenblick im großen Lehrsaal der Charité einer armen Seele das Skalpell ins kranke Fleisch drückte, während ihm eine Gruppe Studenten von den Rängen aus ehrfürchtig dabei zusah. Ann-Sophie schüttelte sich, als ob sie ein lästiges Insekt loswerden wollte. Was nützte ihr die Erinnerung an Papa? Als es darauf angekommen war, hatte er ihr nicht geholfen.

»Exposition internationale des Arts Décoratifs et Industriels Modernes! Die Welt zu Gast in unserer Hauptstadt!«

Ein Zeitungsjunge, sie schätzte ihn kaum älter als vierzehn Jahre, fuchtelte mit der neuesten Ausgabe von *Le Temps* vor ihrer Nase herum. Sie war vor Schreck einen Schritt zurückgewichen, schaute dann demonstrativ in eine andere Richtung. Von all den Passanten, die an diesem Nachmittag die Brücke überquerten, musste er ausgerechnet sie belästigen?

»Neueste Nachrichten für Sie, Mademoiselle?«

»Geh weg, ich kaufe nichts!«, fuhr sie den Jungen an, gröber, als sie eigentlich beabsichtigt hatte. Sie wollte noch etwas Versöhnliches hinzufügen, aber da war er bereits fluchend weitergeeilt.

Achselzuckend wandte sie sich wieder der Karte und ihrer Wegplanung zu. Sie beschloss, mit der Medizinischen Fakultät als Orientierungspunkt noch einen Bogen durch die Gegend östlich des Boulevard Saint-Michel zu schlagen. In diesem Teil des Quartier Latin würde es vermutlich genauso unerfreulich sein, wie überall, wo sie bereits entlanggegangen war, aber so durchquerte sie immerhin ein paar unbekannte Straßen, ohne sich allzu weit von der Rue Cujas zu entfernen. Sie versuchte, sich die entsprechenden Straßen, Plätze und Kreuzungen ihrer geplanten Route einzuprägen, musste sich widerwillig eingestehen, dass ihr das Büchlein mit seinen Karten und Beschreibungen gute Dienste leistete. Tatsächlich hatte es sogar den Ausschlag dafür gegeben, endlich einmal das Haus für mehr als den Gang zum nächstgelegenen Lebensmittelgeschäft zu verlassen und mit diesem Tag etwas anderes anzufangen, als missmutig die Zeit totzuschlagen und dem unermüdlichen Akkordeonspieler im Bistro gegenüber die Pest an den Hals zu wünschen. Ihrem Mann würde sie das nicht erzählen, denn es hieße, ihm einen Triumph zu gönnen, den er ihrer Ansicht nach nicht verdiente.

Der Baedeker war ein Geschenk von ihm gewesen. Vor etwas über vier Monaten hatte Johann ihr damit eröffnet, dass sie ihr geliebtes Berliner Leben aufgeben musste. Ihr Entsetzen, all ihre tausend Einwände waren vollkommen sinnlos gewesen. Nach endlosen Diskussionen hatte sie sich schließlich weichklopfen lassen.

»Du wirst Paris lieben, ich verspreche es dir!«, hatte er gesagt.

Sie hatte letztendlich nur noch zu allem genickt. Am nächsten Morgen war sie dann mit dieser Übellaunigkeit aufgewacht, die seitdem ihre ständige Begleiterin war.

Vom Fluss her stieg ein moderiger Geruch nach fischiger Verwesung zu ihr hoch, irgendwo hinter ihr stank es nach den Hinterlassenschaften eines der wenigen Pferdefuhrwerke, die dieser Tage noch unterwegs waren. Der süße Duft der Stadt der Liebe? Von wegen! Ann-Sophie rümpfte die Nase, steckte den Reiseführer in ihren Beutel und setzte ihren Weg fort. Jenseits der Brücke überquerte sie die Place Saint-Michel in Richtung Süden. Über die Rue Danton erreichte sie den Boulevard Saint-Germain, verzichtete darauf, in einem der unzähligen Straßenlokale, die den Boulevard säumten, eine Pause einzulegen, obwohl ihr die Füße bereits schmerzten. Die Mauer entlang der Medizinischen Fakultät ließ sie links liegen, bog an der nächsten größeren Kreuzung nach links ab und erreichte einen Platz, von dem mehrere kleine Straßen abgingen. Sie verlangsamte ihre Schritte, um zu entscheiden, welche sie am besten zum Jardin du Luxembourg einschlagen sollte, da stieß plötzlich jemand von hinten unsanft gegen ihren Ellenbogen. Ohne sich in irgendeiner Weise für seine Ruppigkeit zu entschuldigen, eilte ein junger Mann in Knickerbockern und Schirmmütze an ihr vorbei auf eine Horde junger Leute in einem Straßencafé zu. Der Neuankömmling wurde johlend begrüßt: »Na endlich, André! Kommst du also auch noch aus der Anatomie gekrochen!«

Medizinstudenten, dachte Ann-Sophie. Mit dem flegelhaften Rempler drängten sich sechs weitere junge Männer um einen Bistrotisch, auf dem völlig ungeniert ein Mädchen mit lackschwarzen kurzen Haaren in einem leichten sonnengelben Baumwollkleid saß, ein Glas mit einer giftgrünen Flüssigkeit in Händen, und die bis über das Knie nackten Beine baumeln ließ. Die ganze Erscheinung hatte etwas von einer lässig leuchtenden Überheblichkeit, die Ann-Sophie irritierte. Sie selbst kam sich in ihrem langen Rock unter dem schlichten Damenmantel auf einmal altbacken und *démodé* vor, auch der einfache Knoten, mit dem sie ihr Haar im Nacken zusammengesteckt hatte, sowie der schmucklose braune Hut, den sie trug, waren alles andere als Dernier Cri. Neben dem Mädchen lag eine aufgeklappte lederne Umhängetasche, aus der ein wüstes Durcheinander von Papieren und Schreibheften ragte. Ann-Sophie fragte sich, ob die junge Frau ebenfalls Studentin war, und wenn ja, was ihr Vater wohl dazu sagen würde und wie er über ein derartiges Auftreten in der Öffentlichkeit befinden würde. Wahrscheinlich schaute Ann-Sophie eine Sekunde zu lang auf die Gruppe ausgelassener junger Menschen, denn einer der Studenten, ein schlaksiger Kerl mit rotblondem Haarschopf, wurde jetzt auf sie aufmerksam.

»Bonjour Mademoiselle!«

Er starrte sie unverhohlen an.

»Suchen Sie Anschluss? Kommen Sie her, trinken Sie ein Glas mit uns!«

»Nein, danke!«

Ann-Sophie beschleunigte ihre Schritte.

Der Rotblonde sprang ihr mit einem affigen Hüpfer direkt in den Weg. »Mademoiselle, um Himmels willen! Die Sonne scheint, haben Sie Erbarmen, schenken Sie uns ein Lächeln!«

Seine schrille Stimme plärrte über den ganzen Platz, er maßte sich sogar die Frechheit an, sie am Arm zu fassen.

»Hände weg! Sofort!«

Zu spät bemerkte Ann-Sophie, dass sie ihn in ihrer Aufregung auf Deutsch angeschrien hatte. Sämtliche Besucher des Straßencafés schauten zu ihr her, einige begannen zu kichern, andere schüttelten den Kopf, niemand machte Anstalten, ihr zu Hilfe zu kommen.

»Mon Dieu! C'est la guerre, une boche!« Der Rothaarige schlug die Hacken zusammen und salutierte mit durchgedrücktem Rücken.

Ein anderer Student grölte in holprigem Deutsch: »Gib uns das Ehre, werte Fräulein!«

Im nächsten Moment war Ann-Sophie umstellt. Mit dem Rotschopf rückten vier weitere Männer aus der Studentengruppe immer dichter an sie heran, feixten, grinsten, forderten sie auf, zu ihnen an den Tisch zu kommen, nicht mehr böse zu sein, mit ihnen auf den Weltfrieden zu trinken, die Erbfeindschaft zu vergessen. Das Mädchen in dem gelben Kleid hingegen blieb auf der Tischplatte sitzen und beobachtete die Szene.

»Lassen Sie mich in Ruhe, oder ich rufe die Polizei!« Ann-Sophies Stimme überschlug sich.

Die Männer beeindruckte das kaum.

»Oh, là, là, sie wird uns doch nicht etwa inhaftieren lassen, das böse deutsche *Fräulein*?«

»Sie sehen uns erzittern, Mademoiselle!«

»Jetzt seien Sie doch mal nicht so garstig!«

Ann-Sophie glaubte zu ersticken.

Schließlich mischte sich das Mädchen ein, sagte mit aufreizend kühler Gleichgültigkeit in der Stimme: »Jungs, spart euch die Mühe! Sie sieht nicht danach aus, als stünde ihr der Sinn nach euren Spielchen.«

Die jungen Männer schienen Respekt vor der jungen Frau zu haben, schauten jedenfalls zu ihr hin, als warteten sie auf weitere Anweisungen.

Ann-Sophie nutzte den Moment, indem sie sich unter Einsatz ihrer beiden Ellenbogen den Weg frei kämpfte. Kopflos flüchtete sie über den Platz in eine der Gassen. Hinter ihr hörte sie es rufen: »Kommen Sie zurück, Fräulein, wir sind harmlos!« Lautes Gelächter, Pfiffe. Zum Glück folgten sie ihr nicht.

Ann-Sophie hastete weiter die Gasse entlang, blickte einige Male hinter sich und wäre beinahe gegen einen hölzernen Kasten geprallt, der vor einem Geschäft aufgestellt war. Sie blieb stehen, kam etwas zu Atem, dann fluchte sie laut: »Wie ich absolut alles an dieser verdammten, stinkenden und verkommenen Drecksstadt hasse!«

Da lachte jemand. Ganz in ihrer Nähe.

Ann-Sophie sah zunächst nur eine Hand mit Zigarette, umwölkt von bläulichweißem Rauch im Eingang des kleinen holzvertäfelten Ladens, vor dem sie stand.

SHAKESPEARE AND COMPANY
Bookshop, Lending Library

Hinter den Schaufensterscheiben wurden Bücher präsentiert, Bücher in englischer Sprache, wie sie bei näherem Hinsehen feststellte.

Aus der Rauchwolke trat eine kleine, schlanke Frau mit dichtem, im Nacken gerade abgeschnittenem Haar, das sich, streng aus der Stirn gekämmt, in brünetten Wellen um ihren Hinterkopf legte. Sie trug ein ockerfarbenes Tweedjackett, darunter ein Herrenhemd mit dunkler Krawatte, und der Anblick ihres Gesichts war das Erste in Paris, das Ann-Sophie nicht zuwider war. Es waren nicht nur die hellwachen Augen und die warme, kluge Heiterkeit, die aus ihnen leuchtete, es war noch irgendetwas anderes, das sie in diesem Augenblick nicht benennen konnte, ihr aber, zu ihrer eigenen Überraschung, gefiel.

»Also wirklich, Mademoiselle! Ich habe zwar nicht genau verstanden *was*, aber doch *wie* Sie gerade etwas gesagt haben. Als brave Bürgerin möchte ich meine Zweifel an der Damenhaftigkeit Ihrer Wortwahl anmelden.«

Die Frau schaute Ann-Sophie an, als gefiele auch ihr, was sie sah. Ihr Akzent war amerikanisch. Cynthia, eine ehemalige Mitschülerin im Pensionat, Tochter eines Diplomaten aus New York, hatte ähnlich geklungen, wenn sie abends auf dem Zimmer heimlich Rimbaud vorgelesen hatte.

»Excusez-moi Madame!«, sagte Ann-Sophie. »Ich habe Sie gar nicht bemerkt.«

Noch einmal lachte die Frau auf diese glockenhelle, entwaffnende Art.

»Sie sind Deutsche.«

Keine Frage, eine Feststellung. Es schien sie nicht im Geringsten zu stören.

Ann-Sophie nickte.

»Und zornig«, fügte die Frau hinzu. Sie lächelte noch immer derart einnehmend, dass Ann-Sophie nicht anders konnte, als das Lächeln zu erwidern. »Ja. Vielleicht ...«

»Sehr gut. Ich bin Sylvia. Kommen Sie herein, drinnen sind noch mehr zornige Frauen. Lassen Sie uns gemeinsam einen Tee trinken und das richtige Buch für Sie finden!«

2

Das Herz von Paris

Ihre Augen mussten sich nach der hellen Frühlings-
sonne draußen zunächst an das trübe Licht im Innenraum gewöhnen. Was für eine zugeräucherte, chaotische
Bücherhöhle, schoss es ihr durch den Kopf. Gleichzeitig
war diese Höhle auf eine fast beunruhigende Art einla-
dend, zog sie förmlich hinein. Der Vorsatz, auf keinen
Fall neue Kontakte zu knüpfen, war jedenfalls wie weggeblasen. Sie vergaß ihn einfach. Unter grob gewebten
schwarz-weißen Teppichen, die die Schritte weich abfe-
derten, knarzten die Dielen, die Wände waren größtenteils mit überfüllten Regalen verstellt. Antik anmutende
Möbelstücke verteilten sich im Raum, ein blauer Polster-
sessel, kleine Tische und Hocker, ebenfalls vollgepackt
mit Bücher- und Zeitschriftenstapeln. Weiter hinten befand sich ein Kamin, über dem dicht an dicht gerahmte
Fotografien an einem mit Sackleinen bespannten Stück
Wand hingen, daneben war ein Durchgang zu einem
weiteren Raum, aus dem Stimmen und das Klappern von
Geschirr drangen.

Ann-Sophie trat näher an den Kamin heran, um die
Fotografien zu betrachten. Es waren ausnahmslos
Porträts: ernste Gesichter, scharf geschnittene Profile,
Denkerposen, gewichtige Blicke in Frontalaufnahme,

kein einziges Lächeln. Quer über das Profil einer Frau, deren fast schon überirdisch schönes Gesicht zur Hälfte von einem breitkrempigen Hut verdeckt wurde, stand mit dickem blauem Stift geschrieben:

I kiss your deepest deep cheek, Syl!

Auf dem Sims waren weitere Bilderrahmen mit Porträtaufnahmen aufgereiht, jeweils mehrere hintereinander, wie in einer Warteschlange, als müssten sie sich den ihnen gebührenden Platz an der Wand erst noch verdienen. Dazwischen stand eine kleine Porzellanbüste, deren bunte Glasur speckig glänzte.

»William Shakespeare«, murmelte Ann-Sophie.

»Der höchstselbige«, sagte Sylvia. »Und das hier«, sie wies mit ausholender Geste auf die Fotografien, »ist Mr Shakespeares Pariser Kompanie, die sich meinen bescheidenen kleinen Laden als Feldlager auserkoren hat. Damen und Herren des Wortes, des Geistes, teilweise auch des Irrsinns.«

Sylvia lachte, als sie Ann-Sophies Irritation bemerkte. »Keine Sorge, meine Liebe, in unserem Zirkuszelt hier werden sie alle zahm. Auch die Verrückten.«

Ann-Sophie hatte nicht die geringste Idee, was sie auf diese Aussage erwidern sollte.

»Deine Dompteusenphantasien kannst du absolut vergessen, Syl!«

Die Person, zu der die Stimme gehörte, lehnte lässig im Durchgang zum Hinterzimmer, und zweifellos war sie die Frau, deren Porträt Ann-Sophie gerade bewundert hatte. *Ich küsse deine tiefste tiefe Wange.* Das klang bezaubernd und verstörend zugleich. Und genau so hätte sie auch den Eindruck beschreiben können, den die leibhaftige Erscheinung jetzt auf sie machte. Sie war mindestens einen Kopf größer als Ann-Sophie und trug einen seidig schimmernden Smoking mit gestärktem weißem Hemd, wie er für Herren zum Besuch der Oper oder bei ähnlich förmlichen Anlässen üblich war. Ihre schmalen, langgliedrigen Hände steckten in weißen Glacéhandschuhen, um den Hals hatte sie ein smaragdgrünes Seidentuch drapiert, die blauen Augen waren dezent geschminkt, der Mund glühte in tiefdunklem Rot.

»Darf ich vorstellen«, sagte Sylvia. »Miss Djuna Barnes, begnadete Dichterin und Romancière sowie geniale Zeichnerin und unbestechliche Journalistin. Darüber hinaus zelebriert sie ihren ureigenen Wahnsinn hier selbstverständlich frei und unzähmbar. Richtig, Djuna?«

Djuna lächelte. »So ist's brav!«

Ann-Sophie wurde sich bewusst, dass sie die Frau anstarrte, verfiel daraufhin in einen Knicks, für dessen Albernheit sie sich augenblicklich schämte.

»Es ist mir eine Ehre, Sie kennenzulernen, Miss Barnes!«

»Du kannst dir die Förmlichkeiten sparen, so etwas brauchen wir hier nicht. Ich bin Djuna. Wie war noch dein Name?«

Ann-Sophie nannte ihren vollständigen Namen.

»Du lieber Himmel! Wir werden dich schlicht Ann nennen, das passt sowieso besser, du siehst nicht halb so deutsch aus, wie dein Name klingt«, sagte Djuna.

Ann-Sophie war einen kurzen Moment irritiert, aber es gefiel ihr: *Än.*

»Natürlich«, erwiderte sie, bemühte sich dabei möglichst ungezwungen zu klingen, was ihr, wie sie selbst merkte, misslang. Sie biss sich auf die Lippen, spürte ihr Gesicht erröten.

Sylvia hakte sich bei ihr unter, als wären sie bereits Freundinnen. »Wusstest du eigentlich, dass jeder Mensch mit sieben Namen zur Welt kommt?«

Djuna trat mit einer theatralischen Verbeugung zur Seite, Ann-Sophie ließ sich an ihr vorbei ins Hinterzimmer führen. In dem ebenfalls weitgehend mit Regalen zugestellten Raum stand zwischen einem Kachelofen und einer winzigen Kochstelle ein mit Teegeschirr und Büchern gedeckter Holztisch, um den zwei weitere Frauen saßen. Die eine war, bis auf die Tatsache, dass sie eine Krawatte statt eines Halstuchs trug, exakt so gekleidet wie Djuna. Die Handschuhe hatte sie allerdings abgestreift und zusammengeknüllt vor sich auf dem Tisch abgelegt. Ann-Sophie schätzte ihr Alter, wie das von Djuna, auf Anfang bis Mitte dreißig. Im Vergleich zu Djunas vornehmer Eleganz wirkte an dieser Frau alles herb und kantig. Zwischen ihren schmalen, leicht zusammengekniffenen Lippen klemmte eine Zigarre, und ihre dunklen Augen musterten Ann-Sophie, als gälte es, eine komplizierte Diagnose zu stellen, die in jedem Fall verheerend ausfallen würde. *Sie* würde sich erst recht von niemandem als »zahm« bezeichnen lassen, dachte Ann-Sophie und strich sich reflexhaft eine Haarsträhne hinters Ohr. Die andere Frau am Tisch war das komplette Gegenteil. Den fülligen Leib in ein weites Leinenhemd gehüllt, trug sie über dem Hemd eine hellbraune Weste aus grobem, mönchisch anmutendem Stoff, dazu einen bodenlangen Rock aus dickem grauem Filz. Ihr rundes Gesicht erinnerte an einen hübschen, gut gelaunten Bär, als sie Ann-Sophie begrüßte: »Bonjour Mademoiselle!«

»Madame«, entfuhr es Ann-Sophie. »Ich bin verheiratet.«

Hinter sich hörte sie Djuna schrill auflachen. »Die bedauernswerte Kleine hat sich in ihrem zarten Alter schon in den Hafen der Ehe steuern lassen. Bravo, Madame!« Sie klatschte dreimal in die Hände. »Einen ähnlichen Fehler, zum Glück nicht ganz so amtlich, wie es deiner zu sein scheint, habe ich mit achtzehn ebenfalls gemacht. Oh my God, die jungen Mädchen lernen es anscheinend nie!«

»Ich bin dreiundzwanzig«, entgegnete Ann-Sophie. »Und ich denke nicht, dass die Ehe ein Fehler ist.«

Die Zigarrenraucherin stimmte in Djunas spöttisches Gelächter ein.

Ann-Sophie merkte, was für einen lächerlichen Auftritt sie in den Augen der anderen gerade hingelegt haben musste, und sie versuchte, sich zu rehabilitieren, indem sie einfach mitlachte. Sie war selbst davon überrascht, wie sehr sie sich wünschte, dass diese Frauen sie mochten.

»Immerhin scheint sie Humor zu haben«, sagte Djuna und legte Ann-Sophie die Hand auf die Schulter. »Wir werden es noch ein bisschen weiter herauskitzeln, wollen wir?«

Sylvia kam Ann-Sophie zu Hilfe: »Lasst Gnade walten! Diese junge Dame ist offenkundig neu in Paris und scheint noch etwas überfordert zu sein. Das kennen wir doch selbst nur zu gut.«

»Musst du wieder ein Mädchen retten, Beach?«, fragte die Zigarrenraucherin.

»Dass sie kein Mädchen mehr ist, haben wir ja gerade erfahren.«

»Setzen Sie sich zu uns!« Die Frau im Filzrock klopfte auf den freien Stuhl neben sich. »Ich bin Adrienne Monnier. Mir gehört die Buchhandlung schräg gegenüber, die Maison des amis des livres. Kennen Sie mein Geschäft?«

»Nein, tut mir leid.«

»Nicht schlimm, das lässt sich ändern. Die Maison ist so etwas wie Shakespeares and Companys Zwillingsschwester. Bei Sylvia hält die angelsächsische, bei mir die französische Literatur Hof. Lesen Sie in einer der beiden Sprachen?«

»In beiden. Einigermaßen«, sagte Ann-Sophie. »Ich bin auf eine französischsprachige Schule gegangen und hatte außerdem ein belesenes englisches Kindermädchen.«

»Bestens gerüstet also! Willkommen in Odéonia, der freien Republik der Bücherliebenden, dem wahren Herzen von Paris!«, sagte Adrienne. »Hier wird Literatur nicht nur verkauft, sondern auch verliehen, verlegerisch begleitet sowie in eigens zu diesem Zweck ins Leben gerufenen Zeitschriften gefeiert. Habe ich etwas vergessen?«

»Ich glaube nicht«, sagte Sylvia.

»Und ob!«, sagte Djuna. »Ihr habt eure wahren Kernbereiche noch gar nicht genannt: Postamt, Kummerabladestation, Rettungsinsel für exilierte Literaten sowie Aufwärmstube für Schriftstellerinnen, die es sich im Winter nicht leisten können, einen Ofen zu beheizen.«

»Fest steht: Wer hier nicht zur Literatur findet, dem ist im Leben nicht mehr zu helfen!«, sagte Adrienne.

Djuna nickte feierlich. »Amen!«

»Und jetzt gib mir deinen Mantel, nimm den Hut ab und setz dich endlich«, sagte Sylvia.

»Ich bin Janet«, sagte die kantige Anzugträgerin, als Ann-Sophie zwischen ihr und Adrienne Platz genommen hatte. Sie tippte sich mit zwei Fingern an die Stirn und schien dies als Vorstellung für ausreichend zu halten.

»Janet ist ebenfalls Amerikanerin, wie Djuna und ich«, sagte Sylvia. »Und wie Djuna verfügt auch sie über eine brillante Feder. Von ihren Reportagen wird die Welt noch in hundert Jahren sprechen.«

Janet winkte ab. »Übertreib nicht, Sylvia. Djuna ist das Genie, ich arbeite mir einfach nur die Finger wund.«

»He!« Djuna schnappte sich einen freien Stuhl, drehte die Lehne zu sich und schwang sich rittlings auf die Sitzfläche. »Als ob ich mich nicht genauso zu Tode arbeiten muss für die paar Kröten, die man mir für meine Texte zahlt!«

Sylvia holte eine Porzellantasse aus dem Schränkchen über dem kleinen Kochherd, stellte sie vor Ann-Sophie hin und nahm ebenfalls am Tisch Platz. »Janet hat jüngst eine Stelle als Korrespondentin für eine neu gegründete amerikanische Zeitschrift angeboten bekommen. Ab September wird sie für den *New Yorker* eine ständige Kolumne übernehmen, ›Letters from Paris‹. Ist das zu fassen? Wir werden uns in Acht nehmen müssen, denn die fabelhafte Miss Flanner wird künftig jeden Unfug, den wir von uns geben, auf Kolumnentauglichkeit prüfen und skrupellos verwenden.«

»Ich will einen Drink für jedes gestohlene Zitat!«, rief Djuna.

»Träum weiter!«, sagte Janet.

»Bei mir kriegt ihr nur Tee«, sagte Sylvia.

»Wetten nicht?« Djuna schnipste in Janets Richtung. Janet griff in die Innenseite ihres Jacketts, zog eine flache silberne Flasche hervor, schraubte sie auf und reichte sie Djuna, die gierig daraus trank, bis Janet sie ihr wieder abnahm.

»Auch einen Schluck?«

Bevor Ann-Sophie antworten konnte, goss Janet ihr bereits etwas von der goldbraunen Flüssigkeit in die Tasse. »Du machst mir den Eindruck, als könntest du es brauchen.«

»Ist das Brandy?«

Janet hielt den Flachmann hoch. »Da, wo ich herkomme, ist es Medizin.«

»Da, wo wir herkommen, gibt es für unsereins nichts als den ekelhaftesten Prohibitionsfusel«, sagte Djuna. »Ich will mehr! Vive la France! Hier sind die Drinks gut, legal und billig!«

Sylvia schüttelte den Kopf. »Kinder, es ist noch nicht mal fünf Uhr.«

Djuna zog eine Grimasse. »Spielverderberin!«

Adrienne bat Janet per Handzeichen, die Flasche wieder in ihrem Jackett verschwinden zu lassen. Janet gehorchte, was Ann-Sophie jetzt doch überraschte.

»Wir waren, bevor Sylvia nach draußen gegangen ist,

gerade dabei, uns über Möglichkeiten zu beraten, für Shakespeares' Geld zu beschaffen«, sagte Adrienne. »Das sollten wir noch einmal aufgreifen.«

Sylvia blies die Backen auf und ließ mit einem betrübten Seufzer die Luft entweichen. »Ich bin es so leid, über Finanzen zu sprechen.«

»Es nützt nichts, davor wegzulaufen!«

»Ja, ja, ich hab's verstanden.«

Sylvia schaute Ann-Sophie an, als wollte sie sich bei ihr für das unschöne Thema entschuldigen.

»Unsere frischgebackene Korrespondentin hier«, sagte Djuna, »könnte zur Abwechslung mal eine amerikanische Millionenerbin bezirzen, die wir dann um stattliche Beträge erleichtern.«

»Wirklich sehr lustig!«

Sylvia rollte entnervt mit den Augen. »Der Alkohol tut dir nicht gut, Liebes.«

»Ich bin nüchtern, jedenfalls so gut wie!«, sagte Djuna.

»Ihr weicht schon wieder vom Thema ab«, sagte Adrienne.

»Ich schlage vor, dass ihr endlich wieder eine literarische Soiree veranstaltet, mit Eintrittsgeld und Spendenbüchse«, sagte Janet. »Djuna könnte aus ihrem aktuellen Manuskript lesen. Es ist großartig!«

»In hundert Jahren kann ich vielleicht einmal drei Wörter daraus vorlesen, allenfalls Einsilber und auch nur dann, wenn jemand mir einen Mandarin sprechenden Papagei auf die Schulter setzt!«

Janet griff sich scheinbar wahllos ein Buch aus einem

der Stapel auf dem Tisch, hielt es in die Höhe wie ein Signalschild und sagte: »Dann eben Colette!«

»Was ist mit Colette?«, fragten Adrienne und Sylvia gleichzeitig.

»Engagiert sie!«, sagte Janet.

Djuna war begeistert. »Ich liebe Colette! Sie ist herrlich, sie mobilisiert die Massen, sie soll vortragen! Oder Gertrude Stein? Am besten beide. Vielleicht haben wir Glück, und sie fangen Streit miteinander an. Organisiert zwei Lesungen zur selben Zeit. Colette deklamiert drüben in der Maison, Gertrude hier im Shakespeares. Ihr reißt die Türen auf, nein, besser: Ihr stellt die Damen vor den Schaufenstern auf Podeste und lasst sie gegeneinander antreten. Zweisprachig. Entfacht ein Sprachfeuerwerk! Beschallt die Straße! Macht Krach, schreibt ein Manifest, erobert die Klanghoheit für Odéonia! Druckt irgend so einen reißerischen Blödsinn auf die Handzettel, und der Erfolg ist garantiert.«

»Gertrude würde sich an einem solchen Spektakel niemals beteiligen«, sagte Sylvia.

»Sie ist außerdem immer noch böse, weil sie denkt, du priorisierst den anspruchsvollen Iren zu sehr«, sagte Adrienne.

»Also in dem Punkt kann ich sie ein bisschen verstehen«, sagte Janet.

Djuna und Sylvia setzten beide zu einem Protest an, aber Adrienne fiel ihnen ins Wort: »Genug von Mr Joyce! Wir sollten in dieser Saison die Frauen in den Vordergrund rücken, Sylvia, es gibt in dieser Stadt weiß Gott genug davon, die etwas zu sagen haben!«

Sylvia schaute sie skeptisch von der Seite an. »Ich dachte, es soll Geld verdient werden.«

»Ach, wenn's ein bisschen schlüpfrig wird, fließt auch was in die Kasse. Gerade wenn es von den Ladys kommt«, sagte Djuna.

»Sind wir also wieder bei Colette.« Janet paffte, sichtlich zufrieden mit sich, Rauchwolken in die abgestandene Luft.

Sylvia konnte sich ebenfalls das Grinsen nicht verkneifen. »Etwas mehr Respekt vor dem kühnen Werk einer Schriftstellerin von außergewöhnlichem Format, wenn ich bitten darf!«

»Wie wär's mit Mina Loy?«, schlug Adrienne vor. »Lasst die schöne Mina mit ihrer festen Stimme endlich das sterbenslangweilige Gebäude der Konventionen einreißen, so wie sie es sich erträumt!«

»Mina hat momentan andere Sorgen«, sagte Janet.

Djuna sah sich zu einer leidenschaftlichen Rede veranlasst über »die absurden Schlachten, die wir schreibenden Frauen um den Preis unserer Unabhängigkeit zu schlagen haben«. Daraufhin entspann sich eine lebhafte Diskussion. Ann-Sophie lauschte zunehmend fasziniert, obwohl sie nur teilweise verstand, wovon die Rede war. Die anderen schienen ihrer Anwesenheit keine weitere Beachtung schenken zu wollen, was ihr einerseits recht war, sie andererseits aber auch ein wenig verunsicherte. Wurde von ihr erwartet, dass sie sich am Gespräch beteiligte? Warum sonst duldeten diese in jeder Hinsicht außergewöhnlichen Frauen sie, die zufällig hereingeschneite Fremde, in diesem verrauchten Hinterzimmer, das offenbar die Kommandozentrale einer, wenn nicht revolutionären, so doch auf jeden Fall skandalträchtigen Bewegung war? Einzig Sylvia machte den Eindruck, sich Ann-Sophies Gegenwart weiterhin bewusst zu sein. Sie schaute immer wieder zu ihr herüber und schien erfreut, dass ihr neuer Schützling derart aufmerksam die Unterhaltung verfolgte.

Die Gespräche wurden hitziger, wechselten häufig zwischen dem Englischen und Französischen. Man fiel sich gegenseitig ins Wort, knallte sich die Sätze um die Ohren wie schnelle Bälle, nannte Namen, Buchtitel oder Artikelüberschriften, von denen Ann-Sophie noch nie etwas gehört hatte. Dazwischen tauchten Theorien zu Dingen wie »Textauffassung und Form weiblich autonomen Schreibens« auf, während Ann-Sophie realisierte, dass sie über solche Fragen noch nie nachgedacht hatte. Und das, obwohl sie selbst früher Seite um Seite ihrer Schreibhefte gefüllt hatte – größtenteils mit zusammengesponnenen Geschichten voller Gefühl, die über das tatsächlich Erlebte weit hinausgegangen waren. Wie sie ihn geliebt hatte, diesen rauschartigen Zustand, der sich gelegentlich dabei eingestellt hatte, vorzugsweise wenn sie in der Nacht schrieb. »Ungesunde Phantastereien, die an der Wurzel ausgemerzt gehören«, hatte Madame Merle, die Pensionatsvorsteherin, sie eines Tages im Anschluss an eine Zimmerkontrolle gerügt. Ann-Sophie hatte hundert Seiten aus *Goldene Regeln für die besonnene Haushaltsführung* abschreiben müssen, nachdem das entsprechende Heft konfisziert und im Kaminfeuer des Aufseherinnenzimmers vernichtet worden war.

Danach hatte sie das Schreiben aufgegeben. Auch das Lesen von Romanen wurde im Pensionat nicht gerne gesehen. »Es lenkt die jungen Damen zu sehr von ihrer eigentlichen Bestimmung ab«, war die Begründung gewesen. Was die Frauen in dieser Runde wohl dazu sagen würden? Immer wieder sprang eine von ihnen vom Tisch auf, um ein Buch oder eine Zeitschrift zu holen und etwas daraus vorzulesen – nicht selten Textpassagen, die Madame Merle zweifellos als »jeglichen Anstand aufs Gröbste verletzend« ebenfalls im Kamin hätte verschwinden lassen. Verglichen damit waren Ann-Sophies kleine Phantasiegeschichten absolut harmlos gewesen. Meistens wurde der jeweilige Vortrag mit Anekdoten oder privaten Details aus dem Leben der Verfasserin garniert – überhaupt machten sie den Eindruck, als würden sie sämtliche Menschen persönlich kennen, die in diesem Jahrhundert auch nur eine Zeile zu Papier gebracht hatten.

Nach einer ganzen Weile – Adrienne Monnier hatte gerade eine flammende Hymne auf eine Dichterin beendet, die »mit ihrer radikalen Absichtslosigkeit den Weg zum tieferen Kern einer poetischen Wahrheit weist« –, da schien Djuna mit einem Mal wieder einzufallen, dass jemand Neues in ihrem Kreis saß: »Jetzt aber mal zu dir, kleine Madame. Was führt dich zu uns?«

»Ähm …« Ann-Sophie war derart überrumpelt davon, wieder im Mittelpunkt der Aufmerksamkeit zu stehen, dass ihr nichts einfiel.

»Ich hab sie vor der Tür aufgelesen und hereinkomplimentiert«, sagte Sylvia. »Sie stand allein und schimpfend auf der Straße, das arme Ding. Irgendetwas muss sie mächtig verärgert haben. Ich glaube, es ging um Paris. Janet, was bedeutet das deutsche Wort *Drecksstadt*?«

»Genau das, was du denkst.«

»Ihnen gefällt es hier nicht?«, fragte Adrienne.

»Doch!« Ann-Sophie fühlte zu ihrem Verdruss schon wieder die Röte auf ihren Wangen aufflammen. »Also hier, ich meine hier drin bei Ihnen gefällt es mir. Sehr sogar!«

Und das war die Wahrheit.

Adrienne schien sich mit dieser Information zufriedengeben zu wollten. Djuna jedoch insistierte: »Komm schon, Ann, erzähl! Was zur Hölle kann unser aller Lieblingsstadt dir angetan haben?«

Sämtliche Anwesenden am Tisch hatten sich jetzt Ann-Sophie zugewandt.

»Eigentlich ... also ... nichts.« Sie holte tief Luft, räusperte sich. »Paris hat mir rein gar nichts angetan.«

»Na, seht ihr!«, sagte Adrienne.

Djuna brachte Adrienne mit einem Wink zum Schweigen, zeigte mit dem Finger auf Ann-Sophie. »Warum warst du dann so aufgebracht, dass Syl meinte, dich retten zu müssen?«

Ann-Sophie rutschte auf die Kante des polsterlosen Holzstuhls, rückte die Tasse vor sich ein Stück nach links, schaute zu Sylvia, die zwar aufmunternd lächelte, aber diesmal keinerlei Anstalten machte, ihr das Antworten abzunehmen.

»Ich hatte eine unliebsame Begegnung mit einigen Studenten.«

Djuna und Janet schauten etwas enttäuscht.

Ann-Sophie fühlte sich gedrängt, fortzufahren: »Vielleicht sind es aber viel mehr die mein Hiersein begleitenden Umstände, die mich mit heftiger Ablehnung reagieren lassen. Womöglich ist mein Urteil deswegen getrübt und eventuell sogar ungerechtfertigt.«

Sie grämte sich wegen ihrer umständlichen Ausdrucksweise, fand vor lauter Aufregung nur mühsam die passenden Worte.

»Was für Umstände sind es denn?«, fragte Sylvia.

»Ich bin nicht aus freien Stücken hier. Und bis zum heutigen Nachmittag dachte ich, ich könnte niemals irgendwo anders als in Berlin glücklich sein.«

»Du lieber Himmel!«, sagte Djuna.

»Versucht sie uns zu schmeicheln, oder meint sie es ernst?«, sagte Janet.

»Sie müssen das bitte verstehen: In Berlin hatte ich ein schönes Leben, eines, das ich um keinen Preis aufgeben wollte.«

»Berlin ist ja nun nicht gerade als gemütliches Pflaster bekannt«, sagte Janet.

Ann-Sophie widersprach: »Für mich schon! Soweit es meine Lebensumstände betraf, war dort alles perfekt. Vielleicht zu perfekt, so etwas rächt sich mitunter. Mein Mann und ich, wir haben erst letzten Sommer geheiratet, hatten in Berlin alles, was man sich nur wünschen kann: einen gepflegten Freundeskreis, ein ausreichendes Einkommen, die Liebe füreinander und eine Wohnung, wie sie schöner nicht sein konnte – Beletage mit modernem Aufzug, fließend Wasser, eigenem Fernsprechapparat und allem denkbaren Komfort. Ich selbst habe sie nach meinen Wünschen einrichten lassen, habe Wochen mit der Planung und der Überwachung der Ausführung zugebracht. Als Johann, das ist mein Mann, mich in der Hochzeitsnacht dann über die Schwelle getragen hat, ist unser Glück vollkommen gewesen. Jedenfalls dachte ich das in diesem Moment. Genau so soll es bleiben, habe ich zu mir gesagt, auf immer und ewig! Aber es dauerte nicht einmal ein halbes Jahr.«

»Interessant, dass du der Beschreibung der Wohnung mehr Aufmerksamkeit schenkst als der der Freunde oder gar des Gatten«, sagte Janet.

»Lass mich raten: Der Kerl hat dich wegen einer Revuetänzerin verlassen, oder noch besser: Du hast ihn in flagranti mit dem Hausmädchen erwischt?«, sagte Djuna.

»So etwas würde Johann niemals tun!«

»Also weißt du, ich habe schon Pferde kotzen sehen.«

Adrienne kicherte und boxte Janet gegen den Oberarm. »Wo willst ausgerechnet du denn ein Pferd kotzen gesehen haben?«

»Was ist denn nun passiert?«, fragte Sylvia.

»Ja, was hat dein ach so perfektes Dasein dermaßen betrüblich degradiert?«, fügte Djuna hinzu.

Weil sich eine Mischung aus Gereiztheit und Ungeduld in Raum breitmachte, beschloss Ann-Sophie, ungeschönt zu erzählen, wie es gewesen war: »Es begann damit, dass mir mein Mann am Silvesterabend ein flaches, mit einer hübschen goldenen Schleife umwickeltes Paket überreicht hat. Beim Auspacken fand ich dies hier.« Sie holte den Baedeker aus dem Beutel und legte ihn als Beweisstück auf den Tisch. »Zunächst war ich begeistert, habe angenommen, dass Johann mich mit einer romantischen Reise überrascht. In Gedanken war ich bereits dabei, die Koffer zu packen, fragte mich, wie viele Abendgarderoben ich brauchen würde und ob die Zeit zur Abreise noch reichte, die Schneiderin mit einem neuen Kleid zu beauftragen. Mitten in meinen Freudenausbruch hinein sagt Johann dann zu mir, dass wir keine gewöhnliche Reise unternehmen würden. ›Wir brechen unsere Zelte hier ab und ziehen fort‹, hat er gesagt. Einfach so. Auf meinen mehr als erstaunten Blick hin hat er zunächst etwas von schwierigen Zeiten gefaselt, dass der Aufschwung in Deutschland nicht mehr lange fortdauern wird, dass sich auch politisch einiges am Horizont zusammenbraut, was ihm Sorgen bereitet.«

»Da hat er vermutlich recht, der Gatte«, sagte Janet.

»Zum Glück habe sich aber ein großartiger Ausweg für uns aufgetan, eine Chance sei ihm geboten worden, wie man sie nur einmal im Leben erhält, und er gedenke nicht, sich diese Gelegenheit entgehen zu lassen. ›Wir werden dieses Land und seinen unsicheren Kurs bereits Anfang März verlassen‹, hat er gesagt, gejubelt hat er, als würde er mir verkünden, in den höheren Adelsstand erhoben worden zu sein. ›Bist du verrückt geworden?‹, habe ich ihn gefragt. ›Im Gegenteil‹, hat er gesagt, ›ganz im Gegenteil!‹ Dann erklärte er mir, dass ein Onkel von ihm, der Mann der Schwester seiner Mutter, eine namhafte multinationale Kanzlei in der Rue Montmartre führt, und weil besagter Onkel selbst kinderlos und ohne

Erben ist, wünscht er ihn, Johann, als Partner und späteren Nachfolger einzusetzen. ›Wir müssen dafür nur nach Paris übersiedeln‹, hat er gesagt. *Nur!* Als wäre das nicht weiter der Rede wert! ›Und ich‹, habe ich ihn gefragt, ›wo bin ich in diesem Spiel?‹ Da hat er ganz erstaunt geschaut und gesagt: ›Wo sollst du schon sein? Du bist an meiner Seite. Die Ehefrau eines aufstrebenden jungen Juristen in einer der glanzvollsten Metropolen der Welt. Freust du dich etwa nicht?‹ Auch noch freuen sollte ich mich! Da habe ich ihm natürlich die Meinung gegeigt! Aber ich konnte noch so heftig widersprechen, es nützte nichts. Alles war bereits beschlossene Sache. Ich wurde nicht nach meinen Wünschen gefragt, sondern lediglich in Kenntnis gesetzt. In meiner Not habe ich dann damit gedroht, mein Vater würde es niemals zulassen, dass ich ins Ausland gehe, aber Johann hatte mit Papa bereits gesprochen. Können Sie sich das vorstellen? Noch bevor er mich, seine Frau, auch nur informiert? ›Ob es mir gefällt oder nicht‹, soll Papa ihm gesagt haben. ›Du bist ihr angetrauter Mann, und sie muss gehen, wohin du sie führst.‹ Was hätte ich tun sollen? Ich musste mich fügen. Und jetzt hause ich in einer winzigen Wohnung über einem zwielichtigen Lokal in der Rue Cujas, während in Berlin mein wunderbarer Salon einstaubt. Nicht einmal ein Dienstmädchen habe ich mehr. Wie soll man da nicht wütend sein? Mein Mann verbringt all seine Zeit in der Kanzlei, treibt seine Karriere voran, und ich bin dazu verdammt, allein und wehrlos in einer mir völlig fremden Stadt zu sein und mit diesem unseligen Reiseführer in der Hand sinnlos durch die Straßen zu wandern. Ich habe noch nie so viel geweint und mit meinem Schicksal gehadert wie in den vergangenen Wochen, das können Sie mir glauben!«

Ann-Sophie atmete schwer, schnappte nach Luft, als wäre sie vier Stockwerke hinaufgerannt. Sie hatte sich mehr und mehr in Rage geredet, aber das war gut gewesen. Jetzt würden die anderen Frauen mit ihr fühlen, und sie würde nicht mehr so einsam mit ihrem Kummer sein. Eine Träne rann über ihre Wange, sie zog ein Taschentuch aus ihrem Beutel, tupfte sich die Augen, schaute dann erwartungsvoll in die Runde. Die Stille, die ihr entgegenschlug, war schwer zu deuten. Alle blickten sie an, niemand sagte etwas. Selbst Sylvia war das Lächeln aus dem Gesicht gefallen. Schließlich war es Djuna, die nach einer für Ann-Sophie quälend langen Weile das Schweigen beendete: »Du bist vergrätzt, weil du zu feige warst, für dich selbst einzutreten, und deshalb in Berlin deine frisch eingerichtete Luxusweibchenexistenz aufgeben musstest? Soll das ein Witz sein?«

Das war nun wirklich nicht die Reaktion, die Ann-Sophie erwartet hatte. Hätte sie ihrem ersten Impuls stattgegeben, wäre sie empört aus dem Laden gestürmt und niemals wieder zurückgekehrt, aber irgendetwas hielt sie zurück. Sie blieb, wo sie war, und nahm, wenn auch zunächst noch zögernd, Djunas Herausforderung an.

»Nein, so ist es nicht«, sagte sie leise, flüsterte beinah.

»Umso besser«, sagte Djuna, den Flüsterton aufgreifend, um plötzlich so laut zu werden, dass Ann-Sophie zusammenzuckte: »Wie ist es aber dann? Das kann doch nicht alles sein! Denk nach, ich will es wissen!«

Ann-Sophies Herz schlug bis zum Hals, sie blickte erneut in die Runde, hoffte auf Beistand, versuchte mit aller Kraft, nicht in Tränen auszubrechen. Sylvia berührte sanft ihren Arm, schwieg aber weiterhin. Adrienne löffelte Zucker in ihren Tee, Janet zündete sich zum gefühlt hundertsten Mal ihre Zigarre wieder an und kippelte mit dem Stuhl gegen die Bücherwand hinter ihr. Djuna hielt den Blick weiterhin fest auf Ann-Sophie geheftet und begann rhythmisch mit den schwarz lackierten Fingernägeln auf einem Bucheinband zu trommeln. *Mrs Dalloway.* Sie hatten vorhin noch über die Autorin gesprochen, eine ebenso kapriziöse wie kluge Engländerin, die den anderen gut bekannt zu sein schien. Solchen Geschichten hätte Ann-Sophie jetzt viel lieber weiter zugehört. Warum hatte sie sich breitschlagen lassen, etwas von sich zu erzählen? Und warum hatte sie nicht an sich halten können und gleich ihr halbes Herz ausschütten müssen?

Der Rhythmus von Djunas Nägeln wurde schneller, fordernder. Sie will es tatsächlich wissen, dachte Ann-Sophie, und sosehr sie das einerseits in Bedrängnis brachte, schmeichelte es ihr andererseits auch. Für einen Moment schloss sie die Augen, dachte nach. Djuna würde sich nicht mit irgendeiner Plattitüde abspeisen lassen – keine der anwesenden Frauen würde das.

»Die Wahrheit ist«, hörte Ann-Sophie sich sagen, nachdem die Stille unerträglich geworden war, »dass mich so viel mehr wütend macht als das, was ich jüngst hinter mir lassen musste.«

Das Klopfen von Djunas Nägeln stoppte, der Druck von Sylvias Hand auf ihrem Arm wurde stärker,

Adrienne hörte auf, in ihrer Tasse zu rühren. Ann-Sophie fuhr fort: »Ich glaube, nein, ich weiß, dass mein Zorn tiefer sitzt und dass er auf eine Weise, die ich selbst noch nicht genau definieren kann, *alt* ist. Es gibt ihn schon so lange, schlummernd, lauernd, stumm gärend. Er wurde lediglich aufgeweckt, und jetzt ist er da. Überall, permanent, wie ein Gift, das durch meine Adern kriecht. Ja, so könnte man es umschreiben.« Sie hob die Tasse zum Mund, nahm einen Schluck, schmeckte die rauchige Schärfe des Brandys, setzte die Tasse wieder ab. »Jedenfalls möchte ich seitdem am liebsten alles kurz und klein schlagen, obwohl ich im Grunde gar nicht weiß, wieso eigentlich.«

»Ah!«, sagte Djuna. »Jetzt wird es interessant!«

Das fand Ann-Sophie auch, denn ihr selbst war die dunkel brodelnde Schicht unter ihrer Übellaunigkeit bis zu diesem Moment gar nicht bewusst gewesen.

Janet ließ ihren Stuhl wieder in den Stand kippen, beugte sich nach vorne und brachte ihr Gesicht so nah an das von Ann-Sophie, dass diese Janets Atem spüren konnte. Panik kam in ihr auf, ein schmerzhafter Druck meldete sich pochend hinter ihrer Stirn, sie legte sich die Hände an die Schläfen. Was hatte sie sich nur dabei gedacht? Wie sollte sie sich jetzt verhalten? Und vor allem: Was fing sie selbst mit dieser neuen Erkenntnis an?

Janet wich wieder ein Stück zurück, als hätte sie gesehen, was sie sehen wollte. »Auferstandene Wut. Das ist doch schon mal etwas. Du solltest mehr daraus machen.«

Sylvia fragte: »Hast du heute Abend schon etwas vor?«

3

Die Nachtvögel

Das Licht der Straßenlaternen spiegelte sich auf den regennassen Pflastersteinen der Rue de l'Odéon. Im Theater am Ende der Straße war gerade die Vorstellung zu Ende gegangen, und vornehm gekleidete Menschen flanierten in Richtung Boulevard Saint-Germain, wo sie sich über die umliegenden Bars verteilen würden. Auch die vier Frauen, die aus dem Buchladen traten, reihten sich in den Strom plaudernder Nachtschwärmer ein. Ann-Sophie ging neben Djuna, die den Saum ihres Capes wie ein Dach über ihre Köpfe hielt. Hinter ihnen fluchte Janet beim Versuch, einen Schirm aufzuspannen, den sie sich mit Sylvia teilen wollte. Adrienne war nicht mitgekommen. Sie müsse dringend Ordnung in ihre Buchhaltung bringen, hatte sie gesagt, und dass ihr nicht nach Ausgehen zumute sei. Ann-Sophie hatte das bedauert. Als Adrienne ihr aber die Hand gereicht und »wir sehen uns ja jetzt sicher öfter« gesagt hatte, war Ann-Sophie das wie ein Ritterschlag vorgekommen.

Sie erreichten die große Kreuzung, spazierten an dem Straßencafé entlang, wo am frühen Nachmittag die Studenten ihre Späße mit ihr getrieben hatten. War es tatsächlich erst wenige Stunden her, dass sie von hier aus kopflos in die Rue de l'Odéon geflüchtet war?

Ein etwa fünfzigjähriger untersetzter Mann in Pelerine und Zylinder führte zwei junge Damen in schillernder Abendgarderobe an den Bistrotisch, auf dem das Mädchen im sonnengelben Kleid gesessen hatte. Lauthals verlangte er, die Markise zum Schutz vor dem Regen ein Stück weiter herauszufahren, ebenso die Stühle unverzüglich trockenzuwischen.

»Allez, venez! Vite, vite! Dépêchez-vous!«

Er fuchtelte wild in der Luft herum, bis endlich eine Bedienung herbeikam und nachlässig mit einem alten Lappen über die Sitzflächen fuhr. Am Nachbartisch verschanzte sich derweil ein hagerer älterer Mann in einfacher Straßenkleidung hinter einer zerfledderten Ausgabe *Le Canard enchaîné* und einer Weinkaraffe. Das vom Zylinderträger veranstaltete Gewese ignorierte der Mann ebenso ungerührt wie der auf dem Stuhl neben ihm hockende riesige schwarze Pudel, der Milch aus einer eigens für ihn servierten Tasse schlabberte.

Ann-Sophie machte ihre Begleiterinnen auf das seltsame Paar aufmerksam, aber den anderen war dieser Anblick offenbar vertraut.

»Guten Abend, Nini!«, sagte Sylvia.

Der Hund schaute von seiner Tasse auf, wedelte verhalten mit der Rute, um sich gleich wieder seiner Milch zu widmen. Ann-Sophie realisierte verblüfft, dass nicht der Mann, sondern das Tier gegrüßt worden war.

»Dir gleichfalls einen schönen Abend, Leo!«

Der Alte deutete ein Nicken an, nahm dabei nicht für eine Sekunde den Blick von seiner Zeitung.

»Leo spricht erst, wenn er sein zweites Glas gehabt

hat«, sagte Djuna. »Nini hingegen, dieses moralinsaure Vieh, ist Abstinenzlerin. Nichts für ungut, Syl!«

»Jede, wie sie's für richtig hält«, sagte Sylvia. »Meiner Ansicht nach ist diese Hundedame um einiges klüger als ihr Herr.« Sie wandte sich Ann-Sophie zu: »Wenn Leo es mit dem Rotwein übertrieben hat, was gelegentlich vorkommt, springt Nini vom Stuhl, stupst ihn so lange mit der Schnauze an, bis er aufsteht und sich unter ihrer Führung auf den Weg nach Hause macht. Bleibt er unterwegs stehen, zerrt Nini ihn am Hosenbein weiter.«

Ann-Sophie war begeistert. »Was für ein beeindruckendes Tier!«

»In der Tat«, sagte Sylvia. »Und gerade du, Djuna, solltest nicht über Nini spotten. Dir könnte eine derart umsichtige Aufpasserin auch nicht schaden!«

Djuna schnaubte verächtlich. »Hab bisher noch immer alleine nach Hause gefunden!«

Sylvia hob vielsagend die Brauen. »Wie dem auch sei, Leo und Nini gehören zur seltenen Spezies der stillen Nachtvögel von Paris. Außerdem ist Leo ein Kunde von Adrienne. Er schickt ihr regelmäßig Postkarten mit Bücherwünschen und wird nach Möglichkeit umgehend beliefert, obwohl er es nun wirklich nicht weit von der Rue Bonaparte bis zu uns hätte. Angeblich verlässt er nur ungern bei Tageslicht die Wohnung. Wir haben die Theorie, dass es ihm unangenehm ist, im Laden zu erscheinen, weil er so selten seine Rechnungen begleicht und seine Ausleihzeiten maßlos überzieht. Bei steigendem Schuldenstand geben wir deshalb die Lieferungen bei der Concierge ab, um Leo nicht in Verlegenheit zu bringen.«

»Ihr seid so nett, dass es verboten gehört«, sagte Janet. »So wird das nie etwas mit der Wirtschaftlichkeit.«

Sylvia lächelte achselzuckend. »Sie sind Genies, alle beide, Herr und Hund. Was soll man machen?«

Ann-Sophie war hingerissen von Sylvias und Adriennes ebenso liebenswerten wie unwirtschaftlichen Sonderregeln. »Was für Genies sind sie denn?«

»Leo schreibt gewagte, nur bedingt verständliche, aber absolut bestechende kleine Textchen, die niemand drucken will«, antworte Sylvia. »Und über Ninis Genius brauche ich doch wohl kaum weitere Worte zu verlieren, der liegt auf der Hand, will sagen: Pfote.«

Janet schlug sich in gespielter Verzweiflung mit der Hand gegen den Kopf. »Gott bewahre, Sylvia! Was für ein abgrundfader Wortwitz!«

Sylvia deutete eine Verneigung vor Janet an und zog dabei mit beeindruckender pantomimischer Geste einen nicht vorhandenen Hut. »Ich muss die anwesenden Magierinnen der geschliffenen Wortfügung um Nachsicht mit meinem schlichten Buchhändlerinnengemüt bitten!«

Ann-Sophie lachte, und die anderen stimmten zu ihrer Freude in das Gelächter mit ein. Das ist einer dieser Momente, die man einpacken und mitnehmen können sollte, dachte Ann-Sophie, für Zeiten, in denen alles wieder öde und leer und trostlos sein wird.

Sie setzten ihren Weg fort, bogen links auf den Boulevard ein. Der Regen ließ nach, ging in ein leichtes Nieseln über, das sich kühl auf die Wangen legte.

»Wo gehen wir eigentlich hin?«, fragte Ann-Sophie.

»Zur Bastille natürlich!«, sagte Djuna. »Du wolltest doch dringend etwas kurz und klein schlagen.«

»Ich wollte doch nicht ernsthaft ...«

Djuna ließ ihren Arm auf Ann-Sophies Schulter sinken, drückte sie leicht an sich. »War ein Scherz, du Schaf! Wir sind mit nichts als friedliebenden Absichten unterwegs zum Café Les Deux Magots, in dem sich zu früheren Zeiten bereits so glorreiche Kollegen wie Verlaine und Rimbaud vergnügten. Äußerst angemessen also, dass wir dort unsere Marke setzen. Auf der Agenda stehen gepflegte Konversation und ungepflegte Drinks. Die Bastille ist längst abgerissen, und die angewandte Anarchie wird bedauerlicherweise, zumindest für heute, der schnöden Theorie den Vortritt lassen. Zufrieden?«

Ann-Sophie versuchte, ihrem Lächeln einen souveränen Ausdruck zu verleihen, befürchtete allerdings, dass ihr das erneut nur mit mäßigem Erfolg gelang, und das ärgerte sie plötzlich so sehr, dass die kurz zuvor empfundene Seligkeit sich in Luft auflöste. Sie sind allesamt so niederschmetternd spektakulär, dachte Ann-Sophie. Jetzt hatte sie also tatsächlich erste persönliche Bekanntschaften in Paris geknüpft, und jede von ihnen war derart schlagfertig, eigenständig und weltgewandt, dass sie daneben zum nichtssagenden Einfaltspinsel schrumpfte. Sie verfügte zwar über eine vergleichsweise gute Schulbildung, konnte sich flüssig in drei Sprachen verständigen, war in Sachen Haushaltsführung, Menüplanung und Handarbeitskunde leidlich bewandert, aber eine Konversation über ein Thema wie »Planung und Durchführung einer Abendgesellschaft zu Ehren des beruflichen

Aufstiegs des Gatten«, für das sie im Abschlussjahr ein *summa* eingeheimst hatte, würde von ihren Begleiterinnen bestenfalls mit gelangweiltem Gähnen, wenn nicht gar mit beißendem Spott beantwortet werden. Sie lebten in einem ihr fremden Universum, einer Welt jenseits von Gouvernantenlehren, höheren Mädchenschulen und dem »Leitfaden für die perfekte Hausfrau«. Frauen wie Sylvia, Djuna, Janet und Adrienne übten *selbst* Berufe aus, statt von ihren Vätern oder Ehemännern abhängig zu sein. Sie reisten autonom durch aller Herren Länder, verkehrten mit erfolgreichen Schriftstellerinnen und mysteriösen Poeten-Genies, sie organisierten skandalträchtige literarische Soireen, gingen abends in ein Café und betranken sich, wenn ihnen danach war. Sie hingegen hatte es nach vier endlosen Wochen selbstmitleidigen Herumsitzens gerade mal bewerkstelligt, ohne männliche Begleitung das benachbarte Viertel zu betreten. Selbst dieser Pudel war souveräner in der Öffentlichkeit unterwegs als sie, erfüllte zudem, ganz im Gegensatz zu ihr, eine sinnvolle Aufgabe. Sie hatte es bislang nicht einmal fertiggebracht, Johann die Aussicht auf einen Nachkommen zu schenken.

Djuna riss sie aus ihren Grübeleien. »Aus welchem dunklen Winkel deines Herzens ist denn jetzt wieder diese Sorgenfalte auf deine Stirn gekrochen, kleine Madame? Hat sich da etwa der fiese alte Zorn zurückgemeldet?«

Ann-Sophie mochte ihre Gedanken nicht preisgeben, zudem missfiel ihr Djunas ironischer Unterton. »Ich musste bloß an meinen Mann denken«, sagte sie und merkte im selben Augenblick, wie dämlich es klang.

»Dein Ehemann verhagelt dir das Gemüt?« Djunas Gesichtsausdruck sprach Bände.

»Nein, aber mir ist gerade eingefallen, dass Johann gar nicht weiß, wo ich abgeblieben bin. Vielleicht kommt er genau in diesem Augenblick von der Arbeit zurück, findet die Wohnung leer und …«

»Und was?«, fiel Djuna ihr barsch ins Wort. »Wird er sich jetzt das Abendessen selbst zubereiten müssen, der Göttergatte? Um Himmels willen, das bringt ihn garantiert ins Grab, lauf schnell nach Hause und sei ein braves Weibchen! Los! Geh schon!«

»So einer ist er nicht«, widersprach Ann-Sophie. Sie räusperte sich und gewann die Herrschaft über ihre Stimme zurück: »Johann wird keinen Gedanken an das nicht aufgetischte Abendessen verschwenden, sondern sich in erster Linie Sorgen um mich machen.«

»Und wenn schon!« Djuna nahm ihren Arm von Ann-Sophies Schulter und vergrößerte den Abstand zwischen ihnen. »Hast du uns nicht vorhin noch vorgejammert, dass der Kerl dich jeden Tag einsam und verlassen in deiner nicht standesgemäßen Bude versauern lässt?«

»Es war gewiss nicht meine Absicht, Ihnen etwas vorzujammern.«

Djuna schüttelte ungehalten den Kopf. »Du musst noch viel lernen, Mädchen!«

Ann-Sophie presste die Lippen zusammen, um die Fassung zu wahren. Warum hatte Djuna es nötig, ihre Überlegenheit derart hervorzukehren? Was gab ihr das Recht so zu reden, als hätte sie es mit einem minderbemittelten Backfisch zu tun? Den Gedanken noch kaum zu Ende gedacht, bemerkte Ann-Sophie, wie sich von hinten eine Hand mit sanftem Druck zwischen ihre Schulterblätter legte. »*Müssen* tust du gar nichts!«, sagte Sylvia, warm, aber entschieden. »Vielleicht könntest du dir mehr Freiheit zutrauen, als du jetzt glaubst.«

Sie war an Ann-Sophies freie Seite getreten, hakte sich im Weitergehen bei ihr unter. Der Ärger verflog so schnell, wie er aufgekommen war.

»Nichts anderes habe ich gemeint«, sagte Djuna versöhnlich. Sie ging wieder dichter neben Ann-Sophie, sodass ihre Schultern sich berührten, und summte leise vor sich hin.

Wie verwirrend das alles ist, dachte Ann-Sophie. Aber auch schön, vor allen Dingen schön. Es bekam etwas Magisches, so eingerahmt von diesen Frauen durch die Nacht zu spazieren, Sylvias Hand auf ihrer zu spüren, Djunas würziges Parfum einzuatmen, das energische Klacken von Janets Schuhen zu hören, sich einzubilden, dass sie selbst eine von ihnen wäre, und sei es nur für die Dauer einer verregneten Frühlingsnacht. Wieder so ein Moment zum Aufheben, dachte Ann-Sophie und sagte laut: »Ach, zum Teufel mit Johann!«

»Ganz genau!«, rief Djuna. »Zur Hölle mit dem Göttergatten! Darauf muss dringend das Glas erhoben werden!«

Sylvia sagte: »Womit wir wieder beim Thema Saufen angelangt wären.«

Janet hatte zu ihnen aufgeschlossen, die Hände tief in den Taschen ihres viel zu großen Tweedmantels vergraben, der in seltsamem Kontrast zu dem exquisiten Anzug darunter stand. »Ihr seid eine verlorene Generation. Ihr habt keinen Respekt vor gar nichts. Ihr trinkt euch zu Tode …«, murmelte sie.

»Gertrude Stein, wie immer präzise auf den Punkt, die Gute«, sagte Djuna.

Janet nickte versonnen.

»Ich trinke unter anderem deshalb nicht«, sagte Sylvia, »weil ich die Sorge habe, mir dabei verloren zu gehen.«

Djuna blieb abrupt stehen und hob protestierend die Hand. »Gertrudes Diktum spricht unbedingt *für* das Trinken! Verloren sein ist oft die einzige Möglichkeit, sich selbst und alles andere zu ertragen.«

»Ich glaube, da verstehst du Gertrude gründlich miss, in mehrfacher Hinsicht«, sagte Sylvia.

»Und den Zusatz ›zu Tode‹ hast du ebenfalls außer Acht gelassen«, sagte Janet.

»Explizit nicht!«, sagte Djuna. »Aber bevor mir final die Lichter ausgehen, will ich mir selbst noch oft und genüsslich abhandenkommen. Und jetzt spreche ich *nicht* allein vom Saufen, Syl! Verlorene Generation? Was sonst?«

Ann-Sophie durchfuhr eine Mischung aus Trauer und Schreck, und vielleicht, weil an diesem Tag so vieles anders war als an allen anderen Tagen, womöglich auch, weil der Brandy, den sie im Laden getrunken hatte, seine Wirkung tat, verlor sie für den Moment alle Scheu.

»An Verlorenheit kann ich rein gar nichts Gutes finden! Mein halbes Leben lang habe ich mich komplett verloren gefühlt, und es war einfach nur schrecklich, das können Sie mir glauben!«

Djuna strich mit den Fingerspitzen ihrer rechten Hand zart über Ann-Sophies Wange. »Du willst doch nicht etwa wieder deiner Berliner Beletage nachtrauern, Engelchen, oder?«

»Ach, vergessen Sie es einfach!«

»Auf keinen Fall«, sagte Djuna. »Dahinter steckt noch mehr, da gibt es eine Geschichte, ich kann sie riechen. Vergiss *du* mal bitte mein loses Mundwerk und spuck's aus!«

Auch die anderen schienen interessiert, blieben mitten auf dem Trottoir stehen und schauten Ann-Sophie erwartungsvoll an.

Was sollte sie sagen? Djuna hatte recht, da gab es eine Geschichte, aber Ann-Sophie hatte noch nie darüber gesprochen und eigentlich auch nicht vorgehabt, dies jemals zu tun.

»Es war kurz nach meinem elften Geburtstag. Ich hatte in der Speisekammer eines der frischen Rosinenbrötchen ergattern wollen, die dort zum Abkühlen standen. Gerade noch rechtzeitig konnte ich mich hinter ein Regal ducken, als Else, sie war zu dieser Zeit unsere Köchin und ich mochte sie sehr, in Begleitung eines der Hausmädchen die Kammer betrat. Warum sie über mich sprachen und was genau sie sagten, weiß ich nicht mehr. Alles, woran ich mich erinnern kann, ist dieser eine Satz: ›Das arme Kind ist ganz und gar verloren!‹ Elses Worte trafen mich wie ein Schlag. Ich war unfähig, mich auch nur zu rühren, hockte da, zusammengekauert zwischen Kartoffelsack und Sauerkrautfass, den Kopf in den Händen vergraben, wartete darauf, dass ich mich in dieser Verlorenheit, von der sie gesprochen hatten, auflösen würde. Irgendwann, es dämmerte draußen bereits, schlich ich mich aus der Kammer und zog mich auf mein Zimmer zurück. In dieser Nacht habe ich, während wieder einmal die Schreie meiner sterbenden Mutter durchs Haus tönten, vor mich hin gewispert: ›Ich bin verloren, verloren, verloren!‹ Immer und immer wieder. Der alte Pastor Krampmann hatte eines Sonntags von der Kanzel gezetert, was mit verlorenen Seelen geschah, und nun war ich selbst eine von diesen Seelen geworden. Höllenfeuer wartete auf mich, Tod und Verderben! Und dann war es auf einmal so, als ob der Boden unter mir nachgäbe. Ich stürzte in einen brennenden Schlund aus Panik und Verzweiflung, unfähig, um Hilfe zu rufen, die Kehle zugeschnürt, kaum in der Lage zu atmen. Dass ich bei Sonnenaufgang noch am Leben war, kam mir schließlich wie ein Wunder vor. Allerdings eines, dem nicht zu trauen war. Ich würde bald wieder fallen, dessen war ich mir sicher. Nie wieder konnte ich Else in die Augen schauen, nie wieder betrat ich den Küchenbereich.«

»Sie kann erzählen, findet ihr nicht?«, sagte Janet.

Sylvias Hand schloss sich fester um Ann-Sophies, eine Geste, die ihr inzwischen fast schon vertraut und selbstverständlich vorkam.

»Nicht lange nach dieser grauenvollen Nacht verstummten die Schmerzensschreie aus dem Zimmer meiner Mutter. Wenige Stunden später überbrachte mein Vater mir die Nachricht. Ich weiß noch, wie überrascht ich war, dass er frühmorgens an meinem Bett erschien, das hatte er noch nie getan. Seine Augen waren gerötet, sein

Gesicht aschfahl. ›Du wirst jetzt sehr stark und tapfer sein, Ann-Sophie‹, hat er gesagt. ›Deine Mutter ist heute Nacht für immer von uns gegangen.‹ Nach wenigen Minuten verließ er mein Zimmer, es waren nicht mehr als zwei oder drei Sätze gesprochen worden. Einige Wochen nach der Beisetzung wurde ich dann in die Schweiz geschickt, ins Pensionat. ›Es ist zu deinem Besten‹, hatte mein Vater als Begründung angegeben, mehr nicht. Ich aber war überzeugt: Das alles, auch der Tod meiner Mutter, passiert, weil ich ein verlorenes Kind bin, weil ein Fluch auf mir liegt, der es ratsam erscheinen lässt, mich und meine Unheil bringende Verlorenheit von anderen Menschen fernzuhalten. Ich war sehr einsam während der Zeit im Pensionat, wie Sie sich vielleicht vorstellen können. Im Laufe der Jahre lernte ich dann, besser damit umzugehen, ich wurde vernünftiger und gefasster, schlief irgendwann auch wieder besser. Ich brachte die Schule zu Ende, wurde erwachsen, lernte Johann kennen, nahm mir vor, ein geordnetes Leben zu führen. Aber manchmal, ganz selten, erwische ich mich bei dem Gedanken, dass er noch immer da ist, dieser Fluch der Verlorenheit.«

Ann-Sophie verstummte. Was war nur über sie gekommen? Warum hatte sie das alles erzählt? Die anderen würden sie für melodramatisch halten oder, noch schlimmer, sie erneut wegen ihres Selbstmitleids auslachen. Im selben Moment spürte sie Djunas Lippen auf ihren, warm, flüchtig und ein bisschen feucht. »Ach, Schätzchen, dieses Gewäsch mit dem geordneten Leben hat doch noch nie funktioniert. Aber zum Glück hast du jetzt uns! Wir sind anerkannte Expertinnen fürs Bodenlose, argumentieren jede Art von Fluch einfach von uns weg. Wir trotzen unseren Dämonen Tag für Tag das Terrain ab und pflanzen etwas darauf, Schönes oder Schreckliches, das entweder gedeiht oder vergeht. Wir segeln, jede auf ihre Weise, haarscharf an unseren inneren Abgründen entlang und nicht selten auch darüber hinaus. Das ist aber gar nicht so übel, wie man uns immer glauben machen will, es ist der Grundstoff, aus dem Luftschlösser, wilde Träume, Gedichte und Romane gemacht werden: Leidenschaft, Abenteuer, Sex, Chaos, Leben!«

Janet verzog skeptisch die Mundwinkel. »Geht's auch eine Nummer kleiner, Barnes?«

»So falsch liegt sie damit nicht«, sagte Sylvia.

»Hurra! Zustimmung von der Mutter der Kompanie!«, jubelte Djuna.

Sylvia brachte Djuna mit einem strengen Blick zum Schweigen.

»Als ich dich heute Nachmittag so herrlich schimpfend vor meinem Laden habe stehen sehen, war mein erster Gedanke: In dieser jungen Frau steckt Potenzial.«

»In solchen Dingen irrt Mademoiselle Beach sich selten«, sagte Djuna.

Janet sah Ann-Sophie nachdenklich an. »Schreibst du eigentlich?«

»Wie bitte?«

»Schreiben. Buchstaben, Wörter, Sätze in einen Sinnzusammenhang bringen, schon mal davon gehört?«

»Es gab da mal eine Phase, da habe ich tatsächlich … aber … Nein, ich schreibe nicht. Wie kommen Sie darauf, mich das zu fragen?«

»Ich habe es vorhin schon festgestellt«, sagte Janet. »Du bist eine gute Erzählerin.«

»Liest du wenigstens?«, fragte Sylvia.

»Früher ja. In den letzten Jahren weniger.«

»Das werden wir als Erstes ändern müssen! Du musst lesen! Literatur bestärkt und befreit eine geschundene Seele, führt ins Weite, bringt lang unterdrückte Emotionen an die Oberfläche, lässt uns über den eigenen beschränkten Horizont hinauswachsen!«

Janet schmunzelte. »Also, wenn ich mal eine Kolumne über Pathos in der Literaturvermittlung abliefern muss, komme ich direkt zu dir, Beach.«

Sylvia streckte Janet die Zunge heraus. »Schreib lieber etwas über mein herausragendes Talent, das richtige Buch an den passenden Menschen zu bringen. So etwas kann Leben retten!«

»Exzellente Idee«, sagte Janet.

Djuna legte Ann-Sophie den Arm um die Hüften. »Ann, du musst unbedingt alles lesen, was Syl dir in die Hand drückt! Das kann gefährlich werden oder wunderbar, aber bereuen wirst du es nie, das verspreche ich dir!«

Sie zwängten sich durch die Menschenansammlung auf der Terrasse und betraten den gedrängt vollen Innenraum des Deux Magots. Große Spiegel zierten ringsum die Wände, streuten den Glanz der goldgefassten Pfeiler, das kristallene Glitzern der Lüster zurück in den rauchgeschwängerten Raum. An einer der Mittelsäulen waren zwei farbig gefasste Skulpturen angebracht: Beinah lebensgroße chinesische Edelleute in langen Gewändern thronten mit priesterlichernsten Mienen über den Köpfen der lauthals parlierenden Gäste.

Ann-Sophies Begleiterinnen waren offensichtlich bekannt hier. Sie wurden, mal von rechts, mal von links, meistens freundlich, gelegentlich auch reserviert gegrüßt. Einem sie finster anstarrenden Koloss von einem Mann mit Glatze und Augenglas zupfte Janet im Vorbeigehen am fleischigen Ohrläppchen. »Hör auf zu schmollen, Antoine. Du magst mich und gönnst mir, ungeachtet meiner Mietschulden, ein kleines Abendvergnügen, ich weiß das! Dein Geld bekommst du trotzdem. Nächste Woche. Ehrenwort!«

»Die Hoffnung stirbt bekanntlich zuletzt, Mademoiselle Flanner.«

»Das ist die richtige Einstellung!«

Der Koloss wandte sich, ohne etwas zu erwidern, wieder seinen Tischnachbarn zu.

Während Ann-Sophie, verblüfft über eine derart impertinente Redeweise einem Vermieter gegenüber, Janet hinterherstarrte, die sich dicht hinter Djuna zwischen den Stuhlreihen durchschlängelte, raunte ihr Sylvia ins Ohr: »Das Deux Magots ist so etwas wie Janets und Djunas öffentliches Wohnzimmer. Oder sagen wir besser: eines von mehreren über Saint-Germain verteilten Wohnzimmern.« Als wäre das eine Erklärung für irgendetwas.

»Kommen auch Sie oft her?«

»Ich habe an den meisten Tagen zu viel mit dem Buchladen zu tun, um mir die Nächte in den Bars und Cafés um die Ohren zu schlagen. Das soll nicht heißen, dass die beiden weniger zu tun haben. Wie alle ernst zu nehmenden Schriftstellerinnen arbeiten sie eigentlich immer. Und überall.« Sie tippte Ann-Sophie mit dem Zeigefinger auf die Nase. »Und hör bitte endlich auf, uns zu siezen, Liebes! Wir fühlen uns sonst angewelkt. Möchtest du das?«

»Auf gar keinen Fall!«

Eine Gruppe junger Männer polterte diskutierend zwischen ihnen hindurch. Einer, der sie beinahe umgestoßen hätte, rief Sylvia eine Entschuldigung zu, sie winkte versöhnlich ab. Ann-Sophie hatte Mühe, den Anschluss zu halten, drängte sich, Sylvias dichtem Haarschopf wie einem Banner folgend, durch das Lokal. Wie zuvor auf der Terrasse und beim Hereinkommen fühlte sie sich prüfenden Blicken ausgesetzt. Wie die anderen Gäste sie wohl in das eben angekommene Frauengrüppchen einordneten? Ann-Sophie wünschte, sie hätte am Morgen bei der Wahl ihrer Garderobe etwas mehr Aufwand betrieben.

»Bonsoir, meine Damen, bitte hier entlang. Sie werden bereits erwartet.«

Der Kellner balancierte ein volles Tablett an ihnen vorbei, deutete mit einer Bewegung seines Kinns in die linke hintere Ecke, wo, allein an dem einzigen nicht voll besetzten Tisch, eine Frau mit streng gescheiteltem Bubikopf in einem dunkelvioletten Abendkleid saß, schulterfrei, mit tiefem Dekolleté. Die Frau hatte den Kopf in den Nacken gelegt, sodass ihr langer, schlanker Hals bestmöglich zur Geltung kam. Mit dem Rauch ihrer Zigarette formte sie kleine ringförmige Wölkchen, die senkrecht nach oben schwebten. Ihr Gesicht war in dem schräg zur Wand abstehenden Spiegel hinter ihr zu sehen: hohe Wangenknochen, dichte, stark getuschte Wimpern – eine Person, die sich ihrer extravaganten Schönheit sehr bewusst war. Denn Ann-Sophie hatte keinerlei Zweifel daran, dass sie das Ergebnis einer sorgfältig durchdachten Inszenierung vor sich sah, es war jenen Hauch zu perfekt, um unbeabsichtigt zu sein.

Im Spiegel trafen sich ihre Blicke, und Ann-Sophie hätte gern gewusst, was diese kühl analysierenden Augen ihr mitteilen wollten.

»Solita!«, sagte Janet, sobald sie am Tisch angelangt waren.

Ann-Sophie staunte, wie gut dieser Name passte.

Die Angesprochene reagierte zunächst sehr dezidiert nicht, streckte stattdessen mit einer lasziv-trägen Bewegung beide Arme seitlich auf der Rücklehne der Bank aus, gähnte übertrieben, nahm erneut einen Zug aus ihrer Zigarettenspitze, um weitere Rauchkringel in Richtung Zimmerdecke zu schicken.

»Ach, komm schon, Solano, lass den Quatsch!«, schimpfte Djuna.

Mit aufreizender Langsamkeit ließ die Frau den Kopf auf die Brust sinken, wobei ihr das Haar wie ein dunkler Vorhang ins Gesicht fiel.

»Janet Flanner«, sagte sie leise, hauchte mehr, als dass sie sprach. »Ich habe schon gedacht, du lebst gar nicht mehr.«

Die drei anderen, die ebenfalls um den Tisch standen, schienen ihr fürs Erste keine Erwähnung wert.

Djuna warf ihr Cape über einen der beiden freien Stühle. »Es ist wie immer meine Schuld, dass wir zu spät sind. Also reg dich ab oder lass deine Laune an mir aus. Oder ... nein«, sie deutete auf Ann-Sophie, »diesmal könnten wir ihr die Schuld aufladen.«

»Mir? Warum das denn?«

»Warum nicht? Du bist die Neue.«

»Oh dear!«, murmelte Sylvia.

»Einen Monkey Gland!«, rief Djuna einem vorbeieilenden Kellner zu. »Mit dem Gin braucht ihr aber diesmal nicht so zu geizen!« Sie ließ sich auf den Stuhl fallen und streckte ihre langen Beine unter dem Tisch aus.

Janet ging derweil um den Tisch herum, beugte sich zu der sitzenden Frau hinunter, strich ihr mit beiden Händen das Haar aus dem Gesicht und küsste sie mit einer Heftigkeit auf den Mund, die keinerlei Zweifel an der Art ihrer Beziehung ließ. Nachdem Solita Janets Kuss scheinbar ungerührt entgegengenommen hatte, schaute sie Ann-Sophie wieder mit diesem undefinierbaren Blick an, diesmal allerdings direkt.

»Wen habt ihr da mitgebracht? Frischfleisch für Natalie?«

»Ganz sicher nicht«, sagte Sylvia. »Ann ist eine neue Freundin. Aus Berlin.«

Ann-Sophie streckte Janets Gefährtin zur Begrüßung über den Tisch hinweg die Hand entgegen: »Ann-Sophie von Schoeller. Freut mich sehr, Madame ...«

»Warum schaut sie so blöde? Warum glotzt sie mich so an?«

Ann-Sophie ließ ihre Hand sinken.

»Sie hat versucht, dich zu begrüßen, wie es unter zivilisierten Menschen üblich ist«, sagte Sylvia und klang jetzt so, als gälte es, ein bockiges Kind zu tadeln. »Sie ist erst seit Kurzem in Paris. Womöglich muss sie sich noch ein wenig an alles, also auch an uns, gewöhnen. Das ist aber noch lange kein Grund, derart rüde zu sein!«

Solita blies verächtlich eine Rauchwolke in Sylvias Richtung. »Hat das deutsche Mädchen etwa noch nie eine Lesbierin gesehen? Es kommt auch in Berlin schon mal vor, dass eine Frau die andere liebt, also faktisch *und* physisch.«

»Das mag durchaus der Fall sein«, sagte Ann-Sophie. »Bei uns würde man es allerdings nicht so offen zeigen. Ich meine … Sie wissen schon.«

»Ach herrje!« Djuna zupfte sich ein Haar vom Revers. »Da könnte ich dir aber zum Beweis des Gegenteils die eine oder andere Berliner Lokalität nennen, wo es diesbezüglich nicht gerade verhalten zugeht. Du kennst anscheinend nicht einmal deine eigene Stadt, Engelchen.«

»Ich kenne Berlin gut genug, um zu wissen, dass es gefährlich sein kann, dort offen homosexuell aufzutreten.«

»Vielleicht …«, sagte Djuna. »Ja, vermutlich ist das so.«

»Hier in Paris lässt man uns in der Regel auch außerhalb der einschlägigen Spelunken leben und lieben, wie und wen wir wollen. Hast du etwa ein Problem damit?«

Ann-Sophie ärgerte es, dass auch Janet jetzt einen derart feindseligen Ton anschlug.

»Warum sollte ich ein Problem damit haben? Ich habe lange Jahre in einem Mädchenpensionat verbracht, falls Sie verstehen, was ich damit sagen will.«

Solita lachte so laut, dass sich von den Nachbartischen sämtliche Blicke auf sie richteten. »Und ob wir verstehen! Nimm Platz, Pensionatsmädchen, jetzt gefällst du mir!«

»Halleluja!«, rief Djuna.

Janet entledigte sich grinsend ihres Mantels. Sie nahm Solita die Zigarettenspitze aus der Hand, inhalierte einen tiefen Zug, ließ sich dann, den Arm um ihre Geliebte geschlungen, auf der rot gepolsterten Bank nieder. Mit der flachen Hand schlug sie auf den freien Platz neben sich: »Sylvia, du kannst dich beruhigt zu mir setzen. Dein neuer Schützling hat die erste Prüfung bestanden. Ann, bitte dort neben Djuna, damit Solita dich noch ein bisschen anhimmeln kann.«

Ann-Sophie widerstand einem kurzen Fluchtreflex, zog dann ebenfalls ihren Mantel aus, legte ihn, Djunas Beispiel folgend, über die Rückenlehne des Stuhls, auf den Janet gedeutet hatte, und setzte sich. Dass Solita ihre Kleidung taxierte und dabei die Oberlippe spöttisch kräuselte, entging ihr nicht. Zum Glück hatte sie zumindest den langweiligen braunen Hut in Sylvias Laden liegen lassen.

Der Kellner brachte Djuna ihren Cocktail und erkundigte sich nach den Wünschen der anderen Damen.

Janet sagte: »Weißwein!«

Solita hob Daumen und Zeigefinger. »Mach zwei draus!«

»Für mich bitte Pfefferminztee«, sagte Sylvia.

»Darf es auch bei Ihnen etwas zu trinken sein, Mademoiselle?«

»Das Gleiche wie Miss Barnes«, antwortete Ann-

Sophie, obwohl sie keine Ahnung hatte, was sie sich da genau bestellte.

»Bist du sicher, dass du nicht zu Tee oder Saft übergehen möchtest?«, fragte Sylvia.

»Ganz sicher!«, log Ann-Sophie.

Djuna applaudierte. »Bravo! Unterschätze niemals ein Pensionatsmädchen!«

Während der junge Mann sich in Richtung Bar entfernte, erhob sich Sylvia von ihrem Stuhl, ging drei Tische weiter, begrüßte ein älteres Paar, das sie zu kennen schien, sprach ein paar Sätze mit ihnen. Sylvias Gesprächspartner schauten belustigt zu ihnen herüber, daraufhin reichte die Frau Sylvia etwas an, einen Brotkorb, wie Ann-Sophie feststellte, als Sylvia wieder zurück am Tisch war und ihr den Korb vor die Nase hielt.

»Iss lieber etwas, bevor du weitertrinkst!«

Ann-Sophie gehorchte und griff sich eine Scheibe Weißbrot.

»Anfängerin?«, fragte Solita.

»In so ziemlich allem«, sagte Ann-Sophie.

Solita lächelte: »Wie süß!«

Ann-Sophie war auf einmal sehr zufrieden mit sich und biss erneut in ihr Brot.

»Und jetzt will ich umgehend erfahren, was dich aus dem schönen Berlin in unsere erlaucht-sündige Stadt verschlagen hat, Mademoiselle Anfängerin!«

Ann-Sophie kaute, versuchte zu schlucken, zuckte entschuldigend mit den Schultern.

»Sie hat einen reichen Mann, der hier noch reicher werden will und sie eingepackt hat«, sagte Janet.

»Einem Ehemann bist du also gefolgt, Süße? Was für eine Nachricht!«

Ann-Sophie gab vor, noch immer den Mund zu voll zum Sprechen zu haben.

»Janet hat den ihren übrigens wegen mir verlassen«, sagte Solita. »Die beste Entscheidung ihres Lebens, stimmt's, Liebling?«

»Es hat sich jedenfalls herausgestellt, dass ich kein Talent dafür habe, jemandes Ehefrau zu sein.«

Solita zog, offensichtlich mit dieser Antwort nicht sonderlich zufrieden, einen Schmollmund. Ann-Sophie wunderte sich, dass Janet zuvor im Laden nichts davon hatte verlauten lassen, selbst verheiratet oder zumindest es gewesen zu sein, als über Ann-Sophies Ehe gespottet worden war.

Der Kellner erschien und verteilte die Getränke.

»Darf es auch etwas zu essen sein?«, fragte er mit einem tadelnden Blick auf den zur Hälfte geleerten Brotkorb.

»Zwiebelsuppe, bitte«, sagte Sylvia.

»Für sie alle?«

»Ja!«, sagte Janet, ohne sich nach den Wünschen der anderen zu erkundigen.

Ann-Sophie nippte an der orangeroten Flüssigkeit in ihrem Cocktailglas, schmeckte einen Hauch von Wacholder, der sich mit leichter Süße und einem Anklang von Bitterkeit mischte.

»Gut?«, fragte Djuna.

»Köstlich! Aber für eine Anfängerin wie mich möglicherweise auch tödlich.«

Djuna freute sich. »So ist's richtig: ungebremst auf den Abgrund zu! Du lernst schnell, mon amour!«

Ann-Sophie nahm einen weiteren Schluck, schloss die Augen, trank noch mehr, fühlte, wie der Alkohol ihr direkt in den Kopf stieg.

»Sachte!«, sagte Sylvia.

»Eventuell werde ich den Pudel für den Rückweg benötigen«, sagte Ann-Sophie.

»Keine Angst. Ich werde dafür sorgen, dass du heil nach Hause kommst.«

»Da hast du deine Nini!«, rief Djuna.

»Hör auf damit!«, sagte Sylvia.

»Da siehst du's«, sagte Djuna. »Ich bin schlechter Einfluss, Syl ist ein Fels in der Brandung. Halt dich in allen Belangen an sie!«

Solita gab einen zischenden Laut von sich, der alles Mögliche bedeuten konnte.

»Wenn das so ist«, sagte Ann-Sophie, »dann wüsste ich gerne von Sylvia, was ich tun soll, jetzt, wo ich Ann bin.«

Requiescat in pace, Sophie!, dachte Ann. Hinfort mit dem *Soferle*, wie ihr Vater sie gerne genannt hatte, wie auch Johann es ab und zu noch tat, weil er wohl davon ausging, dass sie es mochte, mit ihrem Kindernamen angesprochen zu werden: »Lach doch mal wieder, Soferle, so wie du früher in Berlin immer gelacht hast.« – »Weißt du noch, Soferle, wie wir zusammen auf der Pfaueninsel waren und du dich vor den toten Karpfen gefürchtet hast?« – »Reichst du mir mal bitte die Butter, Soferle« – Sein Soferle konnte er sich sonst wohin stecken! Ann schaute zu der Skulptur auf, die an der ihr zugewandten

Seite der Säule angebracht war. Sie hätte schwören können, dass der gestrenge Edelmann sich gerade leicht zur Seite geneigt hatte, nein, sie selbst neigte sich, nein, der schwarz und weiß gefliese Fußboden wankte, die Wände bewegten sich, die Sitzmöbel schunkelten … Sie musste kurz die Augen schließen, um nicht von ihrem Stuhl zu rutschen. Ich bin bloß beschwipst, dachte sie. Als sie die Augen öffnete, war die Welt wieder einigermaßen im Lot. »Also?«, fragte sie.

Sylvia blies Luft aus ihren Wangen, fuhr sich mit der Hand durchs Haar. »Was du *tun* sollst, willst du von mir wissen?«

Ann nickte eifrig, legte zur Stabilisierung beide Hände auf den Tisch. Dem Raum um sie herum war nicht zu trauen.

»Habe ich doch schon gesagt: Lesen sollst du!«, sagte Sylvia.

»Das habe ich verstanden«, sagte Ann. »Ich meine grundsätzlich. Mit meinem Leben und so.«

Djuna kicherte. »Einen Monkey hat sie sich hinter die Binde gekippt, und schon will sie eine Karriere als Piratenprinzessin starten!«

»Also, ich weiß nicht, Ann«, sagte Sylvia. »Was du grundsätzlich mit deinem Leben anfängst, das kannst du nur selbst herausfinden.«

»Ja, aber welchen Weg muss ich einschlagen, *damit* ich es herausfinde? Ich brauche da vielleicht ein bisschen Hilfe. Nein, viel! Viel Hilfe brauche ich!«

»Allez, hop, Frau Doktor Beach!«, sagte Djuna. »Zeig der Kleinen, was du kannst!«

Sylvia seufzte. »Ladys, ich bin Buchhändlerin, keine Analytikerin. Für den Anfang würde ich vielleicht empfehlen, etwas zu finden, das dich sinnvoll beschäftigt, Liebes.«

»Um Himmels willen, Sylvia!«, protestierte Solita. »Jetzt hörst du dich an wie mein Onkel Edgar, wenn er von seinen Jagdterriern spricht.«

»Wenn du einen besseren Ratschlag hast, nur zu!«

Sylvia hob ihre Teetasse zum Mund, sah dabei verstimmt aus, sodass Ann schon bereute, sie bedrängt zu haben. Eben wollte sie sich entschuldigen, als Djuna das Wort ergriff: »Ich kenne deinen Onkel Ed nicht, Solano, aber er scheint mir kein dummer Mann zu sein. Nichts ist schlimmer als ein unterforderter Jagdterrier.«

Sie zwinkerte Sylvia zu, die, zu Anns Erleichterung, belustigt kicherte.

»Komm auf den Punkt, Barnes«, sagte Janet.

»Der Punkt ist der, dass unsere neue Freundin sich eine Arbeit suchen sollte. So einfach und so schwer. Denn wenn sie einer sinnvollen Beschäftigung nachginge, bräuchte sie schon mal nicht mehr wütend durch die Straßen zu irren oder grätzig in ihrer leeren Wohnung zu hocken, sie hätte schlichtweg keine Zeit mehr dazu. Der berufene Rest, lesen, schreiben, Terrier dressieren, findet sich dann vielleicht auch irgendwann. Richtig, Syl?«

»Exactement!«

Trotz oder wegen ihres angetrunkenen Zustands verzichtete Ann darauf anzumerken, dass sie sich als verheiratete Frau nicht einfach mal so »eine Arbeit suchen« konnte.

Oder doch?

Sylvia runzelte die Stirn und schaute Ann gedankenvoll an. »Also, zu tun gäbe es bei mir im Buchladen ja mehr als genug.«

»Das nenne ich mal eine gute Idee!«, sagte Janet.

»Ich kann nur nicht viel zahlen. Deswegen verliere ich eine Aushilfe nach der anderen.«

»Du würdest Ann etwas bieten, das nicht mit Gold aufzuwiegen ist«, sagte Djuna.

»Na ja …«, sagte Sylvia.

»Daran kann überhaupt kein Zweifel bestehen!«, sagte Ann, mit einem Mal so aufgeregt, dass sie ihren eigenen Herzschlag in der Brust spürte.

»Abstauben, aufräumen, Lieferungen austragen, auskehren, putzen, Laufkarten beschriften, den Ofen feuern … Solche Dienste würdest du übernehmen?«, fragte Sylvia.

Die Aussicht, täglich in den kleinen Laden zu gehen, die Tage bei Sylvia zwischen den Büchern zu verbringen, Teil dieser exklusiven kleinen Gesellschaft zu werden, und sei es durch das Schwingen eines Staubwedels, erschien Ann wie die Erfüllung eines Traums, von dem sie bis dahin nicht gewusst hatte, dass sie ihn träumte.

»Muss man nüchtern sein, um sein Leben zu ändern?«

Alle lachten. Solita sagte: »In manchen Fällen ist Nüchternheit sogar hinderlich.«

»Gut!«, sagte Ann.

»Dann ist es also abgemacht?«, fragte Djuna.

»Es wird mir eine Ehre sein, Ihre Bücherregale abzustauben, Miss Sylvia Beach!«

»Syl, du hast eine neue Gehilfin engagiert! Spuckt in die Hände, schließt den Vertrag!«

Ann war drauf und dran, tatsächlich in ihre Hand zu spucken, da trat der Kellner mit einem großen Tablett an ihren Tisch und stellte fünf dampfende Schalen vor ihnen ab.

Djuna bestellte zwei weitere Monkey Glands, einen für sich und einen für »unsere frisch engagierte Neupariserin«. Der Kellner ging, am Tisch widmeten sich alle mit großem Appetit der Suppe. Sie schlürften ungeniert Zwiebelstücke aus dem salzigen Sud, fischten nach den Weißbrotscheiben, die darin schwammen, wickelten Fäden aus geschmolzenem Käse um ihre Löffel, lachten wie alberne Kinder.

Anns Wangen glühten. Die anderen begannen, sich über den ungewissen Verbleib einer Freundin zu unterhalten, von der irgendwann am Nachmittag bereits die Rede gewesen war: Thelma, eine Künstlerin, die Djuna besonders nahezustehen schien. Bestimmt eine weitere Person von ausgesuchter Brillanz, dachte Ann und merkte, dass sie nicht mehr in der Lage war, dem Gespräch am Tisch zu folgen. Aber das war in Ordnung. Ihr ging es gut wie noch nie.

Irgendwann, Ann hatte jegliches Zeitgefühl verloren, blickte Sylvia auf ihre Armbanduhr, ein Modell für Herren, das an dem zarten Handgelenk wuchtig und überdimensioniert aussah. »Es ist schon nach Mitternacht. Ich muss dringend ins Bett, und ich glaube, unsere Novizin hat auch genug.« Sie erhob sich und bedeutete Ann, ihr zu folgen.

»Kommt sie nicht mit zu Natalie?«, fragte Solita.

»Wer ist Natalie?«, fragte Ann.

»Natalie ist für Fortgeschrittene«, antwortete Janet. »Besonders nach Mitternacht!«

»Natalie betreibt einen etwas, nun ja, sagen wir mal *speziellen* Salon«, sagte Djuna. »Nachmittags geht es noch sehr bürgerlich zu, Lesungen, Begegnungen, bla, bla, bla – nächtens wird es dann weniger und weniger förmlich. Wir nehmen dich vielleicht einmal mit, wenn du groß bist.«

»Für einen speziellen Salon bin ich ohnehin nicht passend gekleidet.«

Solita und Janet lachten.

Ann ließ sich von Sylvia vom Tisch wegführen. Die anderen riefen ihnen Abschiedsworte hinterher, die im allgemeinen Geräuschpegel untergingen.

Als Ann ins Freie trat, bewegten sich die Laternen, und in den Pfützen vollführten die Lichtspiegelungen einen seltsam wiegenden Tanz. Auf der anderen Straßenseite ragte ein riesiges graues Gemäuer vor ihnen auf, das sie auf dem Hinweg nicht bemerkt hatte. Wuchsen alte Kirchen in Paris über Nacht zu steinernen Riesen empor? Wundern würde es sie nicht. Plötzlich war ihr, als stülpte sich etwas in ihrem Inneren um, das Etwas drängte nach oben, schob sich säuerlich in ihre Kehle. Sie riss sich von Sylvias Arm los, stürzte über die Terrasse auf den Gehsteig vor dem Café. Von irgendwoher drang der Klang eines einzelnen Glockenschlags zu ihr durch, während ein beherzter Griff Sylvias, die ihr hinterhergerannt sein musste, Ann davor bewahrte, der Länge nach auf den

Boulevard Saint-Germain zu knallen. Stattdessen kippte sie mit dem Oberkörper nach vorne wie ein Klappmesser und erbrach sich in den Rinnstein, während Sylvia sie um die Hüften herum festhielt.

Danach fühlte sie sich besser. Und absolut schrecklich.

Ein junger Mann im Frack eilte von der Terrasse herbei und brachte geistesgegenwärtig neben zwei Servietten auch einen Champagnerkühler mit Eiswasser. Sylvia nahm die Sachen entgegen, schickte den hilfsbereiten Frackträger aber wieder weg. »Wir kommen zurecht, danke!« Ein Ton, der keinen Widerspruch duldete.

»Entschuldigung ... es tut mir leid!«, stotterte Ann, während Sylvia ihr mit einer Serviette über den Mund wischte und anschließend mit der anderen, die sie mit Eiswasser getränkt hatte, die Stirn kühlte.

»Schon gut«, sagte Sylvia.

»Ich will lieber doch nicht verloren gehen, Sylvia! Jemand wie Djuna kann das vielleicht aushalten, aber ich muss vorher noch zu viel lernen!«

»Keine Angst, Liebes, ich sorge dafür, dass du nicht verloren gehst. Jedenfalls nicht, solange du selbst es nicht willst.« Sylvia fuhr ihr mit der nassen Serviette übers Gesicht. »Mit dem Trinken solltest du dich allerdings künftig etwas mäßigen.«

Ann wollte etwas sagen, sich bedanken, irgendeinem überschäumenden Gefühl Ausdruck verleihen, aber die Worte hatten sich allesamt verflüchtigt.

»Kannst du laufen?«

»Ja.«

Eiswasserkübel und Servietten ließen sie auf dem Trottoir zurück. Von Sylvia gestützt und geführt, schlurfte Ann willenlos die Straße entlang.

Nach einer Weile, Ann wusste nicht, wie weit sie gekommen waren oder wie lange sie gebraucht hatten, geschweige denn, wo sie waren, schob Sylvia sie durch eine unbekannte Wohnungstür.

»Ich kann nicht ... ich muss ... leider ... nach Hause!«

»Wir müssen dich erst ein bisschen herrichten.«

Sylvia bugsierte sie durch einen dunklen Flur in ein kleines Zimmer mit rosa Tapeten, einer geblümten Chaiselongue und zwei um einen niedrigen Holztisch gruppierten schwarzen Polstersesseln. Auf dem Tisch stand, flankiert von Büchern und einem Stapel loser Papiere, eine kleine schwarze Schreibmaschine. *Underwood*, las Ann, während Sylvia erst sich selbst und dann Ann den Mantel auszog. Mit spitzen Fingern trug Sylvia die Mäntel aus dem Zimmer. »Nicht hinsetzen, nicht bewegen!«

Erst da begriff Ann das ganze Ausmaß ihres Zustands.

»Es tut mir so unsagbar leid!«, rief sie in Richtung der offenen Tür, durch die Sylvia gerade entschwunden war.

»Das will ich sehr stark hoffen«, hörte sie eine Stimme antworten, die nicht Sylvias war. Ann kannte die Stimme.

»Bluse und Rock solltest du ebenfalls wechseln.« Adrienne lehnte im Türrahmen, bekleidet mit einem weißen Nachthemd und groben grauen Wollsocken an den Füßen. Ihrer Miene war keinerlei Regung zu entnehmen. Ann löste zwei Knöpfe an ihrem Rock, ließ ihn zu Boden gleiten. »Eigentlich würde ich jetzt gerne auf der Stelle sterben.«

»Und uns den Ärger mit der Leiche hinterlassen? Untersteh dich!«

»Witzig«, murmelte Ann und entledigte sich auch ihrer Bluse.

»Nicht allzu sehr«, sagte Adrienne. Immerhin wirkte sie jetzt ein bisschen amüsiert. »Du siehst übrigens grauenhaft aus. Du wirst doch nicht noch einmal …? Soll ich eine Schüssel holen?«

»Nicht nötig. Es geht mir besser.«

»Wollen wir es hoffen!«

»Und außerdem glaube ich, dass ich Sie liebe. Also Sie und Sylvia, aber vor allem Sylvia.«

Adrienne verdrehte die Augen. »Mon Dieu! Das auch noch!«

Sylvia kam mit einer kleinen Waschschüssel in den Händen und einigen frischen Kleidungsstücken über dem Arm zurück ins Zimmer. »Liebe ist an sich eine schöne Sache. Aber wir wollen es nicht übertreiben, einverstanden?«

»Meinst du nicht, sie müsste ein Bad nehmen?«, fragte Adrienne.

»Hast du mal auf die Uhr gesehen? Sie wird notdürftig hergerichtet und dann nach Hause gebracht, das muss genügen.«

»Dann werde ich Kaffee aufsetzen. Der beschleunigt vielleicht die Wiederherstellung.« Adrienne ging kopfschüttelnd aus dem Zimmer.

Wahrscheinlich bin ich die einzige Person, die je eine Anstellung wegen schlechten Betragens verloren hat, bevor sie sie auch nur eine Minute lang ausüben konnte, dachte Ann, während sie sich von Sylvia Gesicht, Hals und Hände reinigen ließ.

Eine Dreiviertelstunde später überquerten Sylvia und Ann nach einem überraschend kurzen Fußweg den Boulevard Saint-Michel. Ann war mit einer langen Hose und einem gestärkten Hemd aus Sylvias Kleiderschrank ausgestattet worden, darüber trug sie einen langen wollenen Umhang von Adrienne, den sie dreimal um sich herum hätte wickeln können. »Gute Besserung!«, hatte Adrienne gesagt, während Ann beim Verlassen der Wohnung Entschuldigungen, Abstinenzschwüre und Dankesworte gestammelt hatte.

Sie gingen durch den Torbogen des Hauses mit der Nummer 22 in der Rue Cujas, betraten gerade den kleinen Innenhof, da stürzte aus der Parterrewohnung links die Concierge auf sie zu, eine kräftige Person mit wirr sich um den Kopf ringelnden weißgrauen Haaren. Über einem roséfarbenen Negligé flatterte ein offener lindgrüner Morgenmantel mit Rüschen, der ihr etwas von einem gewaltigen aufgeplatzten Baiser gab.

»Um Gottes willen, Madame Schoeller, da sind Sie ja! Wir wollten gerade die Polizei verständigen!«

Hinter der Concierge, Ann war es unangenehm, dass ihr der Name nicht einfallen wollte, war ein halbes Dutzend Katzen aus der Wohnung gehuscht, die ihr und Sylvia schnurrend um die Beine strichen. Warum ist hier auf einmal alles so absurd und anders?, dachte Ann. Ihr war, als wäre sie zuletzt vor sehr langer Zeit in diesem Innenhof gewesen, und damals hatte es weder Katzen noch

eine lindgrüne Concierge gegeben, die voller Empörung
»Monsieur ist außer sich vor Sorge!« schimpfte.

»Ich bringe Madame von Schoeller noch bis zu ihrer
Wohnungstür«, sagte Sylvia. »Sie war ein wenig unpäss-
lich, aber nun ist alles wieder gut.«

»Verstehe«, sagte die Concierge und verzog vielsagend
das Gesicht.

»Nichts verstehen Sie«, wollte Ann ausrufen, ließ es
dann aber.

»Wohin?«, fragte Sylvia, nachdem die Concierge wieder in der Parterrewohnung verschwunden war.

Ann deutete auf den Eingang zur Vorderhausstiege.
»Dort. Zweiter Stock, aber das schaffe ich jetzt alleine.«

»Sicher?«

»Sicher!«

»Mit dem sorgengeplagten Monsieur wirst du ebenfalls fertig?«

Ann nickte.

»Dann bleibt mir für heute nur, dir eine erholsame
Nacht zu wünschen. À bientôt, meine Liebe!«

»Wirklich?«

»Wirklich was?«

»Ich darf trotzdem in die Buchhandlung kommen?«

»Habe ich dir Hausverbot erteilt? Bis Montag wirst du
dich von dieser Nacht erholt haben. Und wenn du dann
noch immer bei mir aushelfen möchtest, erwarte ich dich
gegen neun.«

»Danke! Danke vielmals, Sylvia, ich werde pünktlich
sein!«

»Wenn du erst Unmengen von staubigen Ausleihkarten sortiert hast und einer besserwisserischen Politikergattin zum Fraß vorgeworfen wurdest, wirst du es schon noch bereuen.«

Sylvia wandte sich zum Gehen, blieb nach wenigen Schritten stehen und kam noch einmal zurück. »Fast hätte ich es vergessen ...« Sie griff in die große Außentasche ihres Mantels und brachte ein in Packpapier gewickeltes kleines rechteckiges Päckchen zum Vorschein. »Ich kann dich doch nicht ohne Lektüre in den Feierabend entlassen!«

Sie drückte Ann das Päckchen in die Hand. »Sofern es dir gefällt, darfst du es behalten. Welcome to the company!«

4

Eine berufstätige Frau

Das Knarzen der Schlafzimmertür war das Erste, was sie am nächsten Morgen wahrnahm. Allein der Gedanke, die Augen zu öffnen, verursachte einen schmerzhaften Druck hinter der Stirn. Gedämpfte Schritte näherten sich. Zaghaft wurde ein Fuß vor den anderen gesetzt, auf Strümpfen, wie Ann dankbar feststellte. Wenn ich mich nicht rühre, dachte sie, wird er vielleicht einfach wieder weggehen, mir eine Gnadenfrist gewähren, wenn auch unverdient. Auf ihrer Seite senkte sich die Matratze ab, Johann hatte sich auf der Bettkante niedergelassen. Ann hielt die Augen geschlossen. Nicht sprechen, dachte sie, sprich bitte nicht.

»Ann-Sophie? Liebling? Bist du wach? Es ist schon beinahe Mittag.«

Immerhin flüsterte er. Immerhin nannte er sie *Liebling*.

»Nur noch Ann.«

»Wie bitte?«

»Keine Sophie mehr. Und erst recht kein Soferle! Ich bin Ann.«

»Seit wann das denn?«

»Seit gestern.«

»Aha.«

»Davon abgesehen bin ich *nicht wach*, Johann! Siehst du das nicht?«

Sie hörte ihn schwer ein- und wieder ausatmen, kurz darauf hob sich die Matratze. Schritte, diesmal vom Bett weg und nicht mehr ganz so zurückhaltend voreinander gesetzt, dann das Ratschen der Vorhänge.

Ann blinzelte in das Dämmerlicht des abgedunkelten Schlafzimmers, realisierte erleichtert, dass die Vorhänge zu-, statt wie befürchtet aufgezogen worden waren, sah die große, schlanke Silhouette ihres Ehemannes am Fenster. Geh!, dachte sie. Geh bitte einfach wieder raus! Als hätte Johann ihre Gedanken gelesen, verließ er stumm das Zimmer, die Tür klickte leise ins Schloss. Ich sollte aufstehen und ihm nachgehen, dachte Ann. Soweit sie sich an den Ausgang der vergangenen Nacht erinnern konnte, hatte Johann noch immer keine Ahnung, wo sie den gestrigen Tag verbracht hatte, warum sie erst weit nach Mitternacht wieder aufgetaucht war, sturzbetrunken obendrein, und sich ohne eine weitere Erklärung auf direktem Weg ins Schlafzimmer begeben hatte. Sie hob die Decke an, schaute an sich herunter. Hatte sie sich selbst ausgezogen und das Nachthemd übergestreift, oder war er das gewesen? Sie versuchte, den Oberkörper aufzurichten, und ließ sich stöhnend zurück in die Kissen fallen.

Etwa zehn Minuten später tappte Ann unter Aufbietung aller ihr zur Verfügung stehenden Kräfte, barfüßig und mit nichts als einem Wolltuch über dem Nachthemd, durch den engen Flur. Sie folgte dem Klappern von Geschirr, klopfte an die angelehnte Tür wie eine schüchterne Besucherin. Da keine Antwort kam, drückte Ann die Tür weiter auf und trat auf die Schwelle zur Küche, die sie bei der ersten Begehung der Wohnung als »räudiges Loch« bezeichnet hatte. Zu Unrecht, wie ihr jetzt durch den Kopf ging, während sie in den schlauchartigen Raum hineinschaute, als wäre sie noch nie darin gewesen. Die einfache, aber funktionale Kochstelle mit den zwei emaillierten Klappen und den verchromten Griffen an der Vorderseite, der gusseiserne Ofen, in dem eben entfachte Scheite knisterten, die cremefarbenen Vorratsschränke neben der steinernen Spüle und der mit hellblauen und schwarzen Kacheln gefliese Boden waren, verglichen mit einer modernen Küchenausstattung, vielleicht etwas schlicht, aber alles andere als räudig. Der kleine Tisch hinten in der Fensternische, über den eine mit Kornblumen und Klatschmohn bestickte Leinendecke gebreitet war, sowie die beiden Holzstühle mit den gedrechselten Beinen bekamen bei näherer Betrachtung sogar etwas regelrecht Einladendes. Letzteres mochte auch daran liegen, dass Ann das dringende Bedürfnis verspürte, sich hinzusetzen.

Johann stand mit dem Rücken zu ihr vor dem Geschirrschrank, gab keinerlei Zeichen von sich, dass er ihr Auftauchen bemerkt hatte. Er trug seine legere dunkelblaue Morgenjacke, die Ann seit den Berliner Tagen nicht mehr an ihm gesehen hatte.

»Johann?«

Er drehte sich langsam zu ihr um, ein Glas Wasser in der ausgestreckten Rechten, in dem zwei Alka-Seltzer zerfielen.

»Hier, das wird dir guttun.«

Ann fragte sich, ob sich in seinem Gesicht eher Befremden oder doch auch eine Portion Belustigung erkennen ließ. Verärgerung war es jedenfalls nicht, da war sie sich sicher. Erstaunlich. Ann nahm das Glas entgegen, wollte es zum Mund führen.

»Moment!«

Johann öffnete die Besteckschublade, entnahm ihr einen Teelöffel und reichte ihn seiner Frau. »Sachte beim Umrühren. Das Geräusch von Silber auf Glas kann einem in deinem Zustand ganz schön zusetzen.«

»Du scheinst dich ja auszukennen.«

»Ich war mal Student der Berliner Juristischen Fakultät. Das sind bekanntlich die Schlimmsten.«

»Mein Vater hat immer behauptet, die Mediziner wären die Schlimmsten.«

»Die sind wahrscheinlich die Allerschlimmsten.«

Er setzte ein breites Grinsen auf, etwas bemüht vielleicht, aber noch immer nicht ärgerlich. Ann rührte vorsichtig um, trank, verzog das Gesicht ob des bitteren Geschmacks, und reichte ihrem Mann das leere Glas. Während er es neben der Spüle abstellte, schlüpfte Ann an ihm vorbei und ließ sich auf den linken der beiden Küchenstühle sinken.

»Hunger?«, fragte Johann.

»Bloß nichts essen!«

Er grinste schon wieder. »Kaffee?«

»Das eher.«

Johann begann in der Küche zu hantieren, setzte den Wasserkessel auf, holte eine Kanne aus dem Schrank, dann die Dose mit dem Kaffeepulver. Er bewegte sich ebenso leise wie umsichtig – und mit einer Selbstverständlichkeit, als wäre dies seine tägliche Morgenroutine.

Warum war er so fürsorglich, warum so freundlich? Und vor allem: Wieso war er nicht bei der Arbeit, so wie an jedem Tag, seit sie nach Paris gekommen waren? Selbst an Ostern hatte er sie allein gelassen und sich auf den Weg in die Rue Montmartre gemacht, weil er angeblich nur in der Kanzlei volle Akteneinsicht nehmen konnte und, wie er nicht müde wurde zu betonen, verglichen mit den älteren und erfahreneren Kollegen ein gehöriges Pensum nach- und vorzuarbeiten hatte. Die Anbahnung irgendeines internationalen Handelsabkommens, bei dem De Sauveterre & Associé juristisch beratend tätig war, stand auf der Agenda, alles an strengste Geheimhaltung gebunden, alles wahnsinnig bedeutsam, und so weiter. Ann war nie richtig bei der Sache gewesen, wenn Johann seine kryptischen Andeutungen hatte fallenlassen. Sie war sich dann lediglich einmal mehr dessen bewusst geworden, dass ihm seine Karriere wichtiger war als alles andere, sie selbst, seine Ehefrau, eingeschlossen.

»Musst du nicht in die Kanzlei?«

Johann, der gerade den Kessel vom Feuer nahm, hielt in der Bewegung inne. »Ich wollte mich erst vergewissern, dass es dir gut geht.«

Er räusperte sich, wollte anscheinend noch etwas hinzufügen, ließ es dann aber. Ohne sich ihr noch einmal zuzuwenden, begann er, den Kaffee zu überbrühen. Ann fragte sich, was in Johann vorging. Er klang nicht gekränkt, eher besorgt, vielleicht auch ein bisschen ratlos, aber vor allem wirkte er, und diese Erkenntnis verblüffte sie am meisten, verunsichert. Wie konnte das sein? Es passte so gar nicht zu dem Mann, als den sie ihn bisher erlebt hatte. Schon bei ihrer ersten Begegnung war es vor allem seine schier unerschütterliche Souveränität gewesen, die sie zu ihm hingezogen hatte. Wie er da inmitten einer geschätzten Hundertschaft von illustren Gästen im üppig geschmückten Festsaal der noblen Villa von Schoeller gestanden hatte! Ein strahlend schöner junger Mann von beinahe zwei Metern Größe, lässig mit überkreuzten Beinen an eine Säule gelehnt, als kümmerte ihn all die Aufregung um die anwesenden Honoratioren nicht im Geringsten. In der Menge hatte Ann Außenminister Stresemann erkannt, daneben Wirtschaftsminister Luther sowie den Polizeipräsidenten, dessen Name ihr nicht einfallen wollte, und auch der gefeierte Dirigent Furtwängler war anwesend gewesen, ferner Henny Porten, die Ann kurz zuvor noch als Portia im *Kaufmann von Venedig* bewundert hatte, sowie, umschwärmt von anbiedernden Frackträgern und erhitzten Damen der Gesellschaft, Pola Negri höchstpersönlich. Und in all diesem prominent-glamourösen Gewusel hatte der Mann an der Säule seine rehbraunen Augen auf sie, Ann, geheftet, als wäre sie das einzig Bemerkenswerte im Raum. Sie war zunächst derart überrascht gewesen, dass sie hinter sich geschaut und sich gefragt hatte, ob tatsächlich *sie* die Adressatin dieses Blickes sein konnte. Ein Lächeln spielte um die Mundwinkel des sie nach wie vor unverblümt fixierenden Unbekannten, als ihre Blicke sich wieder trafen. Daraufhin hatte sie sämtliche Regeln der Etikette fallen gelassen, war quer durch die Festgästeschar auf ihn zugesteuert und hatte sich ihm vorgestellt. Dass sie dabei nicht die leiseste Ahnung gehabt hatte, sich dem zweitältesten Sohn des Gastgebers und Jubilars Achim von Schoeller, Direktor des gleichnamigen Bankhauses, aufzudrängen, hatte Johann lustig gefunden. Auch dass Ann sogleich bekannt hatte, ihre Einladung einem Gallenstein zu verdanken, von dem ihr Vater kürzlich die Gattin des Bankiers, Johanns Stiefmutter Adele, per Notoperation befreit hatte, schien ihn köstlich zu amüsieren. Den ganzen weiteren Abend blieben sie ins Gespräch vertieft, das heißt, meistens hatte Ann geredet, aber sie hatten dabei so viel und so laut miteinander gelacht, dass es fast schon ein bisschen anstößig gewesen war. Später hatte Johann ausschließlich mit ihr getanzt, obwohl es genügend begehrliche Blicke von anderen jungen Damen gegeben hatte. »Es wird wohl unvermeidlich sein, dass wir heiraten«, hatte Johann ihr beim Abschied zugeraunt. Vier Wochen später waren sie offiziell verlobt gewesen, und halb Berlin hatte Ann zu ihrer »erstklassigen Eroberung« gratuliert. Und wie begeistert Papa erst von ihrer Wahl gewesen war!

Das Scheppern von Porzellan riss Ann aus ihren Erinnerungen. Johann stellte zwei Tassen, dann die dampfende Kanne auf den Tisch, nahm den Deckel von einer Blechdose mit Buttergebäck, die aus dem Osterpaket seiner Stiefmutter stammte, und stellte sie dazu. Nachdem er Kaffee eingegossen und Ann eine Tasse zugeschoben hatte, zwängte er sich auf den noch freien Stuhl zu ihr in die Nische.

»Ist ziemlich eng hier«, sagte er.

»Ich finde es eigentlich gemütlich«, antwortete Ann.

Johann nahm sich einen Keks aus der Dose, aß ihn mit zwei Bissen und wischte anschließend mit der Handkante die Krümel auf den Boden.

»Früher hätten sich jetzt die beiden Cockerspaniels meines Vaters um die Beseitigung gekümmert. Ich mochte diese unerzogenen Tiere sehr, habe immer extra für sie etwas vom Tisch fallen lassen.«

»Wir hatten leider nie Hunde«, sagte Ann.

»Würdest du einen Hund wollen?«

Ann zuckte mit den Schultern. Hatte er jetzt ernsthaft die Absicht, sich mit ihr über die Anschaffung eines Hundes zu unterhalten? Dankenswerterweise schien Johann zu begreifen, dass ihr nicht nach belanglosem Geplauder zumute war. Er ließ das Thema fallen, langte ein weiteres Mal in die Dose, hielt Ann wortlos einen Keks hin, den er, nachdem sie den Kopf geschüttelt hatte, sich selbst in den Mund schob. Sie schwiegen eine Weile. Seit sie in Paris wohnten, hatte so oft Stille zwischen ihnen geherrscht, beinahe ausschließlich, aber dieses Mal war es anders. Etwas hatte sich verändert, irgendwelche Komponenten hatten sich verschoben. Ann konnte nicht sagen, was genau es war, es irritierte sie, aber gleichzeitig gefiel es ihr. Während sie weiter darüber nachdachte, wurde ihr bewusst, dass sie und Johann noch nie gemeinsam an diesem lächerlich kleinen Tisch Platz genommen hatten, den ihre Vorgänger dort hingestellt haben mussten, um genau das zu tun, was sie gerade taten: zwanglos in der Küche sitzen. Was mein Äußeres angeht, vielleicht ein bisschen *zu* zwanglos, dachte sie und wickelte das Wolltuch enger um ihre Brust.

»Ist dir kalt?«

»Nein, gar nicht.«

Sie zog die nackten Füße auf die Sitzfläche ihres Stuhls, nahm ihre Tasse in beide Hände, trank einen Schluck. Der Kaffee war so stark, dass er Tote hätte erwecken können.

»Johann, ich muss mich bei dir entschuldigen!«

Er nickte kaum merklich, seine Finger spielten mit dem Saum der Tischdecke. »Du hast mir einen gewaltigen Schrecken eingejagt, als du einfach verschwunden warst.«

»Das tut mir leid!«

»Ist schon in Ordnung.«

»In *Ordnung*? Warum bist du nicht wütend? Warum machst du mir keine Szene?«

Da ließ Johann seine flache Hand auf den Tisch krachen, sodass Ann zusammenfuhr.

»Warum ich nicht Zeter und Mordio schreie, willst du wissen? Weil ich über alle Maßen erleichtert bin, deshalb!«

Erleichterung war nun wirklich das Letzte, was Ann als Grund für sein merkwürdiges Verhalten vermutet hätte. Entsprechend verwirrt sah sie ihren Mann an, unfähig, diesen unerwarteten Ausbruch zu kommentieren.

»Als ich gestern Abend aus der Kanzlei zurück in die Wohnung kam, alle Räume dunkel vorfand und keine Spur von dir, da war ich überzeugt, du bist mit dem Nachtzug unterwegs nach Berlin und hast mich ver-

lassen. Ich habe mich zunächst wie betäubt ins Wohnzimmer gesetzt und gehofft, dass du wenigstens von
unterwegs telegraphieren oder auf eine andere Weise
Kontakt zu mir aufnehmen würdest. Hundertmal habe
ich mir überlegt, was ich dir dann antworten würde,
wie dich zurückgewinnen und so weiter. Und natürlich
machte ich mir Vorwürfe, fühlte mich schuldig. Ich weiß
ja, dass ich dir in der letzten Zeit viel zugemutet habe,
denk nicht, mir wäre das nicht bewusst, aber ich habe es
für uns getan, für unsere gemeinsame Zukunft!«

Er fuhr sich mit der Hand über das schlecht rasierte
Kinn, schien eine Reaktion zu erwarten. Da sie schwieg,
fuhr Johann fort: »Nach zwei oder sogar drei Stunden,
in denen ich mir sinnlos das Hirn zermartert habe, kam
ich Idiot endlich auf die Idee nachzuschauen, ob du Ge-
päck mitgenommen hast. Und was musste ich feststellen?
All deine Sachen waren noch da. Nichts fehlte, weder die
Photographie deiner Mutter noch die Schmuckschatulle
oder deine Haarbürsten, nicht einmal die kleinste Reise-
tasche. Da bin ich dann zum zweiten Mal an diesem
Abend zu Tode erschrocken. Ich bin runter zur Concierge
gelaufen, um von ihr zu erfahren, dass du am späten Vormittag beim Verlassen des Hauses gesehen worden warst,
mit nichts als deinem Beutel am Arm. Und als wäre ich
jetzt nicht schon besorgt genug gewesen, nannte Madame
Martin mir die Adresse der nächsten Polizeiwache, mit
der dringenden Empfehlung, dich umgehend als vermisst
zu melden. Dabei faselte sie ständig etwas von zwei brutal
ermordeten jungen Frauen im Quartier Latin in der vergangenen Woche. Da ich mich von den Schauermärchen

der Concierge nicht gleich vollends verrückt machen lassen wollte, ging ich zurück in die Wohnung und beschloss, Ruhe zu bewahren und fürs Erste weiter auf dich zu warten. Aber vielleicht kannst du dir vorstellen, dass mir das, mit jeder Minute, die verging, weniger gut gelang. Um ehrlich zu sein: Ich war im Begriff, wahnsinnig zu werden, konnte kaum mehr klar denken. In der Seine sah ich dich schwimmen, mit aufgeschnittener Kehle, eingeschlagenem Schädel, abgetrennten Gliedmaßen ... Und gerade als ich mich schließlich doch auf den Weg zur Polizeistation machen wollte, hämmerte es an der Wohnungstür, und das warst du! Merkwürdig gekleidet und, mit Verlaub, reichlich alkoholisiert, aber lebendig. In meinem ganzen Leben bin ich noch nie so erleichtert gewesen, das kannst du mir verdammt noch mal glauben!«

Er hatte beim Reden einen hochroten Kopf bekommen, und wäre das nicht ein Ding der Unmöglichkeit gewesen, Ann hätte geglaubt, Tränen in seinen Augenwinkeln zu sehen. Johann räusperte sich, griff nach seiner Kaffeetasse, leerte sie in einem Zug. »Schmeckt ja ekelhaft!«, sagte er heiser und schenkte sich nach. Noch nie hatte Ann ihren Mann so gesehen, noch nie so reden hören, ungebremst, übersprudelnd und heftig. Sie fühlte sich schuldig, aber gleichzeitig kam sie nicht umhin, sich zu freuen, dass ihr ungewisser Verbleib ihn derart aus der Fassung gebracht hatte. Seine Prioritäten lagen vielleicht doch nicht ausschließlich bei Kanzlei und Karriere. Beinahe hätte Ann diesen Gedanken laut ausgesprochen, aber sie beschloss, dass Johann für den Moment genug gelitten hatte, und sagte nichts.

»Wer war eigentlich die Frau?«, fragte Johann, nachdem er sich wieder etwas gefangen hatte.

»Welche Frau?«

»Madame Martin hat mir heute Morgen erzählt, eine Frau habe dich nach Hause gebracht. Diese Information hat mich immerhin ein wenig über die Tatsache hinweggetröstet, dass du in Männerkleidung zurückgekehrt bist.«

Ann musste lachen. »Ach herrje, mein ärmster Johann! Die Frau war Sylvia, eine Buchhändlerin, die ich gestern kennengelernt habe. Von ihr sind auch die Kleider. Meine sind meiner eigenen Blödheit und einer kleinen alkoholbedingten Unpässlichkeit zum Opfer gefallen. Sylvia lebt zwar mit einer Frau zusammen, aber ihr Interesse an mir ist nicht von erotischer Natur, da musst du dir keine Sorgen machen.«

Und weil Johann sie jetzt anstarrte, als hätte er eine Geistererscheinung, beschloss Ann, dass es Zeit wurde, ihm ausführlich vom gestrigen Tag zu berichten.

»Im Grunde fing alles damit an, dass ich nach dem Frühstück den Baedeker zur Hand genommen habe, den du mir zu Neujahr geschenkt hast ...«, begann sie. Ann erzählte bis in den frühen Nachmittag hinein. Währenddessen bereitete Johann zwei weitere Kannen seines grauenhaften Kaffees zu, sie leerten die Keksdose restlos, und Ann nahm zwei weitere Alka-Seltzer. Gegen vier Uhr war sie dann endlich bei der Schilderung des fabelhaften Auftritts von Madame Martin und ihrer Katzenmeute angelangt. Zu diesem Zeitpunkt hatte Johann sich schon so weit wieder gefasst, dass sie sich gemeinsam über die Komik der Situation amüsieren konnten.

»Jetzt weißt du Bescheid«, schloss Ann ihren Bericht. »Ich kann mich gar nicht oft genug bei dir für die Aufregung entschuldigen, in die ich dich versetzt habe, aber ungeachtet dessen war der gestrige Tag einer der besten meines Lebens.«

Johann drehte seine Kaffeetasse in den Händen. »Meine kleine Frau unternimmt also ihren ersten Spaziergang in Paris und findet sich sogleich inmitten der weiblichen Literaturavantgarde wieder?«

»So in etwa.«

»Habe ich nicht prophezeit, dass du diese Stadt lieben wirst?«

»Aber selbst wenn diese Prophezeiung sich erfüllt, wird es dein Verdienst nicht gewesen sein, mein Liebster.«

Johann betrachtete sie lange und aufmerksam, als wollte er ihr Gesicht auf irgendwelche wie auch immer gearteten Zeichen hin überprüfen.

»Und du möchtest jetzt ernsthaft als Aushilfskraft bei dieser Sylvia in der amerikanischen Buchhandlung arbeiten?«, fragte er schließlich.

»Ja. Das will ich.«

»Hm.« Johann stand auf, öffnete die Ofenklappe, legte zwei Holzscheite nach und stocherte mit dem Schüreisen im Feuer.

Ann wusste, dass er das Recht besaß, es ihr zu verbieten, und sie war sich ebenfalls darüber im Klaren, dass es seiner Reputation schaden konnte, wenn seine Ehefrau einer Angestelltentätigkeit nachging, aber all das wollte sie in diesem Moment nicht gelten lassen. Sie wappnete sich gegen jedwede Einwände seinerseits, fest entschlossen, mit allen Mitteln zu kämpfen, sich dieses Mal durchzusetzen.

Johann kam zurück an den Tisch, nahm wieder Platz. »Wann würdest du dort anfangen?«

»Bedeutet das, du bist einverstanden?«

»Habe ich eine Wahl?«

»Nein«, sagte Ann. »Ich werde ab Montag dort arbeiten.«

»Na, dann«, sagte Johann.

Ann beugte sich über den Tisch, der fortan ihr Lieblingsplatz in der Wohnung sein würde, und küsste ihren Mann.

Gegen acht Uhr abends hatte Johann gerade überraschend wohlschmeckende Eier mit Speck aus der Pfanne serviert, obwohl Ann sich durchaus wieder kräftig genug gefühlt hatte, einen Abendimbiss zuzubereiten, als ihr plötzlich wieder etwas in den Sinn kam, das ihrem Gedächtnis unbegreiflicherweise entfallen war.

»Hatte ich bei meiner Rückkehr nicht ein kleines, flaches Paket dabei?«

»Du hast es an dich gepresst, als wäre ein Diamantencollier darin. Ich konnte gerade noch verhindern, dass du es mit ins Bett nimmst. Es ist im Schlafzimmer.«

Ann sprang auf und eilte aus der Küche. Das Paket fand sich neben Sylvias Kleidern, die auf dem gepolsterten Hocker an ihrem Toilettentisch lagen. Die Anziehsachen waren auf eine Weise zusammengefaltet, wie sie selbst es niemals tun würde. Ann riss das unversehrte

Packpapier auf. Ein schlichter weißer Einband kam zum Vorschein, von blauen und hellgrauen Streifen gerahmt. *A Book*, so der überraschend unspektakuläre Titel. *By Djuna Barnes*. Eine Visitenkarte war darin eingelegt:

– Sylvia Beach –
*BOOKSHOP * LENDING LIBRARY * PUBLISHER*
12 Rue de l'Odéon
Tél.: Littré 33–76
PARIS VIe

Links neben der Adresse war eine holzschnittartige Miniatur eingedruckt: William Shakespeare schaute, mit Feder und Papier ausgestattet, aus einem mittelalterlich anmutenden Rundbogen. Auf der Rückseite der Karte stand handschriftlich in kleinen, krakeligen Buchstaben:

Nous aurons beaucoup de travail, ma petite collègue en colère.
Bienvenue à toute heure! S.

»Wir werden viel Arbeit haben, meine kleine zornige Kollegin. Willkommen zu jeder Zeit!«, murmelte Ann vor sich hin und legte das Kärtchen zurück an die Stelle im Buch, an der Sylvia es hinterlassen hatte. Die Position der Karte war sicher nicht zufällig gewählt. Englisch zu lesen fiel Ann nicht ganz so leicht wie Französisch, aber wenn sie sich konzentrierte, ging es ganz gut. Die Erzählung hatte den Titel *Indian Summer*. Schon beim ersten Satz packte sie eine Empfindung, die von einer backfischhaften Verliebtheit kaum zu unterscheiden war: *At the age of fifty-three Madame Boliver was young again.* Ihr Herz klopfte, sie atmete schwer, hätte beinahe das Buch an ihre Wange gelegt – ermahnte sich allerdings rechtzeitig, nicht vollends den Verstand zu verlieren. Stattdessen setzte sie sich auf den kleinen orientalischen Teppich vor ihrem Bett, verschränkte die Beine zum Schneidersitz, las weiter und vergaß alles andere um sich herum.

In Djunas Geschichte vollzog sich an besagter Dame Boliver eine seltsame Metamorphose: Nach einem Leben in jungfräulich-spröder Mittelmäßigkeit fand sie sich, im doch eher fortgeschrittenen Alter von dreiundfünf-zig Jahren, als begehrte junge Schönheit wieder. War sie zuvor nie von irgendwem bemerkt worden, so schauten jetzt alle Anwesenden auf, wenn Madame einen Raum betrat. *She was the rage,* hieß es im Text, die Menschen rissen sich um sie, buhlten um ihre Aufmerksamkeit, die Verehrer umschwirrten sie wie Motten das Licht. Auch die Dinge, mit denen Madame Boliver sich umgab, ver-wandelten sich mit der Zeit in exotische Herrlichkeiten. *Would it remain?*, fragte sie sich. Die Antwort konnte sie sich im weiteren Verlauf selbst geben: Ja. Es dauerte an. Madame Bolivers neue Jugend blieb und blühte, und schließlich glaubte Madame selbst daran. Zwei Jahre nach ihrer wundersamen Verwandlung erhörte sie das Werben eines jungen Russen, Petkoff, und willigte ein, ihn zu ehelichen. Das Paar überstrahlte alles mit jugend-licher Glückseligkeit, jedermann beneidete den jungen Pettkow ob seiner herrlichen Verlobten. Bis die Dame *a little too wonderful,* wie es im Text hieß, wurde und, so Anns Vermutung, möglicherweise auch ihrer eigenen Grandiosität ein wenig müde. Jedenfalls keimten die Zweifel auf, und die Heldin der Geschichte begann im Zuge dieser Zweifel zu schwächeln. Ann las gerade von Madame Bolivers Ableben, das Djuna mit den lapidaren Worten: *And then one day she died* verkündete, als Johann im Zimmer erschien. Mit erhobener Hand gebot Ann ihm zu schweigen, bis sie auch den letzten Absatz zu Ende gelesen hatte. Johann gehorchte.

»Ich habe fast befürchtet, du bist schon wieder abgängig«, sagte er, als Ann die Hand sinken ließ und zu ihm aufsah.

»In gewisser Weise bin ich das auch.« Ann klappte das Buch zu, hob es in die Höhe, sodass er den Umschlag sehen konnte. »In diesem kleinen Universum hier.«

Johann verzog leicht die Mundwinkel. »Ist das von der Schriftstellerin, die du gestern kennengelernt hast?«

»Ja, es sind Erzählungen. Bislang habe ich nur eine gelesen, aber die ist großartig! So eigen, befremdlich, unkonventionell und elegant. Ich werde dieses Buch inhalieren, das steht fest!«

»Na, ob das denn bekömmlich ist!«

»Ernsthaft, Johann! Hättest du zum Beispiel gedacht, dass dreiundfünfzigjährige Frauen wieder jung werden?«

»Im übertragenen Sinne?«

»Oder dass Vorhänge melancholisch sein können und Wimpern staubig?«

»Das wäre nicht meine primäre Assoziation.«

»Siehst du!«

»Also ich für meinen Teil würde einschreiten, wenn deine Wimpern beleidigt werden.«

»Du verstehst das nicht, Johann!«

»Scheint mir auch so.«

»Es ist nicht witzig gemeint, jedenfalls nicht nach meinem Verständnis. Djuna selbst wäre wahrscheinlich mit jeder ironischen Interpretation d'accord. Aber für mich sind solche kleinen Irritationen Vehikel, die neue, überraschende Kontexte aufzeigen, sie führen mich in gedankliche Weiten. Ein einziges Attribut kann eine aus zweifelhaften Gewissheiten geformte Welt verschieben. Das ist doch sehr aufregend, oder etwa nicht?«

»Ich bin nichts als ein ganz und gar unpoetischer Jurist, meine Liebste, und ich habe die Dinge lieber klar und eindeutig. Aber diese neue Begeisterung steht dir ausgesprochen gut.«

»Soll ich dir etwas vorlesen?«

»Später vielleicht.«

Er streckte ihr seine Hand entgegen, Ann ergriff sie und ließ sich in seine Arme ziehen, obwohl zumindest ein Teil von ihr gerne weitergelesen hätte.

Am ersten Arbeitstag ihres Lebens wurde sie von ihrem Mann mit der Frage geweckt, zu welcher Uhrzeit sie das Haus zu verlassen gedenke. Er drückte sich tatsächlich exakt so aus: »Wann gedenkst du das Haus zu verlassen?«, ohne ihr zuvor auch nur einen »guten Morgen« gewünscht zu haben.

»Gegen halb neun«, antwortete Ann. »Du bist um diese Zeit sicher schon unterwegs.«

»Nein«, sagte Johann. »Halb neun passt gut. Wir können zusammen aufbrechen.«

Ann stieg aus dem Bett, um sich für den Tag fertig zu machen.

Während Johann im Bad mit seiner überfälligen Rasur beschäftigt war und Ann derweil in der Küche auf das Pfeifen des Wasserkessels wartete, vergewisserte sie sich mithilfe der Straßenkarte, dass sie auf dem direkten Weg weniger als zehn Fußminuten bis in die Rue de l'Odéon unterwegs sein würde. Wenn ihr vor drei Tagen jemand gesagt hätte, sie würde einmal begeistert über die Lage ihrer Pariser Wohnung sein, hätte sie das als undenkbar von sich gewiesen. Johanns Weg in die Kanzlei hingegen, auch das schlug Ann im Baedeker nach, war weitaus länger. Er konnte, wenn sie die Linienpläne richtig deutete, gleich an der Ecke den Autobus oder etwas weiter vorne die Straßenbahn nehmen, vielleicht winkte er sich aber auch eine der vielen Motordroschken heran, die in halsbrecherischem Tempo über den Boulevard Saint-Michel knatterten. Oder Johann spazierte bis Odéon und nahm dort die Métro in Richtung Norden. In diesem Fall hätten sie bis zu Sylvias Laden die gleiche Strecke zurückzulegen. Ann bereute, vor lauter übellauniger Gesprächsverweigerung Johann in den vergangenen Wochen nie gefragt zu haben, wie er eigentlich in die Kanzlei gelangte. Noch unangenehmer aber war ihr der Gedanke, dass er sie womöglich von nun an Tag für Tag geleitete. Djunas oder Janets spitze Kommentare dazu klangen ihr bereits in den Ohren. Andererseits konnte man doch wohl mit an Sicherheit grenzender Wahrscheinlichkeit davon ausgehen, dass jemand wie Johann kein Flaneur war, der freiwillig einen, wenn auch hübschen, Umweg machte. Er wählte garantiert stets die kürzeste und effektivste Variante, um in die Rue Montmartre zu gelangen, allein schon weil die Arbeit so drängte. Oder hatte er etwa vor, seine Gewohnheiten zu ändern?

Nachdem sie hastig und stumm ein bescheidenes Frühstück eingenommen hatten, verließen Ann und Johann gemeinsam die Wohnung.

»Ich werde übrigens das kurze Stück zur Buchhandlung zu Fuß gehen«, sagte Ann. »Aber mach dir keine Sorgen, Liebster, ich finde mich gut alleine zurecht.«

»Ich habe jetzt also eine Frau, die arbeitet«, murmelte Johann. »An diesen Gedanken werde ich mich erst gewöhnen müssen.«

Er klang nicht mehr ganz so aufgeräumt wie noch am Vorabend, aber Ann mochte dem keine Aufmerksamkeit schenken. Wenn er jetzt schmollen wollte, dann sollte er eben schmollen.

»Nimmst du den Autobus oder die Straßenbahn?«, fragte sie so beiläufig wie möglich, als sie und Johann Seite an Seite den Innenhof durchschritten.

»Wir werden dann wohl schnellstmöglich ein Dienstmädchen brauchen«, sagte Johann.

»Brillante Idee«, sagte Ann. »Straßenbahn oder Bus?«

»Bus bis Place Saint-Michel, dann mit der Métro bis Saint-Eustache. Warum fragst du?«

»Man wird sich doch für die Wege des eigenen Mannes interessieren dürfen.«

»Darf ich mich denn noch für die Wege meiner Frau interessieren?«

»Selbstverständlich. Heute Abend kannst du mich alles fragen.«

»Vor oder nach Mitternacht?«

»Weit vor. Versprochen!«, sagte Ann und schob ihren Arm unter seinen. »Und wenn du es im Gegenzug schaffst, spätestens um sieben Uhr die Nase aus den Akten zu ziehen, darfst du sogar einen Tisch für zwei in einem Speiselokal deiner Wahl reservieren. Wie wäre das?«

Johanns Gesicht hellte sich auf. »Schön wäre das! Endlich darf ich dich in Paris zum Essen ausführen!« Er klang für seine Verhältnisse fast schon euphorisch.

Ann begleitete ihren Mann das kurze Stück bis zur Haltestelle an der Place de la Sorbonne, wo just mit ihrer Ankunft ein Omnibus einfuhr. Mit einem sportlichen Satz sprang Johann auf die hintere Plattform, drehte sich noch einmal nach ihr um und hob grüßend die Aktentasche, als sich der Bus in Bewegung setzte.

»Wink mir nicht mit deiner blöden Aktentasche!«, rief Ann.

Johann warf ihr mit der freien Linken einen Handkuss zu.

Jetzt denken alle, die uns beobachten, was für ein glückliches junges Paar wir sind, dachte Ann. Genau wie die Leute es von Madame Boliver und Petkoff gedacht hatten. *They were profoundly happy*, hatte es in Djunas Erzählung geheißen. Später hatte Petkoff sich dann an der Kerze neben Madame Bolivers Totenbahre seine Zigarette angezündet und »Damn it!« geflucht.

Der Omnibus war gerade außer Sicht, als ein Plakatträger seine laut scheppernde Glocke an Anns rechtem Ohr vorbei schwang. Im Théâtre des Variétés wurde *Die Fledermaus* gegeben, *La Chauve-Souris*, wie das bunt leuchtende Plakat verkündete. Ausgerechnet! Diese Stadt macht sich über mich lustig, dachte Ann. Vor einigen Jahren, sie war gerade mit der Schule fertig gewesen, hatte sie an der Seite ihres Vaters eine Weihnachtsaufführung der *Fledermaus* in Berlin besucht. »Ich muss dich allmählich mal ein bisschen herumzeigen«, hatte der Vater gesagt. Sie war so stolz auf das eigens zu diesem Anlass angefertigte Kleid gewesen, das erste, das sie, wie sie damals glaubte, »erwachsen« aussehen ließ. Seltsam, wie fern und fremd ihr das alles jetzt erschien. Wo auch immer es sie noch hin verschlagen würde, die Berliner Jungmädchentage waren endgültig vorbei. Jetzt war sie wirklich erwachsen geworden, und es hatte dafür keine puderfarbene Scheußlichkeit mit Perlenapplikationen gebraucht. Sie, Ann, war jetzt eine Frau, die zur Arbeit ging, die eine Aufgabe zu erfüllen hatte. Fürs Erste war es vielleicht eine vergleichsweise bescheidene Stellung, die sie antrat, aber ihr Dasein würde nicht mehr von einsamer Langeweile, sondern von faszinierenden Menschen und fesselnden Geschichten geprägt sein. Selbst Johann hatte etwas von dem Neuen geahnt, das in ihr aufgekeimt war, und sie ziehen lassen. Alles würde von nun an besser werden!

Ann hatte den Boulevard Saint-Michel kaum überquert, als sich zu ihrem Überschwang plötzlich Angst gesellte. Sosehr sie sich darauf freute, zu Sylvia zu gehen, so sehr fürchtete sie sich auf einmal davor. Es war nicht die Sorge, den Arbeitsanforderungen nicht gewachsen zu sein, die sie beunruhigte. So wie sie Sylvia verstanden hatte, wurden von ihr keine ausgefeilten Sondertalente gefordert. Der Grund ihrer aufkeimenden Panik war, dass Ann sich der Tatsache bewusst wurde, nicht nur neues, sondern auch und vor allem unvorhersehbares Terrain zu betreten, wenn sie sich in diese Kompanie aufnehmen ließ. Ein einziger Tag im Einflussbereich dieser Frauen hatte bereits genügt, um ein verändertes Licht auf ihre Ehe, auf ihr Pariser Leben zu werfen. Bestand nicht die Gefahr, dass sich bald alles in Chaos oder Verunsicherung auflösen würde? War sie nicht jetzt schon ein bisschen zu sehr in Djuna vernarrt? Hatte sie nicht an einem einzigen Abend im Deux Magots dreiundzwanzig Jahre sogenannter guter Erziehung in den Wind geschlagen? Ann beschleunigte ihre Schritte, atmete tief durch. Ich werde tun, was zu tun ist, und sehen, wohin mich das führt, sagte sie sich. Den Monkey Gland wollte sie allerdings zunächst einmal lieber weglassen. Das war in jedem Fall sicherer.

In der Rue de Vaugirard blieb Ann stehen, um in einer Schaufensterscheibe ihr Aussehen zu prüfen. Nach längerer Überlegung hatte sie sich für eine hellblaue Seidenbluse mit Schleifenkragen unter einer taillierten karamellfarbenen Kostümjacke entschieden. Dazu trug sie einen schwarzen glockenförmigen Rock, der ihr bis über die Waden reichte und seriös genug wirkte, ohne altbacken zu sein. Jedenfalls hoffte sie das. Das wollene Cape, das Adrienne ihr Samstagnacht für den Heimweg geliehen hatte, lag lose über ihren Schultern, und Ann widerstand der Versuchung, ihr Spiegelbild damit eine von Djunas eleganten Gesten kopieren zu lassen. Stattdessen nahm sie den Umhang ab, faltete ihn in der Mitte zusammen und legte ihn sich über den Arm. Bevor sie sich vollends lächerlich machte und versuchte, mit Djunas, Janets oder gar Solitas Extravaganz zu konkurrieren, die sie ohnehin niemals erreichen würde, wollte sie für den Anfang lieber vernünftig und bodenständig wirken. Gemäßigt bodenständig, dachte sie, zupfte sich eine Strähne aus dem streng nach hinten gebundenen Haarknoten, befeuchtete ihren Zeigefinger mit Spucke, wickelte die Haarsträhne darum und ließ sie locker ins Gesicht fallen.

Als sie rechts an der von Rundbögen gesäumten Seite des Théâtre National de l'Odéon vorbeigehen wollte, stürmte eine Gruppe bunt gekleideter Männer aus einem der Bögen. Fünf Schausteller, vorneweg einer mit Trommel, dahinter zwei Geigen, eine Flöte und einer mit dem Akkordeon, schmetterten einen Gassenhauer, zu dem ein zotteliger alter Braunbär, den ein weiterer Schausteller an einer Kette mit sich führte, kleine Tanzschritte in Anns Richtung tapste. Anscheinend ist es mir nicht vergönnt, zu Shakespeare and Company zu gelangen, ohne dass mir jemand den Weg abzuschneiden versucht, dachte Ann und kramte eine Handvoll Münzen aus ihrem Beutel. Der Trommler, ein zahnloser Bärtiger mit rotem Spitzhut, hielt ihr die geöffnete Hand hin. Ann ließ die Münzen hineinfallen. Unter lautem Singsang und übertriebenen Verbeugungen ließen die Männer sie in gebührendem Abstand zu dem aufgerichteten Bären passieren, und Ann wünschte, Djuna oder Janet hätten sie in diesem Moment sehen können, wie sie erhobenen Hauptes an einer geifernden Bestie und fünf wilden Gesellen vorbeischritt. Das würde sie lehren, nicht mehr »Kleine« oder »Pensionatsmädchen« zu ihr zu sagen. Letzteres auf Deutsch, was es irgendwie noch despektierlicher klingen ließ.

Die Musik tönte noch vom Theaterplatz her, als Ann die Rue de l'Odéon entlangschritt und rechterhand Adriennes kräftige Gestalt entdeckte, die gerade dabei war, eine Bücherkiste auf ein Holzgestell vor ihrem Laden zu wuchten.

La Maison des Amis des Livres.
Société de Lecture. Librairie. A. Monnier,

stand über der Eingangstür.

»Bonjour Adrienne!«

»Schau mal einer an, die kleine Deutsche ist tatsächlich zurückgekommen! Und meinen Umhang hast du auch mitgebracht. Na? Ausgenüchtert?«

Ann reichte Adrienne das Cape. »Nie wieder trinke ich auch nur einen einzigen Tropfen, ich schwöre!«

»Mit solchen Schwüren wäre ich lieber vorsichtig. Möchtest du reinkommen?« Adrienne ging, ohne eine Antwort abzuwarten, in den Laden. Ann folgte ihr.

Adriennes Buchhandlung hatte etwas von einem überfüllten Studierzimmer, das gleichzeitig als Wohnstube diente. Wie schon beim Betreten von Shakespeare and Company zwei Tage zuvor fühlte Ann sich sofort, als käme sie nach Hause. Auf jeder noch so kleinen Fläche türmten sich Bücher- oder Zeitschriftenstapel, halbhohe Regale säumten die Wände, darüber waren, ähnlich wie bei Sylvia, gerahmte Fotografien von meist ernst dreinblickenden Leuten angebracht, bei denen es sich zweifellos um bekannte Persönlichkeiten des literarischen Lebens handelte. Eine prächtige antike Kommode, Korbstühle und ein alter Kachelofen betonten den anheimelnden Charakter, ein gigantischer Schreibtisch in der Mitte erinnerte daran, dass hier auch Geschäfte getätigt wurden.

»Willkommen in der französischen Sektion von Odéonia!«, sagte Adrienne und zündete sich eine Zigarette an. »Auch eine?« Sie ließ ein flaches silbernes Etui aufschnappen und hielt es Ann hin. Ann dachte an nächtliche Heimlichkeiten am geöffneten Schlafsaalfenster, an die amerikanischen Zigaretten, die Anns Zimmergenossin Cynthia zwischen ihren Brüsten ins Pensionat geschmuggelt hatte. »Glimmstängel«, hatte Cynthia immer gesagt, »komm, wir gönnen uns einen Glimmstängel!« Es hatte Ann nicht geschmeckt, das Kratzen im Hals war ihr zudem unangenehm gewesen, aber sie hatte immer mitgemacht, schon wegen des Gefühls der Verwegenheit, das mit dem Rauchen einherging.

»Danke!«, sagte Ann und nahm sich eine Zigarette aus Adriennes Etui. Sie ließ sich Feuer geben, versuchte, den Rauch kaum zu inhalieren, um nicht husten zu müssen.

»Haben Sie vielleicht etwas von Rimbaud?«

»Ich soll verflucht sein, wenn ich nicht mindestens ein Dutzend Rimbaud-Ausgaben hier habe!«

Adrienne griff, die Zigarette in den rechten Mundwinkel geklemmt, in ein Regal schräg hinter sich, zog ein schmales, in Glanzpapier eingeschlagenes Bändchen hervor, mehr Heft als Buch. *Le Bateau ivre.*

»Das betrunkene Boot? Sehr passend, dieser Titel!«, sagte Ann.

»Du hast nach Rimbaud gefragt.«

»Nun, ich hab's mir wohl selbst zuzuschreiben.«

»Vorsicht, junge Dame! Um den Titel eines solch epochalen Meisterwerks auf sich beziehen zu dürfen, muss man Größeres geleistet haben, als des Nachts betrunken und hilfsbedürftig in unserer Wohnung aufzutauchen.«

Ann stieg vor Scham die Hitze in die Wangen. Sie sagte, dass es ihr leidtue, dass sie sich ihres peinlichen Auftritts sehr schäme, aber Adrienne nahm keine Notiz von ihrem Gestammel.

»Ich würde dir dieses Büchlein mit dem sinnigen Titel gerne schenken.« Sie reichte es Ann. »Wenn dir die Lektüre allerdings keine Freude bereiten sollte, bitte ich dich, es mir zurückzubringen. Wir finden dann etwas anderes.«

»Sylvia hat Samstagnacht auch so etwas zu mir gesagt, dass ich ein Buch nur behalten darf, sofern es mir gefällt.«

»Eine unserer Odéonia-Maximen: Buch und Mensch müssen zueinanderfinden, sonst sollten sie sich lieber trennen.«

»Das klingt, als tauge eure Maxime auch als Eherezept«, sagte Ann und musste jetzt doch husten.

»Beinahe hätten Sylvia und ich übrigens eine Wette abgeschlossen«, sagte Adrienne. »Aber Sylvia war sich ihrer Sache so sicher, dass ich lieber verzichtet habe. Sie irrt sich so gut wie nie in diesen Dingen, musst du wissen.«

»Wessen war sich Sylvia sicher?«

»Dass du deinen Mann überzeugst und wiederkommst, um ihre Aushilfe zu werden. Du kommst doch, um Sylvia zu helfen, oder nicht?«

Ann nickte, etwas zu eifrig, wie sie selbst fand, und dachte, dass sie Sylvia nicht länger warten lassen sollte. Dennoch konnte sie sich die Frage nicht verkneifen: »Sie wollten also auf mein Fernbleiben wetten, Mademoiselle Monnier?«

Adrienne strich Ann mütterlich über die Wange. »War nur ein Scherz, Kleine, du musst mir deswegen nicht gleich mit Mademoiselle kommen. Gegen Sylvia wette ich grundsätzlich nicht, ich bin doch nicht verrückt! Und jetzt mach dich drüben gefälligst nützlich!«

Ann hatte bereits die Klinke der Ladentür in der Hand, als Adrienne sie noch einmal zurückrief: »Ach, Ann?«

»Ja?«

»Welches Buch hat Sylvia dir gegeben?«

»Die Erzählungen von Djuna.«

»Und?«

»Niemals werde ich zulassen, dass dieses Buch und ich voneinander getrennt werden!«

»Dann gratuliere ich zur glücklichen Verbindung!«

Adrienne machte eine Handbewegung, als wollte sie Fliegen verscheuchen, sah dabei aber vergnügt aus. »Wir sehen uns zur Mittagspause.«

Ann verließ den Laden, ließ den halb gerauchten Zigarettenstummel beim Überqueren der Straße in den Rinnstein fallen und fühlte sich auf einmal, aus Gründen, die sie selbst gar nicht benennen konnte, allem, was auf sie zukommen mochte, gewachsen.

Sylvia begrüßte Ann, als wäre es das Normalste der Welt, dass sie zum Dienst erschien: »Guten Morgen, meine Liebe, im Hinterzimmer wartet schon Arbeit auf dich.«

»Das ist gut!«

Es wird leicht werden, sich in die Kompanie einzufügen, dachte Ann, sie werden es mir leicht machen.

Zumindest was ihre erste Aufgabe im Laden anging, war dem auch so: Sie hatte die Mitgliedskarten für die Leihbücherei auf überschrittene Leihfristen durchzusehen und fällige Rückgaben oder säumige Beiträge anzumahnen. Es gab zu diesem Zweck eigens gedruckte Mahnkarten mit einer Karikatur, die einen weinenden, sich die Haare ausreißenden Shakespeare zeigte. *PLEASE RETURN*, stand über einem Leerfeld, in das die entsprechenden Titel einzutragen waren. Anschließend mussten die Karten adressiert, frankiert und in den Ausgangskorb für die Post gelegt werden. Ann war bis zum Mittag damit beschäftigt und wunderte sich selbst darüber, wie viel Freude ihr diese doch eher banale Tätigkeit machte. Zwischendrin kam Sylvia immer wieder an ihren Tisch, schenkte ihr frischen Tee nach und erklärte die eine oder andere Abweichung von den zuvor beschriebenen Regeln. Für Mr Joyce zum Beispiel waren sowohl die Rückgabefrist von zwei Wochen als auch die Anzahl von maximal zwei gleichzeitig ausgeliehenen Bänden außer Kraft gesetzt; er hatte über zwanzig Bücher in Benutzung, einige davon seit Jahren. Die betreffende, von Ann bereits minutiös ausgefüllte Mahnkarte zerriss Sylvia lächelnd. »Tut mir leid, dass du dir die Mühe umsonst gemacht hast, Liebes, aber für unsere schreibenden Freunde herrscht hier so etwas wie Generalamnestie. Nicht für alle gleichermaßen, aber du wirst die entsprechenden Damen und Herren sicher bald kennen, die meisten auch persönlich, wenn wir dich demnächst auf die Kunden loslassen.«

»Verstehe«, sagte Ann. »Wie heißt Ninis Leo mit Nachnamen?«

»Dubois, du kluges Kind!«, sagte Sylvia. »Und: Ja, auch Leo genießt einen Freifahrtschein. Aber in welcher Kartei muss seine Karte übersehen werden?«

»Französische Literatur, drüben bei Adrienne?«

»Ganz genau!«

Zur Mittagspause drehten sie das Türschild auf *fermé/closed*, und Sylvia wärmte in der kleinen Kochnische im Hinterzimmer Linseneintopf auf.

»Wie geht's dir mit der Eingewöhnung in unser kleines Universum?«

»Es kommt mir vor, als wäre ich schon immer hier gewesen«, sagte Ann, die gerade dabei war, die Karteikästen wieder in die entsprechenden Schubfächer zu schieben.

Sylvia rührte weiter im Suppentopf. »Das freut mich, Liebes!«

»Mir ist natürlich klar, dass ich noch sehr viel und auch noch lange lernen müsste, um eines Tages vielleicht einmal eine brauchbare Buchhändlerin abgeben zu können.«

Sylvia nahm einen Löffel aus der Schublade, probierte die Suppe und nickte zufrieden. »Machen und das, was man macht: lieben. Das ist fast schon das ganze Geheimnis.«

»Und was noch?«

»Aufrecht scheitern.«

II

Les fleuves m'ont laissé descendre où je voulais.
Arthur Rimbaud: *Le Bateau ivre*

Mrs Dalloway said she would buy the flowers herself.
Virginia Woolf: *Mrs Dalloway*

5

Eine vollkommene Linie

Auch nach über eineinhalb Jahren, die sie nun schon in Paris lebte, gab es für Ann von Schoeller noch immer diesen Moment des freudigen Erstaunens über sich selbst, wenn sie die Eingangstür zum Deux Magots aufstieß, diese eine Sekunde, in der sie sich dessen bewusst wurde, wie wenig selbstverständlich es einmal für sie gewesen war, allein einen solchen Ort aufzusuchen.

An diesem stürmischen Dezembernachmittag herrschte kaum Betrieb im Café. Während der Wintermonate kamen weniger Touristen, und die sintflutartigen Regenfälle, die seit dem Morgen über der Stadt niedergingen, hielten wahrscheinlich auch die meisten Einwohner davon ab, sich auf die Straße zu wagen. Ann machte das Wetter wenig aus. Sie warf ihren tropfenden Schirm in den Ständer neben dem Eingang, ließ ihren durchnässten Mantel von den Schultern gleiten, während sie mit großen Schritten den Schankraum durchquerte.

»Salut, Marcel!«, grüßte sie den diensthabenden Kellner, einen strohblonden Riesen, der gerade damit beschäftigt war, im Zeitlupentempo einen nassen Lappen über die Theke zu ziehen.

»Bonjour Madame!«

Marcel machte sich unaufgefordert daran, einen Kaffee für Ann zuzubereiten. Schwarz, extra stark, ohne Zucker, dazu ein großes Glas kaltes Wasser, kein Eis. Er kannte die Wünsche seiner Stammgäste.

Am Tisch hinter der Säule hatte sich Janet niedergelassen, schon seit geraumer Zeit, wie Ann an den vielen zusammengeknüllten Papierbögen erkannte, die sich über die gesamte Tischfläche ausbreiteten. Mitten in dem Papierchaos stand ein überquellender Aschenbecher, auf dessen Rand eine brennende Zigarette lag, zwischen Janets Lippen steckte eine weitere. Wortlos setzte Ann sich ihr gegenüber, nahm die halb verglühte Zigarette vom Aschenbecherrand, klopfte die Asche ab und schaute rauchend ihrer über einen Block gebeugten Freundin zu, wie sie Zeile um Zeile hinwarf. Und wie so oft wurde Ann ein bisschen neidisch auf diese konzentrierte Besessenheit, das selbstvergessene Verschwinden im Schaffensprozess. Als sie das vor Kurzem einmal geäußert hatte, war Janet fast wütend geworden: »Papperlapapp, Schaffensprozess! Ich hab eine gottverdammte Deadline einzuhalten und sauge mir notgedrungen etwas aus den Fingern!« Ann vermutete, dass das allenfalls die halbe Wahrheit war, und blieb neidisch, wenn sie jemanden so arbeiten sah wie Janet gerade. Mehr als nur neidisch. Sie hätte sich gern über die eigenartige Gemengelage aus Faszination, unerfülltem Verlangen und Angst vor der eigenen Unzulänglichkeit unterhalten, die sie gelegentlich anfiel, am liebsten mit Djuna, aber Djuna war seit Wochen viel zu sehr von den Eifersuchtsdramen um ihre Geliebte Thelma okkupiert, als dass ihr der Sinn nach Gesprächen über etwas anderes als eben Thelma gestanden hätte. Im Übrigen durfte Ann sich nicht beklagen, was ihre eigene Situation betraf. Es ging ihr gut. Sie arbeitete mit großer Freude bei Shakespeare and Company, konnte inzwischen den Laden zur Not auch einige Tage lang allein führen, lernte noch immer täglich dazu, las faszinierende, sonderbare, hinreißende und manchmal unverständliche Bücher, verbrachte viel Zeit mit ihren Freundinnen, langweilte sich nie. Auch dass sie einen Mann an ihrer Seite hatte, der ihr, trotz gelegentlicher Unmutsäußerungen, wenn sie allzu oft abends noch unterwegs war, keine Steine in den Weg legte, musste sie dankbar anerkennen. Johann und sie hatten, wie sie fand, zu einer modernen *façon de vivre* gefunden, sie liebten und respektierten einander. Ich muss mich als glückliche Frau bezeichnen, dachte Ann – nur dass an der Stelle, wo das Wort *wunschlos* eingefügt werden müsste, eine unausgesprochene Frage stand.

»Feierabend?«, murmelte Janet, ohne die Augen von ihrem Notizblock zu nehmen.

»Wie man's nimmt. Und du?«

Janet stöhnte. »Noch lange nicht.«

»Worum geht es?«

»Eine Hymne auf die Tänzerin Anna Pawlowa. Hätte gestern schon fertig sein sollen. Aber jetzt habe ich wenigstens einen Ansatz.«

»Das klingt doch gut.«

»Du könntest mich retten, indem du mit zu mir kommst, um dir den Text diktieren zu lassen. Solita kehrt frühestens übernächste Woche aus London zurück, und du bist an der Maschine genauso schnell wie sie. Das habe ich allerdings nie gesagt! Himmel, sie würde mir den Kopf abreißen!«

»Diesmal geht es nicht, Janet, so leid es mir tut. Ich nehme nur schnell meinen Kaffee und muss dann nach Hause, um mich frisch zu machen, umzuziehen und heute Abend ausnahmsweise mal eine brave Ehefrau zu sein, die ihren Gatten zu einem wichtigen gesellschaftlichen Ereignis begleitet.«

»Wie öde!«

Janets Stift glitt noch immer wie von selbst über das Papier.

»Nicht allzu sehr, hoffe ich«, erwiderte Ann. »Onkel Eugène wird auch dort sein und dafür sorgen, dass es ein bisschen Spaß macht.«

»Dieser de Sauveterre ist ein Ehrenmann! Der Teufel soll ihn holen! Du magst ihn neuerdings lieber als uns, deine angestammte Kompanie!«

Ann lachte. »Niemals! Aber ich gebe zu, dass ich seinen Unterhaltungswert lange unterschätzt habe.«

»Sag mal schnell ein eleganteres Wort für ›geschwurbelt‹ oder ›gestelzt‹.«

»Salbungsvoll, pastoral, feierlich.«

»Superbe!« Janet murmelte noch etwas, das Ann nicht verstand, weil Marcel gerade das kleine Silbertablett mit dem Kaffee und dem Wasser vor ihr abstellte. Über seinen Unterarm hatte er ein blau kariertes Handtuch gelegt.

»Wie aufmerksam! Sie sind der Beste, Marcel!«, sagte Ann.

»Ich bemühe mich«, erwiderte Marcel, verneigte sich leicht und reichte Ann das Handtuch an. »Die neue Frisur steht Ihnen im Übrigen ganz vorzüglich, Madame, wenn ich mir diese Bemerkung erlauben darf.«

»Sie dürfen, mein Lieber! Merci!«

Ann rieb sich mit dem Handtuch die Nässe aus ihrem frisch geschnittenen Bubikopf, der durch das Sauwetter bereits aus der Form geraten war. Marcel klaubte derweil den nassen Mantel von der Stuhllehne, um ihn auf einen Bügel zu hängen.

Janet hob endlich den Blick von ihrem Notizblock. »Mon Dieu, Madame von Schoeller! Da behaupte ich gerne großmäulig, stets messerscharf auf den Puls der Zeit zu schauen, und dabei bin ich ignorant und blind wie ein Stück trockenes Brot! Entschuldige bitte, aber du siehst natürlich absolut großartig aus! Wieso habe ich das nicht sofort bemerkt? Was für eine hübsche kleine Garçonne du bist!«

»Zu gütig, Miss Flanner!« Ann versuchte, sich nicht allzu offenkundig anmerken zu lassen, wie sehr sie sich über Janets Begeisterung freute. Vorhin bei der Coiffeuse hatte sie geglaubt, einen Herzanfall zu erleiden, als ihr langer brauner Zopf zu Boden gefallen war. Dabei war es ihr vorgekommen, als wäre sie die letzte Frau in Paris, die sich die Haare kurz schneiden ließ.

»So wie du aussiehst, wird Natalie augenblicklich mit dir ins Bett wollen, du bist genau ihr Typ: brünett, viel zu mager, winzige Brüste, grüne Augen und jetzt auch noch jungenhaft.«

Ann beschloss, auch das als Ausdruck von Janets Zustimmung für die neue Frisur zu werten. »Wir werden niemals herausfinden, ob diese Natalie Gefallen an mir findet. Ihr nehmt mich ja nie mit in diesen legendären Salon.«

»Kommenden Freitag bist du fällig, Kleines!«

»Großartig!«, sagte Ann, obwohl sie sich gar nicht sicher war, ob sie, nach allem, was sie darüber gehört hatte, nicht eher fürchtete als freute. Aber jetzt mochte sie keinen Rückzieher mehr machen. Und wenn sie mit Janet und den anderen dorthin ging, konnte sie sich in jedweder gesellschaftlichen Situation einigermaßen sicher fühlen.

»Kennst du den eigentlich?« Janet deutete mit dem Stift auf einen Punkt neben Anns rechter Schulter. Ann wandte sich um und sah, keine zwei Meter entfernt, einen Mann rittlings auf einem Stuhl sitzen, der sie unverhohlen musterte.

»Hab ihn noch nie gesehen«, sagte Ann, absichtlich laut genug, dass auch er es hören konnte. Ann schätzte ihn auf Ende zwanzig, seine Kleidung ließ ihn aber vielleicht auch älter wirken, als er war. Mit dem einreihigen schwarzen Sakko über einer grauen Weste, der hellen Krawatte und der gestreiften Hose setzte er einen modischen Akzent, der eher zu einem Herrn in gesetzterem Alter passte. Der Physiognomie nach konnte er gut und gern auch erst achtzehn oder neunzehn sein, gerade mal dem Jünglingsalter entkommen. Ein schönes Gesicht: hohe Wangenknochen und ein leicht arroganter Zug um die vollen Lippen.

»Können wir etwas für Sie tun, Monsieur?«, sagte Janet. »Oder wollen Sie einfach nur weiter das hübsche Profil meiner Freundin anstarren, ohne uns auch nur einen Drink zu spendieren?«

»Garçon! Champagner für die Damen!«, rief der Mann, den Blick noch immer auf Ann geheftet. »Aber vom Besten, bitte!«

»Kommt sofort!«, antwortete Marcel von der Theke her.

Daraufhin sprang der Mann auf, drehte sich mit anmutigem Schwung einmal um sich selbst, bewegte dabei seine Hände, als vollführte er eine Tanzfigur, und schoss in Richtung Bar davon. Er warf Marcel einen Geldschein auf den Tresen, »das wird wohl reichen, ich bin sehr in Eile!«, und schon war er aus dem Café gerauscht.

»Was für ein blöder Affe!«, sagte Ann.

»Hübscher blöder Affe«, sagte Janet.

»Ich fand ihn einfach nur widerlich.«

»Nein, fandst du nicht!«

Marcel brachte Champagner mit zwei Gläsern und ließ mit einem eleganten Plopp den Korken aus der Flasche.

»Lassen Sie es sich schmecken, die Damen!«

Ann starrte noch immer auf den Ausgang.

»Weißt du, wer der Kerl ist, dem wir die edle Spende zu verdanken haben, Marcel?«, fragte Janet.

»Ich kenne ihn leider nicht namentlich. Aber er war in der vergangenen Woche schon einmal hier, Donnerstag oder Freitag, mit einer Horde Maler, die irgendwo in Montparnasse ein Atelierhaus unterhalten, wenn ich richtig gehört habe, sie nennen sich ›Kolonie‹ oder so ähnlich, ein bunter Haufen wilder Leute, man musste sie mehrfach um Rücksicht auf die anderen Gäste bitten.«

»Wie ein Maler sah er gar nicht aus«, sagte Janet.

»Und Geld scheint er auch zu haben«, fügte Marcel hinzu.

Ann sagte: »Hoffentlich kommt er nie wieder hierher.«

In der Residenz des deutschen Botschafters hatten die Begrüßungsreden gerade begonnen, als Ann am Arm ihres Mannes die festlich geschmückte Eingangshalle betrat und sich von einem schneidigen Herrn in Livree die altmodische Nerzstola abnehmen ließ, die ihr Vater ihr zum Geburtstag hatte schicken lassen. Sie hatte für diesen Abend ein schmal geschnittenes Kleid aus karmesinrotem Satin gewählt, das sich vorne zwar mit einem kleinen Stehkragen züchtig-hochgeschlossen um ihrem Hals schmiegte, hinten aber einen großzügigen Blick auf ihren freien Rücken zuließ, den sie mit einem Tuch aus einem Hauch von Crêpe de Chine entschärfte. Es war ihre Schuld, dass sie so spät dran waren, sie hatte sich viel zu lange im Deux Magots aufhalten lassen. Zum Glück war Johann ihr wegen der Verspätung nicht böse gewesen, er wäre sowieso am liebsten zu Hause geblieben. Veranstaltungen dieser Art waren ihm ein Gräuel. Auch Ann hätte gerne verzichtet, sie mochte weder die Abendgarderobe, in der sie sich wie verkleidet vorkam, noch die Rolle, die sie darin spielen musste. Vor dem Weihnachtsempfang des Botschafters aber konnten weder Johann als exildeutscher Nachwuchsjurist »mit Aussichten«, wie es hieß, noch sie als seine Gattin sich drücken, das wusste Ann genauso gut wie er. Man ging davon aus, dass seine Exzellenz Leopold von Hoesch dem Namen von Schoeller besondere Aufmerksamkeit schenken würde, war es doch kein Geheimnis, dass die Berliner von Hoeschs Geschäftsbeziehungen zum von Schoeller'schen Bankhaus unterhielten, und natürlich konnte das einer international agierenden Kanzlei wie De Sauveterre & Associé zum Vorteil gereichen, wie man ihm unmissverständlich klargemacht hatte. Johann mochte es gar nicht, wenn er aufgrund seiner familiären Verknüpfungen als, in seinen Worten, »Schachfigur« eingesetzt wurde, zumal er kein ungebrochenes Verhältnis zu seiner Familie hatte, aber dieses Thema war ein heikler Punkt. Besser, man vertiefte es nicht.

Nachdem sie die Ansprachen von offizieller Seite überstanden hatten und der gesellige Teil des Abends eröffnet worden war, hatte Ann zunächst artig an der Seite ihres Mannes dem Gastgeberpaar ihre Aufwartung gemacht und einige belanglose Unverfänglichkeiten mit den Exzellenzen ausgetauscht. Im Anschluss flanierte sie eine Weile mit Johann herum, ließ sich dieser oder jener Person von wie auch immer gearteter Bedeutung vorstellen, bemühte sich, stets höflich und interessiert zu erscheinen. Sie plauderte mit einem rachitisch aussehenden Textilfabrikanten aus Chemnitz über die Qualität von Uniformstoffen, beglückwünschte die hocherfreute Comtesse de Robilant zu ihrem extravaganten Kleid aus schwarzer Faille, »eine Kreation von Jeanne Lanvin, nicht wahr?« Kurz darauf hockte sie sich vor den mindestens hundertjährig aussehenden Generaldirektor a. D. der Berliner Elektronik, der im Rollstuhl saß, und ließ sich geduldig von dem Alten die Hände kneten, während sie ihm etwas von der Weihnachtsbeleuchtung auf dem Kurfürstendamm vorschwärmte, neben der die zur *Exposition* illuminierte Tour Eiffel direkt fade gewesen sei.

»Wie kannst du für all diese Leute die passenden Worte finden?«, raunte Johann ihr ins Ohr, nachdem sie auch die Gattin des Kulturattachés mit einigen freundlichen Bemerkungen zu dem winzigen Hündchen, das auf dem Arm der Dame panisch zitterte, beglückt hatte.

»So etwas lernt man bei der Arbeit in einem Buchladen, in dem die unterschiedlichsten und kapriziösesten Persönlichkeiten verkehren«, raunte Ann zurück.

Johann ließ einen asketisch aussehenden älteren Herrn in Uniform passieren und beugte sich erneut zu Ann hin. »Sollte ich mich eines Tages für eine Tätigkeit auf dem diplomatischen Parkett empfehlen wollen, mache ich vorher ein Praktikum bei euch.«

»Gott bewahre, untersteh dich!«, entgegnete Ann, etwas schroffer, als es ihre Absicht gewesen war.

Johanns Gesichtszüge verhärteten sich. »Keine Sorge, mir ist durchaus bewusst, dass die Anwesenheit deines Mannes in dieser Frauentruppe nur stören würde, du musst es mir nicht eigens unter die Nase reiben.«

»So habe ich es nicht gemeint, Johann!«

»Selbstverständlich hast du es so gemeint.«

Er hat recht, dachte Ann. Noch immer, auch wenn sie selbst gar keinen konkreten Grund dafür nennen konnte, sie es oft nicht einmal bewusst tat, hielt sie ihren Mann möglichst fern vom »erlauchten Kompanie-Universum«, wie Johann es hin und wieder leicht gereizt nannte. Sie lud ihn nicht zu den öffentlichen Veranstaltungen ein, nahm ihn nicht mit zu den Abendessenseinladungen bei Adrienne und Sylvia, forderte ihn nie auf, sie ins Deux Magots zu begleiten. Ann sagte sich, er habe ohnehin zu viel in der Kanzlei zu tun, würde sich bei den Gesprächen bloß langweilen und könne im Übrigen froh sein, dass sie von ihm keine allzu große Anteilnahme an ihren Belangen erwartete.

Ein Mann um die fünfzig, dessen sorgfältig um den Kopf gelegte Haarsträhnen den Ansatz einer Glatze kaum verbergen konnten, kam ihnen mit ausgestreckter Hand entgegen. »Mein lieber Junge, wie schön, Sie hier zu treffen! Wie geht es Ihrem geschätzten Herrn Vater?«

»Ich denke gut«, sagte Johann.

»Und Ihrem Bruder, der Familie? Auch gut?«

»Soweit ich weiß, ist alles bestens, Herr von Meysenburg.«

»Nun, ich werde die beiden ja im Januar bei der Vorstandssitzung treffen. Werden Sie vielleicht auch dort sein?«

Die Miene, die Johann jetzt aufsetzte, nannte Ann heimlich seine »Rüstung«, er trug sie immer dann, wenn ihm die Rolle »Sohn eines großen Hauses« angetragen wurde, und jedes Mal war es Ann, als verwandelte er sich in einen fremden Menschen.

»Im Januar bin ich hier in der Kanzlei unabkömmlich«, sagte Johann.

»Ach, das ist aber bedauerlich! Ich hatte gehofft …«

Rasch schob sie ihren Arm unter Johanns Arm. »Oh, Liebling, dort hinten ist Frau Baronin von Nagel! Wir müssen sie unbedingt begrüßen!« Sie zog Johann mit sich. »Wenn Sie uns bitte entschuldigen würden, Herr von Meysenburg!«

Kurz bevor sie bei der Baronin, die Ann flüchtig aus dem Buchladen kannte, angekommen waren, fragte Johann: »Seit wann sind wir verpflichtet, diese Baronin zu begrüßen?«

»Sind wir nicht«, sagte Ann. »Aber du sahst aus, als müsstest du vor diesem Meysenburg gerettet werden.«

Als Ann endlich zu der Überzeugung gekommen war, für diesen Abend der Pflicht als »Weibchen vom Herrchen«, wie Djuna sagen würde, ausreichend nachgekommen zu sein, ließ sie Johann bei einer Gruppe junger Kollegen zurück und machte sich auf die Suche nach Onkel Eugène.

Sie entdeckte ihn an der Cocktailbar, ins Gespräch mit einem Barkeeper vertieft, der aussah wie Douglas Fairbanks in *Der Dieb von Bagdad*. Eugène de Sauveterres hagere Gestalt wiederum erinnerte Ann jedes Mal, wenn sie ihn sah, an ein Foto, das bei Adrienne im Laden hing, selbst das silbergraue Haar, die buschigen Brauen und die klugen leuchtenden Augen hatte er mit Paul Valéry gemeinsam, nur der Schnäuzer fehlte. Als Ann den Onkel kennengelernt hatte, war sie im ersten Moment tatsächlich davon überzeugt gewesen, der von Sylvia und Adrienne verehrte Schriftsteller käme ihr im halbdunklen Flur der Kanzlei entgegen, und hatte ihn entsprechend enthusiastisch begrüßt. Onkel Eugène war über diese Verwechslung entzückt gewesen. »Du musst mir bitte sämtliche Bücher von meinem ehrenwerten Zwilling besorgen, liebe Nichte!«, hatte er gesagt, und Ann hatte diesen Auftrag gleich am nächsten Tag ausgeführt. So waren sie Freunde geworden. Eugène wohnte allein auf zwei mit Antiquitäten und Kunstwerken vollgestopften Etagen am Boulevard Raspail, wo Ann ihn von Zeit zu Zeit unter dem Vorwand einer weiteren Buchlieferung zum Tee besuchte. Seine Frau, Johanns Tante Mathilde, lebte, so jedenfalls die offizielle Version, kränklich und auf frische Seeluft angewiesen in einer Villa an der deutschen Ostseeküste. Johann hatte einmal gesagt, die Tante und der Onkel hätten seit Jahren »eine Übereinkunft«, viel mehr wisse er auch nicht darüber. Der Onkel selbst erwähnte Mathilde so gut wie nie, aber wenn doch einmal, dann nur mit dem größten Respekt.

Ann trat von hinten an de Sauveterre heran. »Beschützen Sie mich vor den Klauen der Diplomatengattinnen, Monsieur, Sie schworen es mir beim Leben Ihrer Großtante Evelyne!«

»Um Himmels willen, Nichte, hast du mich erschreckt!«, fuhr de Sauveterre herum. »Man sollte eher *mich* vor *dir* beschützen! Und wer zum Henker ist Großtante Evelyne?«

»Evelyne Constance Marguerite Amelie de Sauveterre«, leierte Ann herunter. »Sie erfreut sich mit ihren weit über neunzig Jahren allerbester Gesundheit und wohnt in Gesellschaft eines Rudels russischer Windhunde und einer stattlichen Sammlung von Jagdgewehren, von denen sie durchaus Gebrauch zu machen weiß, auf einem halb verfallenen Landgut an der normannischen Felsküste. Ich finde, dass eine solche Verwandte wunderbar zu Ihnen passt, liebster Onkel, und deshalb bestehe ich darauf, dass sie existiert!«

»Du weißt schon, dass du verrückt bist, ja?« Onkel Eugène küsste Ann auf beide Wangen. »Aber natürlich gibt es zu der Existenz dieser fabelhaften Tante keine Alternative! Ich danke dir, dass du sie mir geschenkt hast!« Er strich Ann eine Haarsträhne aus dem Gesicht. »An deine neue Frisur wird sich die gute alte Evelyne allerdings erst gewöhnen müssen, fürchte ich. Wir de Sauveterres sind in dieser Hinsicht äußerst konservativ.«

»Gefalle ich Ihnen etwa nicht?«

»Ich schaue in die Augen der mit Abstand schönsten Frau im Saal, keine Frisurenmode dieser Welt wird daran etwas ändern können!«

»Was für ein schamloser Lügner Sie sind, mon oncle!«

Eugène küsste sie noch einmal. »Was hat mein Lieblingsneffe zu dieser Veränderung gesagt?«

»Sagen wir es mal so: Er wirkte nicht gerade begeistert, hat sich aber, wie es seine Art ist, wacker geschlagen. Die Frauen würden heutzutage ihr Äußeres selbstbestimmt gestalten, hat er nach dem ersten Schreckmoment gesagt, der moderne Ehemann habe dazu nichts mehr zu befinden.«

»Ah, was für ein kluger Gatte! Du musst so stolz auf ihn sein!«

»Das bin ich.«

»Bitte sehr, Monsieur de Sauveterre!« Douglas Fairbanks in Barkeepergestalt reichte Eugène ein Cocktailglas, in dem eine cremige hellgrüne Soße schwamm. »Darf es für Mademoiselle auch etwas sein?«

»Nein, vielen Dank!«

»Willst du das diplomatische Schaulaufen hier etwa nüchtern überstehen, ma petite?«

»Ich hatte vorhin bereits Champagner im Deux Magots.«

»Was für ein Leben du führst! Wie soll ich jemanden als meinen Nachfolger etablieren, der eine derart zügellose Ehefrau wie dich an seiner Seite hat?«

Ann hob drohend den Zeigefinger: »Vorsicht, mein lieber de Sauveterre! Ich bin eine überaus seriöse Dienerin der Literatur, von untadeligem Ruf. Noch so eine Andeutung bezüglich meiner Ehrbarkeit, und ich werde Sie zum Duell fordern müssen!«

Eugène schlug die Hacken zusammen, legte sich die rechte Hand ans Herz. »Verschonen Sie mich, Madame Buchhändlerin! Großtante Evelyne wäre im Falle meines Ablebens absolut untröstlich!«

Ann lachte, ein wenig zu laut, wie sie an den indignierten Seitenblicken einiger Herrschaften bemerkte.

Der Onkel bot ihr seinen Arm an und führte sie etwas abseits des Geschehens in einen mit Palmenkübeln und gigantischen Rosensträußen geschmückten Seitenraum, wo sie nebeneinander auf einer Récamiere Platz nahmen.

»Wenn ich mir jetzt in diesen heilig-reichsdeutschen Hallen ganz unfraulich eine Zigarette anzünde, blamiere ich Ihren Protegé, richtig?«

»Unsinn!« Eugène ließ ein flaches goldenes Etui vor Anns Nase aufschnappen. »Das ist Frankreich hier, und

Rauchen ist erste Bürgerpflicht! Also nimm gefälligst eine!«

Ann gehorchte, ließ sich von Eugène Feuer geben, lehnte sich dann leicht an seine Schulter.

»Müde?«, fragte er.

»Ja, war ein langer Tag. Im Laden hatten wir zwei Verlagsvertreter aus London da und mussten Platz für zusätzliche Regale schaffen, und neben alldem waren ausschließlich Kunden von der anspruchsvollsten Sorte zu bedienen. Ich war eigentlich am Nachmittag bereits reif für den Feierabend.«

Ann liebte den Onkel allein schon dafür, dass sie ihm von einem anstrengenden Tag in der Buchhandlung erzählen konnte, ohne befürchten zu müssen, Sätze der Art entgegnet zu bekommen, dass sie es doch gar nicht *nötig* habe, einer Arbeit nachzugehen, oder ähnlichen Blödsinn.

»Lass uns noch eine halbe Stunde durchhalten, dann können wir uns davonstehlen und unsere wohlverdiente Ruhe genießen«, sagte Eugène.

»Johann wird sehr erleichtert sein, wenn er das hört.«

»Hat er denn artig vor den Exzellenzen gebuckelt?«

»Brav und mit Bravour!«

»Er ist und bleibt mein bester Mann!«

»Meiner auch!«

Ann verzichtete darauf, Eugènes Gesichtsausdruck zu kommentieren, der irgendwo zwischen Ironie und Erheiterung lag.

Zwei Damen mit Straußenfedern im Haar und farblich passenden Seidenschleifen um die stattlichen Hüften, die eine in altrosa, die andere in Violett, defilierten an ihnen vorbei, begleitet von einem kräftig gebauten Herrn in Smoking, dessen erfreutes Erkennen der Onkel geflissentlich übersah.

»Wer war das?«, fragte Ann, als die drei weitergegangen waren.

»Stahlverarbeitendes Gewerbe mit Anhang, dicker Fisch, auch monetär«, sagte Eugène. »Übrigens ein Mandant unseres besten Mannes.«

»Und den lassen Sie grußlos passieren, cher maître?«

»Ich rufe ihn gerne zurück, falls du Interesse daran hast, für den Rest des Abends von einer unverwüstlichen Plaudertasche belagert zu werden. Er ist geradezu in Johann verschossen und wird begeistert sein, endlich dessen Gattin persönlich unter die Lupe zu nehmen.«

»Oh, bitte nicht!«, sagte Ann.

»Dachte ich mir«, sagte Eugène.

»Finden Sie es nicht ein bisschen eigenartig, dass ich so gut wie nichts darüber weiß, mit wem und auf welche Weise mein Ehemann den Großteil seiner Tage verbringt?«

»Nein«, sagte Eugène. »Warum auch?«

»Vermutlich würde ich es nicht einmal mitbekommen, wenn Johann eine Affäre hätte.«

Der Onkel nippte an seinem Cocktail, verzog angewidert das Gesicht und bückte sich, um das Glas unter dem Sitzmöbel verschwinden zu lassen. Als er sich wieder aufrichtete, gab er einen glucksenden Laut von sich.

»Was amüsiert Sie?«, fragte Ann.

»Mir ist eingefallen, dass ich kürzlich den gleichen Satz

aus dem Mund deines Mannes über dich gehört habe, beinahe wörtlich.«

»Ernsthaft?«

»So wahr ich hier sitze!«

»Ich hätte gar nicht für möglich gehalten, dass Johann so etwas auch nur erwägen … also …« Ann brach den Satz ab, weil sie nicht mehr wusste, wie sie ihn beenden wollte.

Eugène lachte. »Sei doch froh, das er sich Gedanken über dich macht. Es ist nicht das schlechteste Rezept für das Gelingen einer Ehe, einander Rätsel aufzugeben.«

Ann zuckte mit den Schultern. »Ich weiß nicht …«

»Und? Hast du?«

»Habe ich was?«

»Jetzt tu mal nicht so arglos! Eine Liaison natürlich!«

»Selbstverständlich nicht! Was denken Sie denn von mir?«, sagte Ann, aufrichtig empört.

Der Onkel schaute sie mit erhobenen Brauen an.

Ann stutzte. »Er etwa?«

Eugène zupfte ihr das Tuch auf den Schultern zurecht und sagte: »Keine Sorge, ma chérie, dein alter Freund Eugène lässt ihm schlichtweg keine Zeit dazu.«

»Na, das ist ja mal *fast* beruhigend.«

»Nicht wahr?«, sagte der Onkel.

»Jetzt würde ich zu einem Drink nicht mehr nein sagen«, sagte Ann, um das Thema zu wechseln.

Eugène klatschte in die Hände, sprang auf und eilte mit federnden Schritten auf einen der livrierten Herren zu, die vergoldete Tabletts durch die Gästeschar balancierten. Während der Onkel einige Worte mit der Bedienung wechselte, zwei Gläser vom Tablett nahm und sich wieder auf den Weg zu ihr machte, dachte Ann daran, wie schwer es ihr vorhin gefallen war, aus dem Deux Magots aufzubrechen. Trotz ihrer Vorfreude auf Eugène wäre sie viel lieber mit Janet in ihre Wohnung in der Rue Jacob gegangen, um bei der Fertigstellung ihres Artikels zu helfen. Oder zu Sylvia und Adrienne, um mit ihnen und einigen ihrer schreibenden Freunde im verqualmten kleinen rosa Zimmer bei einer Tasse Hühnersuppe zu sitzen und verstiegenen Debatten über absurde poetologische Theorien zu lauschen. Dies hier, dieser Aufmarsch an gesellschaftlicher Bedeutsamkeit, dieses gehoben bürgerliche Blendwerk, das alles war, obwohl sie im Grunde genau dazu erzogen worden war, nicht ihre Welt.

»Voilà!« Eugène nahm wieder neben Ann Platz und reichte ihr einen von den beiden Champagnerkelchen, die er in den Händen hielt. »Das ist auf jeden Fall bekömmlicher als das Gesöff, das der nette junge Mensch an der Bar mir aufgeschwatzt hat. Er hat es allen Ernstes einen ›Grashopper‹ genannt! Bei einem deutschen Weihnachtsempfang! Kannst du dir das vorstellen? Die Germanen sind auch nicht mehr das, was sie einmal waren!«

»Zum Glück, liebster Onkel, zum Glück sind sie das nicht! Mögen sie es auch nie wieder werden!«

Der Onkel hob sein Glas. »Darauf lass uns trinken!«

»Auf die deutsch-französische Freundschaft!« Ann ließ ihr Glas an das des Onkels stoßen. »Vives les Républiques!«

Von irgendwoher ertönte die schrille Dissonanz von Streichern, die ihre Instrumente stimmten, kurz danach begannen die Klänge eines der frühen Streichquartette von Beethoven zu ihnen herüberzuschweben.

»Ah!« Der Onkel schloss genießerisch die Augen. »Immerhin machen sie in Sachen Musik keine Experimente.«

»Wenn ich Sie so höre, bin ich ernsthaft versucht, Sie demnächst in eines dieser neuen kleinen Jazz-Lokale zu schleppen, in die meine Freundinnen mich ab und zu mitnehmen, Onkel Eugène. Die Musik, die dort gespielt wird, ist wunderbar!«

»Nenn mich einen Ewiggestrigen, meine Liebe, aber musikalisch bleibe ich den Klassikern verbunden. Experimentelles kommt bei mir höchstens an die Wand.«

»Oder ins Bücherregal!«, ergänzte Ann.

»In Maßen auch das, aber nur, insofern meine Lieblingsbuchhändlerin dafür bürgen kann«, sagte Eugène. »Für meine kleine Gemäldesammlung reicht meine eigene Expertise.«

»Ich kenne niemanden, dessen Wände derart viele verstörende Zeichnungen, Aquarelle und Leinwände schmücken«, sagte Ann.

»Das freut mich sehr zu hören! Du musst übrigens bald wieder bei mir vorbeikommen, am besten diese Woche noch. Ich habe seit gestern einige spektakuläre Neuzugänge aus der Galerie de L'Effort Moderne da, die ich dir dringend vorführen möchte: psychedelische Gebilde, zersplitternde Nacktheit, rohe Missachtung der gutbürgerlichen Form!«

»Ich kann es kaum erwarten!«, sagte Ann. Dann schoss ihr plötzlich ein Gedanke durch den Kopf, und ehe sie sich zurückhalten konnte, hatte sie die Frage laut gestellt:

»Ist Ihnen eigentlich eine Malerkolonie in Montparnasse bekannt?«

»Du meinst eine Ateliergemeinschaft oder so etwas?«

»Ich glaube schon.«

»Da gibt es weit mehr als nur eine, ich kenne längst nicht alle. Warum fragst du?«

»Wegen eines Mahnschreibens für einen Kunden, dessen Adresse ich verlegt habe«, log Ann. »Ich weiß nur, dass er etwas mit einer Malerkolonie zu tun hat.«

»Mehr Informationen über ihn hast du nicht?«

Ann schüttelte den Kopf. Es war ihr ebenso unangenehm wie unerklärlich, dass sie Eugène nicht einfach den wahren Grund für ihre Frage nannte.

»Hat dein Kunde einen Namen, oder hast du den ebenfalls verlegt?«

»Es ist nicht wichtig«, sagte Ann. Sie konnte sehen, dass Eugène ihr weder das eine noch das andere glaubte. »Ich weiß den Namen wirklich nicht!«

»Ist ja schon gut«, sagte der Onkel. »Sollte dir demnächst doch noch etwas mehr zu diesem mysteriösen Fremden einfallen, weißt du ja, wo du mich findest. Vielleicht kann ich dir helfen, ihn ausfindig zu machen, ich kenne in der Tat viele Leute in der Atelierszene von Montparnasse.«

»Es ist absolut nicht von Bedeutung, Eugène!«

»Wenn du das noch ein einziges Mal betonst, fange ich an, mir ernsthaft Sorgen zu machen.«

Ann holte Luft, wollte etwas erwidern, ihm doch noch von der eigenartigen Begegnung am Nachmittag erzählen, weil ja in der Tat nichts gewesen war, da sah sie

Johann, der mit großen Schritten auf sie zukam, dabei einen der gigantischen Rosensträuße streifte, sodass ein kleiner Regen gelber und weißer Blütenblätter zu Boden rieselte.

»Ach, hier seid ihr!« Johann strahlte, wie er nur strahlte, wenn er angeheitert war. »Hätte ich mir denken können, dass ihr beide euch konspirativ in eine Ecke verzogen habt. Sehr verdächtig! Was führt ihr wohl im Schilde?«

»Wir planen den totalen Umsturz der geltenden Herrschaftsverhältnisse«, sagte Eugène.

»Nichts Geringeres habe ich erwartet«, sagte Johann.

»Können wir, bevor wir die nächste Revolution ausrufen, bitte diese ehrwürdigen Hallen hinter uns lassen und nach Hause gehen?«, sagte Ann. »Sylvia hat morgen früh einen Termin bei der Ausländerbehörde, und ich muss schon um kurz vor neun in der Rue de l'Odéon sein, um den Laden aufzuschließen.«

»Der Dame Wunsch sei uns Befehl!«, sagte Eugène und erhob sich.

Als am nächsten Tag gegen zwölf Uhr mittags die Ladentürglocke ertönte, war Sylvia damit beschäftigt, sich um Djuna zu kümmern, die bleich und liebeskummerkrank am Tisch im Hinterzimmer hockte, während Ann den beiden Tee mit Käsesandwiches servierte.

»Kannst du bitte schauen, wer da gekommen ist?«

Sylvia hatte Djuna gerade versucht zu erklären, dass es absolut gar nichts brachte, sich die Nächte mit der zermürbenden Suche nach ihrer Geliebten um die Ohren zu schlagen. »Wenn Thelma nicht von dir gefunden werden möchte, dann musst du das akzeptieren. Adrienne und ich haben auch Zeiten, in denen wir einander weniger sehen.«

Im Vorbeigehen strich Ann Djuna tröstend über den Rücken.

»Erzähl keinen Schwachsinn, Syl! Als ob Adrienne dich jemals …« – den Rest des Satzes bekam Ann nicht mehr mit, denn im Verkaufsraum stand, hinten beim Zeitschriftenständer in eine Ausgabe der *Little Review* vertieft, der Mann, der sich tags zuvor im Deux Magots so merkwürdig verhalten hatte. Diesmal war er nicht elegant gekleidet, sondern trug eine weit geschnittene Hose aus zweifarbigem Webstoff, dazu eine grobe schwarze Lederjacke mit einem völlig überdimensionierten rotgold karierten Schal darüber. Auf dem Kopf hatte er eine einfache Schiebermütze, wie sie mindestens jeder zweite Zeitungsjunge der Stadt trug.

»Sie wünschen?«, sagte Ann kühl. Sie hatte nicht die geringste Lust, sich anmerken zu lassen, dass sie ihn wiedererkannt hatte.

Der Mann legte die Zeitschrift zurück, schob die Schiebermütze auf seinen Hinterkopf, dann erst wandte er seinen Blick Ann zu, wieder mit dieser distanzlosen unterkühlten Direktheit, die gestern schon irritierend gewesen war.

»Ich brauche Ihr Gesicht!«

Ann starrte ihn an, unsicher, ob sie einfach laut loslachen oder ihn direkt rauswerfen sollte. Der Mann war offenkundig wahnsinnig.

»Das Gesicht wird sie schon noch selbst brauchen,

Lablais«, sagte Djuna, die hinter Ann getreten war, ohne dass diese es bemerkt hatte.

»Miss Barnes! So schnell sieht man sich also wieder! Haben Sie sich ein wenig erholen können, so allein auf weiter Flur?«

Zu Anns Überraschung schien Djuna im ersten Affekt leicht zurückzuweichen, ging sogar so weit, nach Anns Hand zu greifen, unbewusst, wie Ann klar wurde, denn Djuna ließ sie augenblicklich wieder los, als hätte sie etwas Heißes zu fassen bekommen.

»Ihr kennt euch?«, fragte Ann.

»So weit würde ich nicht gehen wollen«, sagte Djuna.

»Miss Barnes und ich hatten gestern Abend das Vergnügen, bei derselben, nennen wir es mal *Festivität* präsent zu sein.« Lablais spitzte süffisant die Lippen. Ann hatte den Eindruck, dass er es darauf anlegte, Djuna zu provozieren, und fragte sich, was da zwischen den beiden los war. Vielleicht war Lablais aber auch schlicht die Sorte Mensch, bei der die Provokation habituell geworden war, sodass er gar nicht mehr anders konnte, als seine Mitmenschen vor den Kopf zu stoßen. Leute dieser Art gab es zuhauf in dieser Stadt, man tat gut daran, sie sich vom Leibe zu halten.

»Sie lassen es klingen, als hätten wir gemeinsam an einer Orgie teilgenommen«, sagte Djuna, die sich wieder gefasst zu haben schien.

Lablais lächelte anzüglich. »Ich wünschte, so wäre es gewesen!«

»Träumen Sie weiter, Monsieur!« Djuna wandte sich ab und verschwand wieder im Hinterzimmer. Derweil kam Lablais mit heiterer Miene auf Ann zu, als wäre der kurze Dialog mit Djuna eine erfreuliche Sache gewesen. Im Gehen griff er in seine Hosentasche, brachte eine Visitenkarte zum Vorschein, nicht mehr ganz sauber und leidlich zerknittert. Er hielt Ann die Karte mit beiden Händen hin, leicht nach vorne geneigt, wie die Karikatur eines devoten Dieners. »Darf ich mich Ihnen vielleicht erst einmal vorstellen: Meine Name ist Pierre Lablais. Ich habe mir erlaubt, mich bereits nach *Ihrem* Namen zu erkundigen, verehrte Ann, im Café sind Sie ja bestens bekannt. Nennen Sie mich Pierre! Wir werden viel Zeit miteinander verbringen.«

Obwohl Ann inzwischen einiges an Überspanntheit und Größenwahn hinzunehmen gelernt hatte, war sie von solch einer ungebrochenen Impertinenz dann doch beeindruckt. Selbstzweifel oder vornehme Zurückhaltung schien dieser junge Mann nicht zu kennen. Sie warf einen Blick auf die Karte, die sie, mehr reflexhaft denn gewollt, entgegengenommen hatte.

Pierre Henry Lablais, Artiste.
19 Rue Delambre
2me Cour arrière – Atelier 17
Paris

Er hatte die Adresse allen Ernstes händisch und in Dunkelgrün auf ein kleines Stück weiße Pappe gepinselt. Wenn Ann sich nicht irrte, lag sein Atelier in der Nähe von Eugènes Wohnung.

»Selbstverständlich hege ich nicht die leiseste Absicht,

Ihnen irgendetwas wegzunehmen, Verehrteste«, sagte Lablais. »Im Gegenteil! Ich möchte Ihnen etwas zum Geschenk machen. Ihnen und mir. Sie werden mir Ihr sehr besonderes Gesicht ausleihen, und ich werde es in den würdigsten Zustand überführen, in den ein Gesicht transformiert werden kann: der Verewigung durch ...«

»Sie wollen, bitte, was?«, unterbrach Ann sein Geschwafel.

»Der aufgeblasene Gockel will dich malen, Schatz!«, rief Djuna aus dem Hinterzimmer.

»Korrekt. Also Letzteres«, sagte Pierre Lablais und sah mit dem forschen Grinsen, das er jetzt aufgesetzt hatte, noch einmal deutlich jünger aus. Er trat näher an Ann heran, so nah, dass ihr ein süßlicharomatischer Duft in die Nase stieg. Sandelholz mit einer Note Moschus, dachte sie, als sie ihn, sehr leise, raunen hörte: »Kommen Sie zu mir, wann immer Sie so weit sind, jederzeit, Tag oder Nacht! Sie werden es nicht bereuen, das verspreche ich Ihnen!«

Er wirbelte wieder mit dieser tänzerischen Bewegung um seine eigene Achse, die Ann bereits kannte, und lief zum Ausgang. Die Klinke schon in der Hand, kehrte er noch einmal zurück, kam erneut auf Ann zugeschritten, blieb viel zu dicht vor ihr stehen, und wieder stieg Sandelholz mit Moschus in ihre Nase, als ein heiseres Flüstern in ihr rechtes Ohr drang: »Missverstehen Sie mein Anliegen bitte nicht! Es geht nicht um Sex.«

Ann spürte seinen warmen Atem in ihrer Ohrmuschel, Lippen, die so federleicht über ihre Wange huschten, dass es ein Versehen hätte sein können. Sie wich einen Schritt zurück, hatte kurz den Drang, den Mann zu ohrfeigen, ließ es dann aber. Zu viel der Ehre, dachte sie.

»Es geht um Kunst, also um Leben und Tod«, flüsterte Lablais, war sich nicht zu blöd, dann auch noch augenzwinkernd den Zeigefinger zu heben und kokett »aber man weiß ja nie« hinzuzufügen, auf Deutsch!

Ann verschränkte die Arme vor der Brust, wurde sich im selben Moment dessen bewusst, dass sie eine Geste von Janets Freundin Solita imitierte, und ließ die Arme sinken. »Sind Sie fertig, Monsieur Lablais? Oder darf es noch etwas zum Lesen sein, bevor Sie ein für alle Mal diese Buchhandlung verlassen?«

»Sie sind dickköpfig, das gefällt mir!«

»Sie können sich nicht vorstellen, wie gleichgültig es mir ist, welche meiner Eigenschaften Ihr Gefallen findet und welche nicht.«

Aus dem Hinterzimmer war Applaus zu hören. »Bravo, Ann!«

Lablais steckte die Hände in die Hosentaschen und grinste. »Denken Sie einfach über mein Anliegen nach, mehr verlange ich nicht.«

Ann hätte ihm gerne entgegnet, dass er rein gar nichts zu verlangen hatte, mochte ihm aber nicht den Gefallen tun, sich weiter mit ihm abzugeben. Sie drehte sich von ihm weg, schob einen Bücherstapel zurecht, warf die Visitenkarte betont achtlos in eine Holzschale auf Sylvias Arbeitstisch und begann anschließend damit, einen am Morgen eingetroffenen Karton zu öffnen und die Ware auszupacken.

»Ich werde wiederkommen, Ann!«, sagte Lablais. »Diese Kinnlinie darf der Nachwelt nicht vorenthalten werden, sie ist vollkommen!«

Er schritt ein weiteres Mal in Richtung Ausgang, diesmal langsam, als wartete er darauf, aufgehalten zu werden. Einen Teufel werde ich tun, dachte Ann. Schließlich rief er, so laut, dass er sichergehen konnte, auch im Hinterzimmer gehört zu werden: »Und richten Sie Miss Barnes bitte aus, dass Miss Wood bei einer Freundin von mir übernachtet hat, sie weiß schon, von welcher Freundin die Rede ist. Bezüglich der Ortsangabe bindet mich leider die freundschaftliche Schweigepflicht. Aber Miss Wood wird sicherlich im Laufe des Tages von selbst wieder auftauchen. Der Hunger treibt jede rollige Katze früher oder später zurück an die heimischen Milchtöpfe, pflegte meine Großmutter zu sagen.«

Ann fuhr herum, aber da hatte Lablais auch schon den Laden verlassen.

»Was für ein Kretin!« Sie ließ von der Bücherkiste ab, nahm die Visitenkarte vom Tisch und besah sie noch einmal. Eigentlich hatte sie vorgehabt, das Stückchen Pappe zu zerreißen, steckte es dann aber doch in ihre Rocktasche.

»Bevor du fragst: Ich habe Lablais gestern Abend bei der Ausstellungseröffnung getroffen«, sagte Djuna, als Ann sich wieder zu ihr und Sylvia gesellt hatte. »Er ist eine Nervensäge, aber eine überaus begabte Nervensäge, das muss ich ihm leider attestieren. Seine Arbeiten sind einzigartig, er wird groß rauskommen, glaubt mir. Die sogenannten Damen der gehobenen Gesellschaft wetteifern jetzt schon darum, von ihm porträtiert zu werden. Du kannst dich also geschmeichelt fühlen, denn angeblich ist er mehr als wählerisch, was seine Modelle angeht.«

»Meine Kinnlinie kann sich geschmeichelt fühlen.«

»Falls du allerdings keine Lust haben solltest, mit ihm ins Bett zu gehen, wäre ich an deiner Stelle zurückhaltend. Ihm eilt ein gewisser Ruf voraus, in der Regel bezüglich frischer junger Männer, aber auch einer hübschen Frau gegenüber, so habe ich gehört, ist er nicht abgeneigt.«

Ann winkte kopfschüttelnd ab: »Warum wollen mir neuerdings alle irgendwelche Absichten bezüglich dubioser Liebschaften unterstellen? Danke, kein Bedarf! Im Übrigen: Eher würde ich etwas mit Leos Pudeldame anfangen als mit diesem Malerfatzke.«

»Ich muss doch sehr bitten!« Sylvia lachte, wurde aber gleich wieder ernst: »Was hat er da von Thelma gefaselt, Djuna?«

»Es wird dir nicht gefallen, Syl.«

»Erzähl trotzdem«, sagte Ann.

Djuna verzog resigniert die Mundwinkel. »Thelma und ich hatten gestern eine heftige Szene in der Öffentlichkeit. Es ging, wie so oft, um eine andere Frau. Diese Frau war anscheinend eine Freundin von Lablais, dem wir übrigens die Ausstellungseröffnung in der Galerie de l'Effort Moderne ruiniert haben mit unserem Gezeter.«

»Ach, das war *seine* Eröffnung?«, fragte Sylvia.

Djuna zuckte mit den Schultern. »Ich fürchte, ja.«

»Bist du sicher, dass es genau in dieser Galerie war?«, fragte Ann.

»Was spielt das für eine Rolle? Aber, ja, die Galerie in der Rue de la Baume«, sagte Djuna. »Ehrenwert, dort ausstellen zu dürfen. Wenn man das alles bedenkt, hat Lablais sich eigentlich gerade ganz gut gehalten, er hätte mir genauso gut mit voller Berechtigung einfach eine Ohrfeige geben können.«

»So weit kommt es noch«, fauchte Ann.

»Ich sollte ihm in der Tat dankbar sein«, fuhr Djuna fort. »Immerhin bin ich jetzt darüber informiert, dass Thelma nicht hinter irgendeiner lausigen Kaschemme in der Gosse liegt, und kann die Suche nach ihr für heute also beenden. Volltrunken war ich gestern Nacht natürlich auch, meine Wortwahl hat ebenfalls jeglichen Anstand vermissen lassen, und eventuell waren auch noch andere Substanzen involviert, von denen ihr nichts Genaueres wissen wollt.«

Sylvia legte Djuna den Arm um die Schultern und gab ihr einen Kuss auf die Schläfe. »Wann hast du eigentlich das letzte Mal geschlafen, Liebes?«

»Keine Ahnung.«

»Und wann hast du das letzte Mal an deinem Roman gearbeitet?«

»Keine Ahnung!«, wiederholte Djuna, diesmal laut und ärgerlich.

Sylvia gab ihr einen weiteren Kuss. »Geh nach Hause, schlaf dich aus, hör auf, dich sinnlos zu betäuben, und gebrauche dein Talent! Gebrauche es! Von mir aus, um Literatur aus deinem Schmerz zu machen, aber komm heraus aus dem Loch und mach gefälligst endlich etwas! Schreib diesen Roman!«

Nur weil Sylvia eben Sylvia war, dessen war Ann sich sicher, fuhr Djuna ihr nach diesen Worten nicht mit ausgefahrenen Krallen an die Kehle. Stattdessen fing sie, und das war eigentlich schlimmer, still an zu weinen. Ann ließ die beiden allein und ging zurück in den Laden, um sich wieder der Neuware zu widmen. Zum Glück gab es Arbeit, zum Glück gab es genug zu tun, um sich abzulenken von einem wirren Geflecht aus verstörenden, bedrückenden, verwirrenden und unausgegorenen Gedanken.

Eine gute Stunde später – Ann war gerade dabei, eine Laufkarte in Winifred Holtbys *The Crowded Street* zu schieben, ein Buch, über dessen Bedeutung und Gewicht sich Adrienne und Sylvia eine heftige Diskussion geliefert hatten – verabschiedete sich Djuna.

»Mach es gut, Kleine, ich versuche mal, Syls Rat zu folgen, zumindest was den Schlaf angeht.«

Sie klang so müde, sah derart welk und zermürbt aus, dass Ann beinahe selbst in Tränen ausgebrochen wäre.

»Es ist süß, dass du mich so weidwund anschaust, Herzchen, aber lass es bitte trotzdem, ja?«

Ann nickte. »Entschuldige!«

»Und entschuldige dich niemals für einen Blick, c'est ridicule!«

Djuna hauchte zwei Küsse in Anns Richtung, schlang danach ihren Umhang enger um sich und ging.

Mit dem Geräusch der sich hinter Djuna schließenden Tür kam Sylvia in den Verkaufsraum. Auch sie sah erschöpft und traurig aus.

»Warum setzt du Djuna immer so unter Druck, was

das Schreiben angeht? Du weißt doch, wie sehr sie das hasst!«, fragte Ann.

»Ich versuche, ihr das Leben zu retten, Liebes«, sagte Sylvia in einem Ton, als verkündete sie, dass es zum Abendessen Bratkartoffeln geben würde.

6

Mademoiselle Courage

Janet und Djuna waren eigens in die Rue de l'Odéon gekommen, um Ann abzuholen, obwohl sie beide in der Rue Jacob wohnten, ebenjener Straße, in der auch Natalie Clifford Barney residierte. Das immerhin tröstete Ann ein wenig über die Absagen sowohl Adriennes als auch Sylvias hinweg. Sie hatte sich darauf gefreut, im Kreis ihrer »liebsten Kompanie« diesen Nachmittag und eventuell auch den Abend zu verbringen, aber Adrienne hatte kurzfristig eine Krisensitzung der Redaktion ihrer Zeitschrift *Le Navire d'Argent* einberufen müssen, und Sylvia war einmal mehr ein Anliegen des »irischen Kraken« dazwischengekommen, wie Ann Mr Joyce heimlich nannte. Irgendwelche Raubkopien seines Romans waren aufgetaucht, gegen die Sylvia als Verlegerin des Werkes vorgehen musste, und wie immer hatten sämtliche Pläne hinter den Bedürfnissen des »Genies« zurückzustehen, das, so Janet, »Sylvia alles verdankt, ohne ihr gebührend dankbar dafür zu sein«.

Weil noch etwas Zeit bis zum Beginn ihrer jeweiligen Verpflichtungen blieb, hatten Sylvia, Adrienne, Djuna und Janet sich auf einen Tee mit Ann ins Hinterzimmer des Shakespeare and Company gesetzt, um ihr »eine kleine Einführung in die Causa Barney« zu geben.

»Zeig dich mal«, sagte Adrienne, und Djuna verlangte gar, dass Ann sich vom Stuhl erhob und unter den Lichtschein der Deckenlampe trat, damit man sie besser begutachten konnte. Sie trug eine ihre Beine locker umspielende schwarze Bundfaltenhose, die sie sich eigens für diesen Anlass hatte schneidern lassen, dazu einen breiten Ledergürtel mit großer silberner Schnalle, ein einfach geschnittenes smaragdgrünes Seidenhemd und flache lackschwarze Halbschuhe. Am Vormittag, bei der Zusammenstellung ihrer Garderobe für den heutigen Anlass, war Ann sich noch verwegen und modern vorgekommen, jetzt fühlte sie sich wie eine Debütantin, die vor Antritt ihrer ersten Saison das Plazet der Gouvernanten einholen musste.

»Seid ihr endlich fertig, darf ich mich wieder setzen? Ich bewerbe mich doch nicht zum Schaulaufen in der Damenabteilung bei Lafayette!«

»Ich würde dich sofort engagieren«, sagte Djuna. »Auch wenn du weniger denn je wie eine Dame wirkst.«

Ann streckte ihr die Zunge heraus, konnte aber auch in den Blicken der anderen erkennen, dass ihre Wahl für gut befunden worden war.

»Ich muss mich ein wenig daran gewöhnen, aber auch als ›Jüngling‹ siehst du hinreißend aus«, sagte Adrienne.

Sylvia stimmte dem zu: »Très élégant!«

Janet griff sich in den Nacken, löste den Verschluss ihrer dreireihigen schwarzen Glasperlenkette und reichte sie Ann. »Schenke ich dir, kleine Garçonne, sie wird an dir ohnehin viel besser aussehen.«

Ann legte sich die Kette um, die so lang war, dass sie

ihr bis zum Hosenbund reichte, bedankte sich überschwänglich und fühlte sich gleich ein bisschen mehr wie eine Lady und ein bisschen weniger wie eine Garçonne.

»Was sollte ich unbedingt vorher noch wissen, um niemanden zu brüskieren?«, fragte sie.

Djuna schlug sich mit der flachen Hand an die Stirn. »Das ist die erste Frage, die dir einfällt?«

Janet fing an zu lachen. »Keine Sorge! *Du* wirst dort nichts und niemanden brüskieren, Kleines!«

Ann zweifelte nicht eine Sekunde daran, dass dies *kein* Kompliment sein sollte.

»Das Beste an Natalies Salon ist sowieso der Schokoladenkuchen von Colombin«, sagte Adrienne.

»Das beweist, dass du nie Sex mit ihr hattest«, sagte Djuna.

»Während des Salons?«

Djuna zuckte anzüglich grinsend mit den Schultern. »Das Haus ist groß, der Garten bietet viele dunkle Ecken …«

»Du lieber Himmel!«, murmelte Adrienne.

»Natalie Barneys Hauptverdienste liegen vorrangig und unbestreitbar weder auf dem einen noch auf dem anderen Gebiet«, sagte Sylvia. Sie schaute missbilligend auf Djuna, die sich die Hand vor den Mund presste, um nicht laut loszuprusten. »Reiß dich mal zusammen!«

»Nein, deine Vorlage war zu gut, Syl!«, brachte Djuna japsend hervor. »Was für ein Artikel da aus meiner inneren Feder tröpfelt! ›Die zwei Passionen der Mademoiselle B.‹. *Bonjour Madame, möchten Sie sich verstärkt auf dem Gebiet des gleichgeschlechtlichen Verkehrs ver-*

dient machen, oder präferieren Sie heute den Schoko-
ladenkuchen? Man reiche mir Stift und Papier!«

Janet brüllte vor Lachen, Adrienne gluckste vergnügt,
und auch Ann konnte nicht mehr an sich halten.

»Warum müsst ihr über alles und jeden eure despektier-
lichen Witze reißen?«, schimpfte Sylvia. »Natalie Barney
empfängt nicht nur herausragende Persönlichkeiten der
Pariser Gesellschaft sowie die Crème de la Crème aus
Kunst- und Literaturbetrieb, sie bietet darüber hinaus
mit ihrem Salon auch unbekannten Künstlerinnen eine
Bühne, wie es sonst keine gibt in Paris.«

»Ohne Natalies Geld wäre ich schon einige Male bank-
rott gewesen, und da bin ich nicht die Einzige«, sagte
Djuna.

»Sie ist zudem selbst eine produktive Schreiberin. Gedichte, Theaterstücke, Epigramme … Teilweise recht be-
achtlich.«

»Über Politik sollte man sich mit ihr allerdings lieber
nicht unterhalten«, sagte Janet.

Sylvia nickte betrübt. »Es ist ein Jammer, wie kurz-
sichtig sie auf diesem Auge ist!«

»Wie sieht sie denn eigentlich aus, diese Natalie?«,
fragte Ann, die plötzlich Sorge hatte, die Stimmung
könnte kippen, und das wäre keine gute Voraussetzung
für den weiteren Verlauf des Tages. Obwohl Miss Barney eine Kundin war, vornehmlich der Leihbücherei, war
Ann ihr noch nie persönlich begegnet. Zudem hing, und
das war an sich schon bemerkenswert, weder bei Sylvia
noch bei Adrienne eine Fotografie von ihr. Von Gertrude
Stein zum Beispiel, der anderen großen literarischen Sa-

lonière in ihrem, dem 6. Arrondissement, hing in jeder Sektion von Odéonia ein Porträt an zentraler Stelle.

»Ah! Wer Natalie je auf ihrer Fuchsstute durch den Bois de Boulogne traben sah, ganz in Weiß, mit wehenden blonden Locken, musste sich auf der Stelle in sie verlieben«, schwärmte Adrienne. »Ein ebenso zartes wie freiheitsliebendes Geschöpf mit einem überspannt-avangardistischen Gedankengeflecht in seinem wunderschönen Köpfchen, ein fleischgewordenes Poème érotique ...«

»Also *zart* ist die Gute ja nun nicht mehr«, sagte Janet.

»Aber schön ist sie noch immer!«, sagte Adrienne.

»Jenseits der Fünfzig sollte eine Frau ohnehin mit anderen Qualitäten glänzen«, sagte Sylvia.

»Im Fall Natalies wäre das eine millionenschwere Erbschaft«, sagte Janet.

»Das erleichtert auch die Freiheitsliebe ungemein«, fügte Djuna hinzu. »Spar dir den gestrengen Blick, Syl! Du weißt, ich liebe Natalie. Für fast alles: den Kuchen, die Stute, den Mut, das Geld, den Einsatz für uns arme Schreibsklavinnen und auch für ihre sonstigen Fingerfertigkeiten.«

»Möge sie ihre kunstfertigen Finger einfach von der Politik lassen und ansonsten damit anstellen, was immer ihr gefällt«, sagte Janet.

Djuna kicherte. »Meine Rede!«

Sylvia begann, die Teetassen vom Tisch zu räumen, musste nun aber doch lachen. »Verschwindet aus meinem honorablen Geschäft, ihr hoffnungslosen Spötterinnen! Und wehe, ihr bringt mir die Kleine nicht heil zurück!«

»Ihr könntet alle endlich einmal damit aufhören, mich ›klein‹ zu nennen!«

»Yes, madam!« Sylvia hob salutierend zwei Finger an ihre Stirn.

»Allez, hop, beweg deinen mageren Hintern, Madame von Schoeller«, sagte Djuna. »Und zeig uns, was für eine große Gesellschaftslöwin du bist!«

Die Rue Jacob Nr. 20, nur zwei Häuser neben dem, in dem sich Janets und Solitas Wohnung befand, hatte Ann schon unzählige Male passiert, ohne je darüber nachzudenken, was sich hinter der schlichten Fassade mit dem großen schwarzen Tor verbergen mochte, an dem Janet jetzt den Glockenstrang zog. Ein junger Mann in einem bunt bestickten orientalischen Kaftan öffnete und trat mit erkennendem Lächeln beiseite, um sie einzulassen.

»Merci, Rashid«, sagte Janet.

Der junge Mann deutete eine Verneigung an.

»Ist Thelma schon da?«, fragte Djuna.

»Miss Wood ist vor etwa einer Stunde eingetroffen, Miss Barnes. Sie hat ebenfalls nach Ihnen gefragt.«

Ann hatte erwartet, dass Djuna sofort loslaufen würde, um schnellstmöglich zu ihrer Geliebten zu kommen, aber sie blieb steif im Torbogen stehen und bewegte sich erst von der Stelle, als Janet sie bei der Hand fasste und mit einem entnervten Seufzer weiterzog. Ann folgte ihnen. Vor ihr eröffnete sich ein überraschend großzügig angelegter Innenhof mit alten Bäumen und einer Reihe mächtiger italienischer Terrakottakübel, die im Frühjahr mutmaßlich mit exotischen Pflanzen bestückt wurden, aber auch so schon spektakulär aussahen. Rechts erstreckte sich eine mit Efeu überwucherte Natursteinmauer, links das imposante dreistöckige Wohnhaus mit leuchtend grünen Fensterläden, kunstvoll geschmiedeten Balustraden und dem von zwei Säulen flankierten Haupteingang. Aus jedem der bodentiefen Fenster schimmerte das Licht elektrischer Kronleuchter, obwohl es früher Nachmittag war und die Sonne schien.

»Gehört das alles Miss Barney?«, fragte Ann.

»Was du hier siehst, ist nur das vordere Drittel von Natalies Anwesen.«

Ann wunderte sich über den Kontrast zu dem schäbigen kleinen Hof, über den sie gehen musste, wenn sie zu Janet und Solita wollte, keine fünfzig Meter von hier entfernt. Dort war alles grau und eng, und es stank selbst jetzt im Winter nach dem Müll, der in den überquellenden Blechtonnen neben der Concierge-Loge verrottete. Selbst ihr eigener Innenhof in der Rue Cujas wirkte, verglichen mit dieser mediterranen Pracht, wie der Vorhof zum Armenhaus.

»Man sollte nicht meinen, dass wir uns in eurer unmittelbaren Nachbarschaft befinden«, sagte Ann.

Janet lachte bitter. »Danke für den Hinweis.«

»Ich hab's dir doch gesagt: Obszöner Reichtum ist eine feine Sache«, sagte Djuna.

Ann enthielt sich eines Kommentars, denn, egal wie wenig sie bei Sylvia verdiente, *sie* brauchte sich keine Gedanken darüber zu machen, wie sie die Miete aufbrachte oder womit sie erlesene Speisen, erstklassigen Wein oder frische Säfte, den täglichen Kaffee im Deux

Magots, ihre Schneiderin oder den Gemüsehändler bezahlen sollte. In umsatzarmen Monaten, wenn Sylvia mit Sorgenfalten auf der Stirn über ihren Rechnungsbüchern brütete, hatte Ann ihren Lohn sogar schon diskret zurück in die Ladenkasse gelegt oder sich ihre Mitarbeit in seltenen Büchern vergüten lassen. Der Verzicht hatte für sie keinen nennenswerten Unterschied gemacht. Auf einem Regal in ihrer Küche in der Rue Cujas stand eine goldverzierte Bonbonniere aus Meissener Porzellan, ein Hochzeitsgeschenk von Johanns Tante Mathilde, die sich, egal wie freimütig Ann sich auch daraus bediente, über Nacht immer wieder mit Geldscheinen füllte, ohne dass Johann oder sie auch nur ein Wort darüber verloren. Ihren Freundinnen erzählte Ann nichts von der Bonbonniere, denn wenn sie ehrlich war, schämte sie sich ihrer eigenen Sorglosigkeit ihnen gegenüber ein wenig.

Janet drückte Ann die Hand zwischen die Schulterblätter und schob sie weiter. »Beweg dich, Träumerin!«

Von irgendwoher drangen die Klänge eines Pianoforte, eine wilde disharmonische Tonkaskade, die mit Sicherheit nicht Onkel Eugènes Zustimmung gefunden hätte. Es war erstaunlich, wie wenig vom Lärm der knatternden Automobile, der laut palavernden Passanten über diese Mauern drang. Ann stellte sich vor, wie es im Sommer sein musste, wenn hier alles blühte und grünte und man, ermattet vom hitzigen Krawall der Straße, in dieses baumbeschattete Idyll trat. Sie folgte Djuna und Janet, die den Haupteingang links liegen ließen und direkt auf das zweigeschossige Gebäude zuschritten, das wie ein

Riegel den Hof abschloss und ebenfalls aus sämtlichen Fenstern festlich erleuchtet funkelte.

»Natalie nennt diesen kleinen Palast hier übrigens Gartenhaus«, sagte Djuna. »Nur dass du mal eine Vorstellung davon bekommst, in welchen Kategorien sie denkt.«

Janet betätigte den Türklopfer, eine Bronze in Form eines Fisches, der eine vergoldete Kugel im Maul hielt. Beim zweiten Schlag wurde die Tür bereits aufgerissen.

»Berthe!«, begrüßte Janet die kleine, gedrungene Frau um die sechzig, die in einem schlichten braunen Kleid mit weißer Schürze vor ihnen stand und strahlte, als wären endlich die Ehrengäste eingetroffen.

»Mademoiselle Flanner! Meine liebe Djuna! Wie schön!«

Janet und Djuna küssten die Frau auf beide Wangen, umarmten sie herzlich, wie es bei einer Bediensteten, und als solche war sie eindeutig gekleidet, unüblich war. Aber Ann hatte im Voraus genug über diesen Salon gehört, um hier nicht vom Üblichen auszugehen. Sie überlegte, welches Verhalten von ihr erwartet wurde, entschied sich dafür, die Hand zur Begrüßung auszustrecken, dabei einen Knicks anzudeuten und ein respektvolles »Bonjour Madame!« zu äußern, als hätte sie die Hausherrin persönlich vor sich.

Berthe schüttelte Anns Hand mit festem Griff. »Wen habt ihr denn da mitgebracht?«

»Das ist Ann«, sagte Janet. »Ursprünglich aus Berlin, inzwischen aber bestens bei uns eingebürgert.«

»Wundervoll! Es kommen so viele hervorragende Literaten aus Deutschland zu uns!«

»Leider bin *ich* keine von ihnen«, sagte Ann.

Berthe runzelte die Stirn. »Leider? Wenn Sie das bedauern, junge Frau, dann ändern Sie etwas daran!«

Ann meinte, eine, wenn auch wohlwollende, Rüge kassiert zu haben. Janet stieß ihr in die Seite. »Berthe ist einfach eine Meisterin ihres Fachs!«

Ann wollte fragen, was für ein Fach das sei, wurde aber von Djuna davon abgehalten. »Ann ist übrigens Sylvias Assistentin.«

»Ach, *Sie* sind das?«

»Ich bin das.«

»Bedauern Sie dies ebenfalls?«

»Nicht im Geringsten! Es ist ein großes Glück, für Sylvia und gelegentlich auch für Adrienne zu arbeiten!«

Berthes Gesicht entspannte sich zu einem Lächeln. »Ich habe nur Gutes über Sie gehört. Darf ich dann die werten Damen um ihre Mäntel bitten?«

»Wer ist sie?«, flüsterte Ann, nachdem Berthe mit den Mänteln hinter einem schweren grünen Samtvorhang verschwunden war.

»Das ist Berthe Cleyrergue«, sagte Janet, als sei damit alles gesagt.

Djuna ergänzte: »Berthe ist Natalies Allzweckwaffe: Hausdame, Gesellschafterin, Finanzministerin, Geheimnisträgerin, Zimmermädchen, Zerberus, Drachenbändigerin. Wir haben Glück, dass sie uns mag und davon träumt, eines Tages in einer von Janets Kolumnen erwähnt zu werden. Als ich vor einigen Jahren aufgrund einer Notlage für ein paar Wochen bei Natalie einquartiert war, hatte ich noch Angst, dass Berthe mir ein

Nervengift in meinen Pfirsichsaft rührt, so streng hat sie mich beim Frühstück angeschaut.«

»Glaub Djuna kein Wort! Berthe ist ein absoluter Schatz, schon immer gewesen!«, sagte Janet.

»Wieso und woher weiß sie etwas über mich?«

»Sorgen musst du dir erst machen, wenn Berthe Cleyrergue noch *nichts* über dich gehört hat.«

Ann zuckte mit den Schultern, hob den Kopf, richtete sich gerade auf und trat hinter ihren Freundinnen durch die mit figürlichen Intarsien verzierte Doppeltür, auf die Berthe gedeutet hatte. Wilde Jagdszenen, umrahmt von Blattwerk.

Der Raum, in dem der Salon stattfand, war deutlich größer, als Ann erwartet hatte. Er umfasste anscheinend fast den gesamten Grundriss des sogenannten Gartenhauses, wobei auch hinsichtlich der Innenausstattung das Wort »Palast« angebrachter gewesen wäre. Die Wände waren mit rubinroten Tapisserien bespannt, gefasst von Stuckelementen, die sich an der Decke in pompösen Ornamenten fortsetzten. Etwa ein Dutzend Ölgemälde wurde ringsum auf Staffeleien präsentiert. Alle zeigten ernst dreinblickende Frauen mit scharf geschnittenen, herb anmutenden Gesichtern. Dazwischen waren Polstermöbel mit orientalischen Kissen, aufwändig gearbeitete Stühle und vereinzelte griechisch-römische Skulpturen aus weißem Marmor platziert, sowie kleine runde Tische, auf denen Etageren aus Silber und Kristall Süßigkeiten offerierten. Eine Glasfront gegenüber der Tür gab den Blick auf einen malerischen Garten frei, dessen Ausdehnung mitten in der Stadt an Zauberei grenzte.

An die vierzig bis fünfzig Menschen hatten sich versammelt, über ihren Köpfen waberten bläuliche Rauchschwaden von unzähligen Zigaretten. In der rechten hinteren Ecke stand das Pianoforte, das von einer kahl rasierten, ganz in Schwarz gewandeten Frau um die dreißig bearbeitet wurde. Ihre ebenfalls tiefschwarzen Ohrringe, groß wie Untertassen, schaukelten im Rhythmus der leidenschaftlich-dissonanten Akkorde. Soeben beendete sie ihr Spiel, indem sie die Hände von den Tasten riss und sie wie eingefroren in der Luft stehen ließ, bis einzelne Gäste verhalten zu applaudieren begannen. Als wäre das ihr Signal gewesen, sprang die Musikerin von ihrem Hocker, zog mit einer seltsam eckigen Bewegung eine Glastür zum Garten auf und rannte davon, als wären tausend Höllenhunde hinter ihr her. Einen winzigen Augenblick lang herrschte Stille, dann schwoll der Klangteppich aus Gesprächen, Gläserklirren und Gelächter wieder an, als wäre nichts geschehen.

»Dahinten ist Thelma!«, rief Djuna. Auch Janet machte sich davon, nachdem sie Ann einen aufmunternden Klaps auf den Rücken gegeben hatte. Sie begrüßte eine Gruppe junger Frauen in Smokingjacke und Fliege zu knielangen Röcken, die allesamt dicke Zigarren pafften, und verschwand anschließend in der Menge. Sowohl Janet als auch Djuna hatten mit Betreten des Salons anscheinend Sylvias Weisung vergessen, Ann »an die Hand« zu nehmen. Ann war es recht. So konnte sie zunächst in der Nähe des Ausgangs stehen bleiben und die Gesellschaft in Ruhe beobachten. Einige der Anwesenden waren ihr aus dem Buchladen bekannt. Vor einer der Staffeleien linker Hand stand, in einem strengen marineblauen Kostüm, Justine Petuchet, die mit einem britischen Diplomaten verheiratet war und jeden Monat bei ihnen im Laden vorbeikam, um die Neuzugänge aus England oder Amerika zu sichten und ihnen die höchsten Tageseinnahmen der Woche zu bescheren. Nicht weit von Madame Petuchet verweilte, in die andächtige Betrachtung einer Aphrodite-Replik vertieft, die fadendünne Baronin Gourgaud, die im schwarzen Anzug, mit Monokel vor dem rechten Auge und hohem weißem Kragen um den faltigen Hals, eine verblüffende Ähnlichkeit mit Fritz Dornfeld, dem magenkranken Prokuristen des Schoeller'schen Bankhauses aufwies. Die Verlegerin und Dichterin Nancy Cunard, wie immer extravagant gekleidet, stark geschminkt und mit breiten Armreifen bis hinauf zum Ellenbogen bewehrt, ließ ihren Champagnerkelch an den von Mina Loy stoßen, deren bis auf die Schultern hängende Ohrringe sich bei näherer Betrachtung als mit blauen Federchen beklebte Zimmerthermometer entpuppten. Mina hatte vor nicht ganz zwei Wochen in der Buchhandlung aus ihren Gedichten gelesen, eigensinnig versponnene Verse voller erotischer Anspielungen und kryptischer Wortkonstruktionen, und Ann war an diesem Abend, an dem der Laden aus allen Nähten geplatzt war, nicht die Einzige gewesen, die die Dichterin mit der Physiognomie eines Engels und der Wortwahl einer Lebedame heftigst angeschwärmt hatte.

An einem der Tische rechter Hand bemerkte Ann den schafsartigen Hund von Gertrude Stein. Das langbeinige weiße Tier, sein Name war Basket, vertilgte gierig ein

Eclair nach dem anderen. Seine Herrin, deren schöner Kopf, wie Janet einmal gesagt hatte, mit fortschreitendem Alter immer mehr an den eines römischen Kaisers erinnerte, redete derweil auf eine ältere Dame in Motorradkluft ein, Mrs Edwin Goodman, auch sie Amerikanerin, dazu passionierte Automobilistin und Sufragette der ersten Stunde. Unweit des nunmehr verlassenen Klaviers entdeckte Ann Djuna und Thelma Wood, Letztere fein lächelnd mit geschlossenen Augen an die Wand gelehnt, wie immer in einfacher Herrenkleidung. Bei allem, was man gegen die kapriziöse, launenhafte, notorisch untreue Geliebte Djunas einwenden konnte, sobald man sie leibhaftig vor sich sah, frisch und jungenhaft, mit ihrem verschmitzten Charme, der stets leicht verstrubbelten Etonboy-Frisur und den Grübchen in ihren rosigen Wangen, konnte man nicht anders, als sie reizend zu finden und, wider besseres Wissen, Verständnis für Djunas selbstzerstörerisch-obsessive Liebe aufzubringen. Djuna hatte einen Arm um Thelmas Hüfte gelegt und knabberte gut gelaunt an einem Erdbeertörtchen. Möge es dauern, dachte Ann.

Schließlich bemerkte sie, inmitten einer Traube eleganter junger Damen in zarten Pastelltönen, eine große, kräftige Frau mit einem Wust von dichtem, ergrauendem Haar auf dem Kopf, das sich kaum in der etwas altertümlich wirkenden Hochsteckfrisur bändigen ließ. Ann zweifelte keine Sekunde daran, dass es sich um die Gastgeberin handelte, zumal dieselbe Person überlebensgroß und mit Augen von beinahe beängstigender Intensität aus einem Gemälde, das über dem Kamin auf der rechten Seite hing, auf das Geschehen herabblickte. Natalie Barney trug sogar ein ähnliches Kleid wie ihr gestrenges Abbild, ein unter der Brust zusammengehaltenes weißes Ungetüm, das bis zum Boden um ihre stattliche Figur floss und im Schein der Kronleuchter glitzerte wie eine mondbeschienene Schneeverwehung. Ann sah der Grande Dame dabei zu, wie sie ihren Worten mit ausladenden Handbewegungen Nachdruck verlieh, dabei den Blick mal in das Gesicht der einen, dann der anderen Gesprächspartnerin bohrte, sodass man meinen konnte, die Frauen würden einem Polizeiverhör unterzogen. In diesem Moment war es Ann noch einmal mehr recht, dass ihre Begleiterinnen es versäumt hatten, sie Miss Barney vorzustellen. Sie war sich nicht sicher, ob sie Lust hatte, sich den analytischen Augen dieses auratischen Monuments auszusetzen. Und dennoch ging etwas ungemein Anziehendes von dieser in jeder Hinsicht gewaltigen Person aus, etwas, das den Gedanken aufkommen ließ, dass es tröstlich sein könnte, den Kopf an ihre üppige Brust zu legen.

»Darf es für Sie etwas zu trinken sein, Madame?« Die blutjunge Bedienung trug, ähnlich wie Rashid, der sie am Tor hereingelassen hatte, einen langen, mit Silberfäden durchwirkten Kaftan zu ihren goldenen Locken, was ihr das Aussehen einer orientalischen Weihnachtselfe gab. Es waren an die zehn solcher Mädchen mit Serviertabletts zwischen den Gästen unterwegs, und Ann fragte sich, wo Miss Barney all diese Märchenwesen auftrieb.

»Sehr gerne!«, sagte sie und nahm sich dankbar ein Champagnerglas vom Tablett. Das Einzige, was diese

Veranstaltung mit dem Botschaftsempfang der vergangenen Woche gemein zu haben schien, war das dargereichte Getränk, und sie hätte beinahe laut über diesen Gedanken gelacht. Kunststück, wo sich doch *tout Paris*, jedenfalls dort, wo es noch über ausreichende Finanzmittel verfügte, dieser Tage von Champagner zu ernähren schien. »Am Abgrund«, hatte Onkel Eugène ihr an ihrem letzten Geburtstag zugetoastet, »kommt es allein auf die Haltung an.« – »Was für ein Abgrund, Onkel?«, hatte Ann gefragt. – »Jeglicher Art«, hatte er geantwortet und ihr eine Kusshand zugeworfen. Wie sehr sie sich in diesem Augenblick Eugène und sein liebenswert scharfes Mundwerk herbeiwünschte! Der Onkel hätte seine helle Freude an dieser Ansammlung exotischer Erscheinungen gehabt, und mit ihm an ihrer Seite wäre sie selbst weit weniger anfällig für den verstörenden Sog, den die Gastgeberin auf sie ausübte. Sie nahm sich vor, de Sauveterre so bald wie möglich aufzusuchen, schon morgen, wenn es sich irgendwie einrichten ließ. Sie könnte ihm eine Ausgabe von Miss Steins in kleiner Auflage erschienenem Roman *The Making of Americans* vorbeibringen, einem monumentalen Werk, das Ann heimlich zwar für ähnlich unlesbar wie *Ulysses* von Mr Joyce hielt, das aber auf ebenso bemerkenswerte Weise den herkömmlichen Rahmen sprengte. Dem Onkel könnte es gefallen. Ein gegenwärtig derart schwer erhältliches Buch rechtfertigte einen unangekündigten Besuch allemal, und nebenbei würde sie Eugène von ihrem Debüt in Natalie Barneys Salon erzählen.

Ann dachte gerade darüber nach, ob es gut wäre, ein wenig herumzugehen und mit jemandem zu plaudern, den sie zumindest vom Sehen kannte, oder ob sie anstandshalber zuerst Basket, auf den anscheinend niemand achtete, vom weiteren Fressen der Süßigkeiten abhalten sollte, als jemand, der gerade hinter ihr zur Tür hereingekommen sein musste, ihr ins Ohr raunte: »Wenn du einen Tag und eine Nacht lang in den Körper einer der hier Anwesenden schlüpfen müsstest, welche würdest du wählen?«

»Geist inklusive?«, fragte Ann, ohne sich nach der Stimme umzusehen. Eine junge Stimme, weiblich, angenehm, und sie hatte sie schon einmal gehört, wo und wann, wollte ihr nicht einfallen.

»Sieh an, eine Intellektuelle! Von mir aus Geist inklusive. Also?«

Ann ließ ihren Blick noch einmal über die Gästeschar schweifen, erkannte jetzt, eben neben die Gastgeberin getreten und augenblicklich die Kräfteverhältnisse verändernd, die Schriftstellerin Colette mit ihrem wilden Lockenkopf und den schräg stehenden schwarz umrandeten Augen. Ann zeigte auf sie, ohne weiter zu überlegen: »Ich würde mit *ihr* tauschen.«

»Interessante Wahl! Sonst wollen alle immer Nancy Cunard sein, die ist fast so schön wie Mina Loy, nur reich und weniger tragisch.«

Ann wandte sich der Sprecherin zu und wusste, woher sie die Stimme kannte. Damals hatte die junge Frau, die jetzt in einem wadenlangen grün-blau gestreiften Kleid mit niedriger Taille und schwarzem Stoffband um die Stirn vor ihr stand, ein kurzes sonnengelbes Kleid angehabt und auf der Platte eines Bistrotisches gesessen.

»Ich bin Fernande.«

»Ann.«

»Bist du zum ersten Mal hier?«

»Merkt man das?«

»*Ich* sehe so etwas.«

»Und was rätst du, die du so etwas siehst, einer Debütantin wie mir?«

Ann hatte gar nicht so kaltschnäuzig klingen wollen, aber Fernande schien sich nichts daraus zu machen.

»Warum sollte ich dir etwas raten? Du beobachtest, biederst dich niemandem an, besser kann man sich hier kaum einführen. Wurdest du Natalie schon vorgestellt?«

»Es hat keine Eile.«

Fernande trat dichter an Ann heran. »Sie kann einem Angst einjagen, die alte Amazone, nicht wahr?«

»Nein«, sagte Ann. Und weil sie Fernande nicht durch Einsilbigkeit verstimmen wollte, fügte sie hinzu: »Wir sind uns übrigens schon einmal begegnet, du und ich.«

Fernande nahm die Hand von Anns Arm, schaute sie ungläubig an.

»Es ist schon länger her«, sagte Ann. »Etwa eineinhalb Jahre.«

»Ich kann mir trotzdem nicht vorstellen, dass ich *das*, also *dich*, hätte vergessen können.«

»Dann muss das wohl ein ungelöstes Rätsel bleiben.«

Ann gefiel sich darin, vor Fernande die Mysteriöse zu spielen. Und es gefiel ihr ebenso, dass ihr Gegenüber sich offenkundig bei ihr einzuschmeicheln versuchte.

»Sag schon! Gib mir wenigstens einen Hinweis!«

»Also gut. Es war an einem sonnigen Frühlingstag, du

hocktest umgeben von einem Trüppchen ungehobelter junger Männer in einem Straßencafé zwischen Boulevard Saint-Germain und Rue de l'Odéon, als ich …«

»Ich werd verrückt! Du bist das tapfere deutsche Mädchen mit dem braunen Hut!«

»Tapfer? Wieso tapfer?«

»Wie du diese Kerle einfach zur Seite geboxt hast, als wären sie lächerliche Holzkegel! Die Herren Studenten hatten sich bis dato für absolut unwiderstehlich gehalten, und dann kommst du mit deinen schlagkräftigen Ellenbogen, und sie können dir nur noch blamiert hinterherstarren.«

Ann konnte es nicht fassen, dass Fernande damals nichts von ihrer Beklemmung, ihrer Angst und Überforderung bemerkt haben wollte.

»Entschuldige, dass ich dich nicht gleich wiedererkannt habe.« Fernande schaute an Ann herunter und wieder herauf. »Du hast dich ziemlich verändert.«

»Nur die Haare abgeschnitten.«

Ann hätte Fernande gerne gesagt, dass seitdem so gut wie alles für sie anders geworden war und dass sie noch oft an ihre kurze Begegnung gedacht hatte, die, wenn man so wollte, den Anfang ihres neuen Lebens eingeleitet hatte, fand aber nicht die passenden Worte.

»Was ist aus dem armen unschuldigen Hütchen geworden?« fragte Fernande. Zwanglos griff sie nach Anns Champagnerglas, um einen Schluck daraus zu nehmen.

»Das liegt mitsamt der restlichen Unschuld auf dem Grund der Seine«, sagte Ann. »In einer fest verschlossenen Kiste namens *Auf Nimmerwiedersehen*.«

»Oh, là, là, Mademoiselle Courage!« Fernande drohte scherzhaft mit dem Zeigefinger. »Was tun sich da für Abgründe auf!«

»Wie schön, dass wir uns wiederbegegnet sind«, sagte Ann.

»Und dann an einem Ort wie diesem! Ein Jammer, dass du dein erstes Mal hier mitten im Winter hast. Richtig spektakulär wird es bei Natalie nämlich erst in den Sommermonaten. Dann tanzen draußen im Garten die Jungfrauen heidnische Reigen, während Solita Solano den Faun mimt, nackt, wie Gott sie in einem seiner besten Momente geschaffen hat!«

»Das muss in der Tat ein göttlicher Anblick sein!«

»Du weißt, wer Solita Solano ist?«

Ann sah Fernande an, als sei das die dümmste Frage der Welt.

»Ist sie etwa hier?«, fragte Fernande.

»Solita ist bis nächste Woche in London.«

»Das heißt, du kennst sie so gut, dass du über ihre Absenzen informiert bist«, stellte Fernande fest.

Ann widersprach nicht.

»Und ihre Lebensgefährtin, kennst du sie auch?«

»Mit Janet bin ich hergekommen.«

Fernande nahm Ann ein weiteres Mal das Glas aus der Hand, leerte es, obwohl noch mehr als halb voll, in einem Zug und reichte es zurück. »Warum habe ich Idiotin dich damals nur laufen lassen? Miss Flanner ist eines meiner Vorbilder. Sie schreibt großartige Reportagen und dann noch diese Kolumne für den …«

»*New Yorker*, ich weiß.«

»Ja, natürlich weißt du das, entschuldige!« Fernande schüttelte entgeistert den Kopf. »Als ich dich beim Hereinkommen so versonnen am Rand des Geschehens stehen sah, habe ich gedacht, *ich* sollte helfen, *dich* in diese feine Gesellschaft einzuführen, aber jetzt muss ich feststellen, dass es genau umgekehrt sein müsste.«

»Ich kann dich Janet gerne vorstellen«, sagte Ann und fürchtete im selben Moment, allzu gönnerhaft zu klingen.

»Das würdest du tun?«

Ann stellte ihr Glas ab, nahm Fernandes Hand und machte sich mit ihr auf die Suche nach Janet. Sie entdeckte sie schließlich hinten an der Gartentür, ins Gespräch mit der Gastgeberin vertieft – und blieb derart abrupt stehen, dass Fernande beinahe in sie hineingerannt wäre. Bevor Ann den Rückzug antreten konnte, wie sie es im ersten Affekt hatte tun wollten, blickte Janet auf und rief: »Schoeller! Komm her, wir haben gerade über dich gesprochen!«

Es war das erste Mal, dass Ann von Janet mit Nachnamen angesprochen wurde, und es klang zwar fremd, aber auch sehr erwachsen und lässig. Janet winkte sie heran, während Natalie Barney, um deren Lippen ein ironisches Lächeln spielte, sie aufmerksam betrachtete. Als Ann bei Janet und Natalie war, merkte sie, dass sie noch immer Fernandes Hand hielt. Eine Spur zu hektisch ließ sie los, was weder von Janet noch Miss Barney unbemerkt blieb. Janet legte erstaunt die Stirn in Falten, die Gastgeberin schien sich über die Situation zu amüsieren: »Wie ich sehe, haben Sie bereits zarte Bande geknüpft, liebe Madame von Schoeller. Sehr gut! Mein bescheidener Salon hat schließlich einen Ruf zu wahren, was das Anbahnen von Verbindungen betrifft, die weit über das rein Platonisch-Literarische hinausgehen, nicht wahr?«

»Sie missverstehen ...« Ann wurde von Natalie, die nicht einmal Anstalten machte, ihr zuzuhören, übertönt: »Wie dem auch sei: Herzlich willkommen, chère Madame! Darf ich Ann sagen? Nennen Sie mich Natalie! Wir entledigen uns hier gerne aller Förmlichkeiten.«

Ann ergriff Natalie Barneys ausgestreckte Hand, die ein bisschen zu warm und ein wenig zu schwitzig war und viel zu fest zudrückte. Sie glaubte sogar einen Zug zu spüren, als wollte die Barney sie tatsächlich an ihrer Brust bergen. Ann hielt dagegen, sogleich lockerte sich der Griff, und ihre Hand wurde freigegeben. Um den Mund der Hausherrin zuckte erneut ein spöttisches Lächeln, nur entbehrte es diesmal jeglicher Wärme. Und dann geschah etwas Merkwürdiges. Anns Faszination war mit einem Mal wie weggeblasen. Vor ihr stand nur noch eine alternde Frau in eigenartiger Kostümierung, deren Übergriffigkeit sie anwiderte, obwohl im Grunde gar nichts weiter passiert war als ein etwas zu fordernder Händedruck.

»Sylvia hat mir letzthin berichtet, was für eine großartige Hilfe sie in Ihnen hat«, sagte Miss Barney.

»Das freut mich zu hören«, sagte Ann.

»Zuverlässig, gelehrig, fleißig, diszipliniert, umsichtig ...«

»Aus deinem Mund klingt es so, als könnte man sie genauso gut fürs Militär rekrutieren«, sagte Janet.

Miss Barney kräuselte verstimmt die Oberlippe. »Warum so garstig, Flanner? Man wird eure Kleine doch wohl erst einmal unter die Lupe nehmen dürfen.«

»Klein ist Ann allenfalls äußerlich«, sagte Janet. »Und *unsere* ist sie auch nicht.«

»Ich habe natürlich davon gehört, dass sie verheiratet ist«, sagte Miss Barney spitz.

Plötzlich, sie wusste nicht, wie ihr geschah, bekam Ann einen solchen Lachanfall, dass es selbst in dieser unkonventionellen Gesellschaft fehl am Platz war. Die Tränen liefen ihr über die Wangen, sie lachte und lachte, krallte sich in Fernandes Arm, schnappte nach Luft, wollte sich beherrschen, prustete dennoch immer wieder aufs Neue los. Als sie sich endlich wieder einigermaßen gefangen hatte, war Natalie bereits zu anderen Gästen weitergegangen.

»O Gott, Janet, bitte verzeih mir, ich habe dich unsäglich blamiert!«

Janet machte eine wegwerfende Handbewegung. »Halb so wild. Das hat sie immerhin davon abgehalten, dich gleich an Ort und Stelle zu vernaschen. Aber ich muss schon sagen, du hast eine eigenwillige Art gefunden, dich in diesen an Eigenwilligkeit nicht gerade armen Kreis einzuführen.«

Neben ihr kicherte Fernande. »Spektakuläre Auftritte scheinen Anns Spezialität zu sein.«

Janet schaute Fernande leicht indigniert an. »Und Sie sind?«

»Entschuldigt bitte!«, sagte Ann. »Janet, darf ich dir Fernande vorstellen?«

»Fernande Mercier. Ich bewundere Ihre Arbeit sehr, Miss Flanner!«

»Und jetzt wollen Sie mir Ihre eigenen Texte zur Prüfung andrehen, richtig?«

Falls Fernande sich über Janets nicht gerade warmherzigen Ton ärgerte, ließ sie es sich jedenfalls nicht anmerken.

»Miss Barney hat letztens verlauten lassen, so etwas würden Sie in der Tat gelegentlich tun.«

Janet rümpfte die Nase und wandte sich an Ann: »Du hast also tatsächlich in der knappen halben Stunde, in der wir hier sind, bereits eine Eroberung gemacht?«

Ann konnte mit Mühe einen weiteren Lachanfall verhindern. »Bist du etwa eifersüchtig, Janet?«

»Da hockt sie Tag für Tag mit uns zusammen und nichts passiert, aber dreißig Minuten im Haus von Natalie Clifford Barney, und schon ist sie eine praktizierende Lesbierin!«

Fernande blieb beeindruckend unbekümmert. »Da liegt ein Irrtum vor, Miss Flanner. Ich liebe Männer. Frauen respektiere ich.«

»Ist das so?«, sagte Janet, noch immer kühl, aber Ann kannte sie gut genug, um zu wissen, dass Fernandes Nonchalance Janet zu gefallen begann.

»Ja, genau so ist das«, sagte Fernande.

»Haben Sie Ihre Arbeit dabei?«, fragte Janet.

»Es ist ein literarischer Essay über das Schattendasein der Kinder der Freudenmädchen in der Rue des Lombards. Ihr Urteil würde mir viel bedeuten!«

»Nun, denn«, sagte Janet, als würden ihr täglich sieben

Schriften zu diesem Thema vorgelegt. »Sie wissen, wie das abläuft?«

»Ja. Sofern Sie die Lektüre von der Qualität meines Textes überzeugen kann, teilen Sie dies Miss Barney mit, und sie kümmert sich dann um eine weitere Förderung.«

»Oder eben nicht«, sagte Janet.

»Oder eben nicht«, wiederholte Fernande.

»Geben Sie es bitte bei Berthe ab. Sie wird es mir dann später aushändigen.«

»Danke, Miss Flanner, vielen Dank!«

»Versprechen Sie sich nicht zu viel!«

»Bestimmt nicht«, sagte Fernande und kniff Ann in den Arm, dass es schmerzte.

Janet rang sich ein Lächeln ab, wandte sich dann wieder Ann zu: »Schoeller, du kommst ja alleine klar, wie ich sehe. Ich muss hier noch ein wenig die Ohren aufsperren, aber wenn du gehen willst, sag Bescheid.«

»Mache ich«, sagte Ann, und schon steuerte Janet geschäftig auf zwei Damen in Reitkleidung zu, die es sich gerade auf einem mit bunten Kissen dekorierten Sofa bequem machten.

Fernande schaute Janet fasziniert hinterher. »Sie ist grandios!«

»Das ist sie«, sagte Ann.

»Sollte ich eine Empfehlung von Janet Flanner erhalten, werde ich dich auf den teuersten Drink einladen, den diese Stadt zu bieten hat!«

»Und wenn nicht?«

»Dann trinken wir beide so lange den billigen Hauswein vom Dingo, bis ich den Verstand verliere oder mir ein neuer Stoff einfällt, über den ich schreiben kann.«

Fernande hakte sich bei Ann unter und zog sie zu einem der kleinen runden Tische, neben dem gerade zwei rot gepolsterte Stühle frei geworden waren. Kaum hatte sie sich niedergelassen, sprang Fernande wieder auf, um eines der Märchenwesen abzufangen und zwei Champagnergläser zu holen: »Auf unser Wiedersehen!«

Sie stießen ihre Gläser aneinander und plünderten die Etagere auf ihrem Tisch.

»Eines Tages werde ich als Reporterin durch die Welt reisen wie deine Freundinnen Solita und Janet. Es gibt so vieles zu erforschen, worüber man schreiben muss: fürchterliches Unrecht, Grausamkeit, Unterdrückung … Aber auch Wunder: Hast du von den balinesischen Tempeltänzerinnen gehört, die ihre Hände mit solcher Anmut bewegen, dass sogar die Affen sich nicht mehr rühren? Das wäre eines meiner ersten Ziele. Aber auch Amerika! Ach, ich möchte überall hin!«

Fernande war mit diesem Traum bereits im Alter von neunzehn Jahren aus einen Dorf in der Normandie geflohen und in die Hauptstadt gekommen, wo sie sich mit ihrem jüngeren Bruder André, einem Studenten der Medizin, eine winzige Dachwohnung in der Nähe von Saint-Etienne teilte. Wenn sie sich nicht in der Stadt herumtrieb und an ihren Reportagen arbeitete, verdiente sie sich ihren Lebensunterhalt als Stenotypistin im Kaufhaus Printemps am Boulevard Haussmann.

Draußen dämmerte es bereits, als Natalie Barney plötzlich mit beherzten Schritten auf sie zusteuerte. Ann erhob sich, um sich in aller Form für ihr ungehöriges Verhalten zu entschuldigen, aber Natalie war nicht die Person, die einer anderen gerne das erste Wort überließ.

»Wie ich sehe, haben Sie sich wieder beruhigt, liebe Ann«, sagte sie. »Dann können wir uns ja vielleicht doch noch ein wenig unterhalten.«

Ann starrte ihr Gegenüber verblüfft an. Fernande, die sich ebenfalls von ihrem Stuhl erhoben hatte, ließ sich wieder auf das Polster sinken, nachdem ihr klar geworden war, mit wem Miss Barney *allein* zu sprechen wünschte. Es war faszinierend, wie Natalie es mit einer zwar leichten, aber unmissverständlichen Drehung ihres Körpers schaffte, Fernande aus der Konversation auszuschließen.

»Hat Janet Ihnen meinen Vorschlag unterbreitet?«

»Wie bitte?«

»Offenbar nicht«, stellte Natalie fest. »Na gut, dann mache ich es kurz: Ich trage mich mit dem Gedanken, bei der Eröffnung einer Buchhandlung für deutsche Literatur behilflich zu sein, um das Odéon-Trio komplett zu machen, wenn ich es einmal so sagen darf. Es muss natürlich nicht direkt in der Rue de l'Odéon lokalisiert sein, aber doch in unserem Arrondissement, wo es ja bekanntlich die literarische Elite bevorzugt hinzieht.«

Sie ließ mit einem triumphalen Ausdruck im Gesicht blitzschnell ihren Blick über die anwesenden Gäste gleiten, und die Botschaft war klar: Zu *mir* zieht es sie hin, die Elite, in meinen Salon!

»Es ist schon seit längerer Zeit mein Wunsch, dieser Stadt einen Ort zu schenken, der ganz im Zeichen der

Vermittlung deutscher Literatur steht, vornehmlich der von Frauen. Namen wie Bettine von Arnim, Karoline von Günderrode, Fanny Lewald, Annette von Droste-Hülshoff, Hedwig Dohm und, ja, auch zeitgenössische Schriftstellerinnen wie Else Lasker-Schüler oder Annette Kolb möchte ich dort präsentiert wissen.«

»Ach, ja?«, sagte Ann.

Sie war sich dessen bewusst, dass sie sich selten blöd anstellte, zudem schon wieder drauf und dran war, der Hausherrin gegenüber die einfachsten Höflichkeitsregeln zu missachten, aber sie wusste einfach nicht, wie sie reagieren sollte.

»Und da habe ich an Sie gedacht«, fuhr Natalie unbeirrt fort.

»An mich?«

»Natürlich an Sie! Was glauben Sie denn, warum ich Ihnen den ganzen Sermon erzähle? Wenn Sie noch ein weiteres Jahr bei Shakespeare and Company Erfahrungen sammeln, verfügen Sie sicher über hinreichend praktisches Wissen, das für den Betrieb eines solchen Geschäfts benötigt wird. Die Finanzierung soll Ihre Sorge nicht sein. Dafür bin ich zuständig.«

Ann fühlte Übelkeit in sich aufsteigen, wofür auch die unzähligen Schokoladenküchlein und mehrere Gläser Champagner, die sie sich einverleibt hatte, verantwortlich sein konnten.

»Nun?«, fragte Natalie. »Was sagen Sie dazu?«

»Das ist … zweifelsohne ein sehr großzügiges … und ehrenwertes Angebot«, stammelte Ann.

»Natürlich ist es das!«

Irgendetwas in ihrem Inneren flüsterte Ann zu, dass dies eine einmalige Chance für sie sein könnte: ein eigenes, von ihr allein gestaltetes Reich! Doch dann fiel ihr ein, wer die wahre Königin in diesem Reich sein würde …

»Dennoch möchte ich Ihnen, also … bei allem Respekt, Natalie …«

»Ich verlange selbstverständlich keine sofortige Entscheidung von Ihnen. Denken Sie in Ruhe darüber nach und geben Sie mir Bescheid, wenn Sie zu einem Ergebnis gekommen sind. Sie wissen ja, wo Sie mich finden. Lassen Sie sich die Zeit, die Sie brauchen. Mein Angebot steht auch noch in einem halben Jahr.«

Natalie hatte den letzten Satz kaum beendet, da wandte sie sich einer hochgewachsenen alten Dame in Trauerkleidung zu, die in ihrer unmittelbaren Nähe von einem erbärmlichen Husten geplagt wurde.

»Berthe, Berthe!«, schrie sie durch den Raum. »Wir brauchen hier eine heiße Milch mit Calvados und Honig für Madame Clemont!«

»Denken Sie darüber nach, Ann!«, rief sie noch einmal über ihre Schulter, als sie die bedauernswerte Madame Clemont in Richtung Garten führte.

Ann sah Fernande an, die wiederum sie mit weit aufgerissenen Augen anstarrte.

»Was war das denn?«, sagte Fernande.

»Ich habe nicht die geringste Ahnung«, sagte Ann. »Aber jetzt habe ich wirklich Angst.«

»Warum? Sie scheint große Stücke auf dich zu halten.«

»Genau das beunruhigt mich.«

»Würdest du das wollen, eine eigene Buchhandlung?«

»Auf gar keinen Fall!«, entfuhr es Ann, und sie war selbst darüber erstaunt, wie sicher sie sich in dieser Sache war. »Ich bin zufrieden dort, wo ich bin, und habe keinerlei Ambitionen, mich unter die Schirmherrschaft dieser Mäzenin zu begeben.«

»Ich weiß, sie ist ein wenig anstrengend in ihrer Bestimmtheit, aber ich bin sicher, sie würde dir alle Freiheiten lassen.«

Ann schüttelte den Kopf. »Können wir über etwas anderes sprechen?«

Als wäre das alles nicht aufregend genug gewesen, trat plötzlich Justine Petuchet an Ann heran. »Madame von Schoeller, wie schön, Sie hier zu sehen! Was habe ich da gerade gehört? Sie werden von Pierre Lablais porträtiert?«

»Es tut mir leid, Madame Petuchet, aber ich fürchte, da wurden Sie falsch informiert«, erwiderte Ann.

Madame Petuchet lächelte verschwörerisch und sagte: »Keine Sorge, meine Liebe, auf meine Diskretion können Sie zählen!«

Fernandes beschwichtigende Hand auf ihrer Schulter bewahrte Ann davor, aus der Haut zu fahren.

»Einen schönen Abend noch«, presste sie hervor und ließ Madame Petuchet, der sie gerne das süffisante Grinsen aus dem Gesicht geschlagen hätte, stehen, gefolgt von Fernande.

Thelma und Djuna lagen eng aneinandergeschmiegt auf einer Chaiselongue neben dem Kamin, beide waren nicht mehr nüchtern.

Erbost baute Ann sich vor ihnen auf. »Verbreitest du das Gerücht, dass ich mich von Lablais malen lasse?«

Djuna kicherte, flüsterte ihrer Geliebten etwas ins Ohr, die daraufhin ebenfalls zu kichern anfing.

»Djuna, bitte!«, sagte Ann.

»Und wenn schon«, sagte Djuna. »Was ist denn dabei? Diese eingebildeten reichen Gänse halten sich für was Besonderes, da habe ich eben ein wenig mit dir angegeben.«

»Soll ich jetzt etwa auch noch stolz darauf sein, dass dieser Mensch mir nachsteigt?«

»Selbstverständlich sollst du das, du Schaf! Hat Natalie eigentlich mit dir über ihre Idee gesprochen?«

»Ich würde Sylvia niemals im Stich lassen! Falls ich jemals das Bedürfnis verspüren sollte, deutsche Literatur in Paris zu verbreiten, dann machen Sylvia und ich eine neue Abteilung auf und zimmern ein weiteres Regal zusammen, und damit basta.«

»Oh, wie treu und bescheiden sie ist!«, sagte Djuna.

»Und hör auf, den Leuten Sachen über mich zu erzählen!«

Thelma rekelte sich und warf Djuna dabei beinahe von der Chaiselongue. »Ann, du solltest dich, statt von diesem aufgeblasenen Lablais, lieber von Natalies Freundin Romaine malen lassen. Die stille Romaine wird völlig zu Recht ›Diebin der Seelen‹ genannt, so tief sind die Einblicke, die sie in die Persönlichkeit der Porträtierten gewährt.«

Es war das erste Mal, dass Thelma Ann direkt ansprach. Bei den wenigen Gelegenheiten, bei denen Ann auf Thelma getroffen war, hatte Djunas Geliebte sie jedes Mal freundlich, aber konsequent ignoriert.

»Der eine will mir die Kinnlinie stehlen, die andere gleich die ganze Seele?«

Thelma lallte schon leicht: »Du hast recht, Djuni, sie ist schlagfertig, die kleine Deutsche. Gefällt mir …« Daraufhin schloss sie die Augen und dämmerte wieder davon.

Djuna zog ihren Arm unter Thelma hervor, ließ ihren Zeigefinger durch die Luft gleiten: »Schau dir die Bilder hier an. Alle von der Seelendiebin. Ich weiß schon, warum ich mich weigere, ihr Modell zu sitzen.«

»Siehst du!«, sagte Ann.

»Deine Seele gehört mir!«, murmelte Thelma. »Deine schöne, dunkle Seele!«

Djuna küsste Thelma auf die Stirn, die Nase, den Mund. »Natalie hat mich einmal einen ungeschliffenen Diamanten genannt, der jeden, der ihn anfasst, in Stücke schneidet und sich dann wundert, dass alles blutig ist. Wie überaus seelenvoll von ihr!«

»Will sie auch von dir verletzt werden, Djuni? Ist sie noch immer in dich verliebt?«, fragte Thelma.

Ann überlegte, ob sie Janet holen sollte, damit sie ihr half, die beiden nach Hause zu bringen, bevor sie sich wieder eine ihrer berüchtigten Szenen lieferten.

»Nein, Dummchen!«, sagte Djuna. »War sie auch nie. Miss Natalie Clifford Barney *verkehrt* mit vielen Frauen, aber *lieben* tut sie nur die eine: unsere geheimnisumwobene Malerin, die sich nie persönlich in diesem Salon blicken lässt. La femme solitaire …«

Wieder ließ Djuna ihren ausgestreckten Finger kreisen, bis ihr Arm wie ein erschöpfter Vogel auf Thelmas

Bauch fiel, von dort zwischen die Beine rutschte und liegen blieb.

»Lass dir lieber die Linie klauen, mein Schäfchen«, murmelte Djuna. »Das ist weniger gefährlich …«

Ann drehte sich zu Fernande um, die noch immer bei ihr stand, mit einem Ausdruck zwischen Verzückung und Erstaunen.

»Kommst du mit?«, fragte Ann.

»Gern!«, sagte Fernande.

7

Die Loslösung von der Auflösung

Es war kurz nach neun, als Ann und Fernande den Salon verließen und die Rue Bonaparte entlangspazierten. An der Place Saint-Germain-des-Prés blieben sie unter der Glühbirnengirlande an der Außenterrasse des Deux Magots stehen, auf der, rot glühend und geräuschvoll knisternd, mehrere kleine mit Kokosfasern beheizte Öfen ihre Wärme an diejenigen unter den Besuchern spendeten, die verwegen genug waren, sich trotz der winterlichen Temperaturen draußen niederzulassen. Ann hatte diese Unsitte nie nachvollziehen können, sie saß sogar in lauen Sommernächten lieber im Inneren als auf der Terrasse, wo ständig Musikanten, Feuerschlucker, Lotterieverkäufer, Blumenmädchen oder bettelnde Straßenköter das Gespräch störten. Gerade wollte sie, mehr aus Gewohnheit und weniger aufgrund einer Entscheidung, den Weg in das vertraute Café einschlagen, als Fernande sich bei ihr unterhakte und sagte: »Lass uns woanders hingehen!«

»Warum?«

»Einfach so. Lass uns noch etwas Neues, etwas Überraschendes erleben!«

»Für heute habe ich genug erlebt. Ich bin müde, einen Kaffee würde ich noch nehmen, aber dann ...«

»So schnell kommst du mir nicht davon, mein Fräulein! Wir müssen unser Wiedersehen feiern! Oder hast du Weisung, zu einer bestimmten Uhrzeit zu Hause zu sein?«

Fernande sah sie herausfordernd an. Ann schüttelte den Kopf: »Nein, was das angeht, habe ich die Freiheit, zu kommen und zu gehen, wann und wohin ich will.«

»Quel scandale! Selbst das deutsche Ehejoch ist nicht mehr das, was es einmal war!«, sagte Fernande und zog Ann mit sich, weiter die Straße entlang.

Ann dachte an Johann, der sich vielleicht gerade im Bistro gegenüber ihrer Wohnung einen Teller Gemüseeintopf oder eine dieser grässlichen Eierspeisen auf Brot bringen ließ, die er so mochte, dazu eine Halbliterkaraffe vom billigen roten Hauswein, zum Dessert Butterkuchen mit einem kleinen Schwenker Armagnac. Françoise, ihr Mädchen, hatte heute frei und folglich kein Abendessen vorgerichtet. »Dann muss Raphaël mich eben verköstigen«, hatte Johann knapp geantwortet, als Ann ihm in der Frühe mitgeteilt hatte, dass es bei ihr spät werden würde. Johann schätzte das schlichte Bistro mit der bodenständigen Küche, und er mochte Raphaël, den bretonischen Wirt mit dem langen weißen Bart und der Statur eines Wikingerkönigs. Raphaël, obwohl mindestens doppelt so alt, nannte Johann augenzwinkernd *Maître* und holte sich, im Tausch gegen eine weitere Karaffe *Rouge*, absurde juristische Ratschläge, die unter ausgelassenem Gelächter kommentiert wurden. Es war Ann ein Rätsel, wieso ihr in höherer Gesellschaft oft so reservierter Mann, der mit exquisiter Küche und ausgewähltem Personal aufgewachsen war, ausgerechnet in diesem bescheidenen Lokal aufblühte, aber es gefiel ihr. Wenn sie ehrlich war, kam es ihr auch gut zupass, denn so musste sie sich nicht vorwerfen, ihn zu vernachlässigen, wenn sie abends lange ausblieb.

»Was hat es eigentlich mit dir und dem Maler auf sich, diesem Lablais?«, unterbrach Fernande Anns Gedanken.

»Nichts.«

»Es klang nach etwas mehr als nichts.«

»In dieser Woche scheinen sich einige Leute bemüßigt zu fühlen, mir ungebetene Vorschläge zu machen, über die ich ›nachdenken‹ soll. Natalie, Lablais, ich bin gespannt, wer noch etwas von mir will …«

»Und aus diesen kryptischen Worten entnehme ich jetzt *was*, bitte sehr?«

»Dass ich nicht über diese Sache sprechen möchte?«

»Natürlich willst du darüber sprechen!«

Ann seufzte entnervt, beschrieb dann aber doch ausführlich Lablais' sonderbare Auftritte, erzählte Fernande von seiner Impertinenz bei der Absicht, sie zu seinem Modell zu machen – und zu wer weiß was sonst noch.

Fernande war begeistert: »*Da* gehen wir jetzt hin!«

»Wohin?«

»Zum Atelierkomplex in der Rue Delambre! Ich weiß, wo das ist.«

»Kommt überhaupt nicht infrage!«

»Ich kenne diesen Lablais nicht, dafür aber einige der anderen Künstler, die dort bessere Schuppen oder einen Gartenpavillon angemietet haben. Meine Freundin Elaine hatte mal was mit einem jungen russischen

Bildhauer, der dort im vorderen Seitenflügel sein Studio hat. Im Hinterhaus und im Garten gibt es in etwa ein Dutzend Ateliers. Man kann ungehindert hinein, irgendjemand feiert immer irgendwas, zumal an einem Freitagabend. Es sind lustige Leute, das wird ein großer Spaß!«

»Lustige Leute ... so hat Marcel, der Kellner aus dem Deux Magots, sie auch bezeichnet. Ich weiß trotzdem nicht, ob mir heute Abend danach zumute ist.«

»Ach, komm schon, Ann! Nach der Barney'schen Opulenz wird uns ein wenig genialisches Bretterbudenambiente guttun. Und wenn dir dein Malerfreund blöd kommt, gehen wir einfach oder besuchen Pavel, das ist der Russe – er ist nett.«

»Er ist gewiss nicht *mein Malerfreund*, und nach Bretterbude sah er auch nicht aus.«

»Vielleicht ein begabter Blender? Wir werden ihn demaskieren!«

»Ich habe gar kein Interesse an diesem Menschen, egal was es auf sich hat mit ihm!«

»Denk doch mal nach: Bevor er wieder unangekündigt bei dir im Laden auftaucht, könnten wir den Spieß einfach umdrehen.«

Ohnehin waren sie längst auf dem Weg zu der auf ein Stück Pappe gepinselten Adresse, die sich in Anns Gedächtnis eingebrannt hatte.

Auf der Höhe des Hauses, in dem Onkel Eugène die dritte und vierte Etage bewohnte, überquerten sie den Boulevard Raspail. Beim Onkel brannte Licht. Direkt hinter Eugènes Haus bogen sie in die Rue Delambre, es waren nur wenige Schritte bis zur Nr. 19. Ann folgte

Fernande durch den unverschlossenen Eingang. Die Concierge schaute mürrisch an ihrem Fenster auf und ließ den Kopf wieder sinken, als sie die beiden jungen Frauen sah.

»Wir sehen wohl harmlos aus«, flüsterte Ann.

Fernande grinste. »Wenn die wüsste!«

Von irgendwoher perlte ein Klavier sanfte Jazzklänge in die Nacht, eine Trompete schien aus einer anderen Sphäre zu antworten, eine Querflöte stimmte mit ein.

Durch einen breiten Torbogen gelangten sie zum zweiten Hinterhof, an dessen Ende sich drei vorwiegend aus Glasfenstern bestehende Gebäude an die alte Hofmauer lehnten, einstöckig und mehr Hütten als Häuser, aber eindeutig bewohnt. Aus einem Schornstein auf dem mittleren, dem größten der drei, qualmte schwarzer Ofenrauch, durch die beschlagenen Scheiben schimmerte das Licht unzähliger Kerzen, dahinter waren die Umrisse mehrerer Menschen zu erkennen. Auch hier spielte jemand Klavier, weniger melodisch, eher so, als würde wahllos auf die Tasten eingehämmert. Fernande zeigte auf die Tür, an die jemand mit breitem Pinselstrich eine große blutrote 17 geklatscht hatte. Im nächsten Augenblick drückte Ann, ohne anzuklopfen, die Klinke hinunter.

Ein karg ausgestatteter Raum tat sich auf, sie standen direkt im Atelier. Das Erste, was Ann ins Auge sprang, waren die Hühner, die vor ihr herumliefen und hektisch Brotkrumen aus den Zwischenräumen der Holzplanken pickten, vier Hennen und ein zerrupfter Hahn. Das Zweite war der Anzug, den Lablais im Deux

Magots angehabt hatte. Er baumelte mitsamt gestärktem Hemd und Weste nebst Einstecktuch von einem Deckenbalken, so hoch oben, dass man den Bügel nur mit einer Leiter erreichen konnte. Das Dritte war die nackte junge Frau, die sich auf einem verschlissenen Sofa in der Nähe eines alten gusseisernen Ofens rekelte. Niemand schien die beiden Neuankömmlinge begrüßen zu wollen, als wären sie unsichtbar oder keiner Bemerkung wert. Fünf Männer in einfacher Straßenkleidung hielten sich im Atelier auf, Ann schätzte sie alle auf um die zwanzig, Pierre Lablais war nicht unter ihnen. Sie standen rauchend und diskutierend beieinander, in ihrer hektischen Betriebsamkeit den Hühnern nicht unähnlich. Irgendein obskures Manifest trieb sie um, wie Ann aus einzelnen Wortfetzen schloss, eine »Loslösung von der Auflösung« wurde postuliert, die »Rückeroberung der Form als revolutionärer Akt«. Ann wurde aus dem wirren Gerede nicht klug. Eine ältere Frau mit wallender grauer Mähne schritt auf das nackte Mädchen zu, korrigierte die Haltung ihres Arms und begab sich zurück hinter eine Staffelei rechter Hand, vor der ein Halbkreis dicker Kerzen auf Keramiktellern stand. An die Seitenwand dahinter waren unterhalb der Fenster Leinwände gelehnt, jeweils mehrere hintereinander, alle mit der Rückseite nach vorne. Auf jedem Fensterbrett flackerten weitere Kerzen, außerdem hingen etwa ein Dutzend brennende Sturmlampen im Raum verteilt von der Decke. Es roch nach Petroleum, Ofenrauch, Zigaretten und ein wenig nach Hühnerkot. An der gekalkten Rückwand des Ateliers stand im Halbdunkel ein

Klavier, auf dem ein etwa zwölfjähriger Junge herumklimperte. Unter den jungen Männern wurde es lauter, eines der Hühner geriet zwischen die Beine eines besonders lebhaft gestikulierenden Diskutanten und stob laut gackernd durch das Atelier.

»Ruhe jetzt!«, rief die Frau an der Staffelei. »Setzt euch hin, zeichnet, meditiert oder haltet einfach die Klappe, aber krakeelt hier nicht so laut rum, ich muss mich konzentrieren!«

Es wurde schlagartig still im Raum, die Männer suchten sich von der Staffelei möglichst weit entfernte Sitzplätze, einer besetzte den einzigen Stuhl, der andere hockte sich auf den altersschwachen Schemel daneben, die übrigen drei ließen sich auf einen der merkwürdig verformten Webteppiche sinken, von denen etwa sechs oder sieben auf dem Boden verteilt lagen. Selbst die Hühner schienen der Order zu gehorchen, eines nach dem anderen verschwanden sie hinter einem mit einer naiven Bauernszene bemalten Paravent, der die linke hintere Ecke abtrennte. Der Junge glitt von dem Holzblock, der ihm als Klavierhocker gedient hatte, und tapste barfüßig auf Ann und Fernande zu. Wenigstens einer ist bereit, unsere Ankunft zur Kenntnis zu nehmen, dachte Ann.

»Herzlich willkommen! Wollt ihr auch Wein?«, fragte der Junge mit piepsiger Stimme. »Es ist nur weißer da, und Madeleine sagt, er schmeckt sauer.«

Die Frau an der Staffelei rief: »Sauer ist gar kein Ausdruck für dieses widerliche Gesöff!«, ohne von ihrer Arbeit aufzusehen. Sie strich mit kräftigen, ruckartigen Bewegungen über die Leinwand, schien mit ihrem ganzen

Körper zu malen, nicht nur mit dem Kohlenstummel, der in ihrer Faust steckte.

»Nein, danke!«, sagten Ann und Fernande gleichzeitig.

Das nackte Mädchen drehte den Oberkörper in ihre Richtung und warf ihnen ein amüsiertes Lächeln zu. »Ihr seid ja ganz schön aufgebrezelt.«

Die Malerin wurde ärgerlich. »Nicht bewegen, verdammt noch mal!«

Das Mädchen, eine magere Blondine mit porzellanweißer Haut, zuckte leicht mit den Schultern und zog einen Schmollmund, drehte sich aber sofort wieder in die Haltung zurück, die ihr vorgegeben war.

Die Männer ließen eine Flasche herumgehen, aus der jeder von ihnen einen großen Schluck nahm. Anschließend winkten sie Ann und Fernande, dass sie näher kommen sollten. Sowohl Fernande als auch Ann ignorierten die Aufforderung. Fernande ging vor dem Jungen in die Hocke. »Du bist also hier der Hausherr, ja?«

Erst jetzt, während er im Lichtkegel einer der Petroleumlampen stand, realisierte Ann, wie schmutzig und heruntergekommen der Kleine aussah. Seine zerschlissene Hose war an den Knien mit schlammigen Krusten verklebt, der an den Ärmeln ausgefranste Pullover hing ihm viel zu groß von den schmalen Schultern, selbst das strohfarbene Haar sah staubig aus. Seine Füße waren schwarz vor Dreck, und wenn die Schuhe neben dem Klavier seine waren, konnte man sich fragen, wie er in diesen mit einer alten Kordel zusammengehaltenen Riesenlatschen auch nur einen Schritt gehen konnte.

Der Junge gab ein hell gluckerndes Kinderlachen von

sich. »Du bist ja eine dumme Frau! Wie soll *ich* denn ein Herr sein?«

»Wieso denn nicht?«, sagte Fernande und streckte dem beglückt strahlenden Jungen die Hand hin. »Ich bin Fernande, und ich bin alles andere als dumm, sondern sogar ziemlich klug, wenn du's genau wissen willst. Darf ich fragen, wer du bist?«

»Mein Name ist Fanfan.«

»Freut mich sehr, dich kennenzulernen, Monsieur Fanfan!«

»Ganz meinerseits, Mademoiselle Fernande!«

Formvollendet schüttelten sie einander die Hände.

»Und wer sind Sie, meine Dame, bitte sehr?«, wandte Fanfan sich mit stolzgeschwellter Brust Ann zu. Sie stellte sich mit vollständigem Namen vor, verkniff sich dabei das Schmunzeln, denn der schmuddelige kleine Kerl schien die Begrüßungsformalitäten sehr ernst zu nehmen.

Die Malerin lugte hinter ihrer Arbeit hervor: »Salut, ihr beiden! Ich bin Madeleine. Wollt ihr zu Pierre?«

Nein, wollte Ann sagen, aber Fernande kam ihr zuvor: »Ist er nicht da?«

»Doch«, sagte Madeleine und schien es dabei bewenden lassen zu wollen. Das nackte Mädchen zeigte nach rechts auf eine grob zusammengezimmerte Holztür.

»Du sollst stillhalten, Suzette!«

»Ich will ja, aber mir ist kalt!«

Fanfan tappte zum Ofen und warf eines der Holzscheite ein, die jemand daneben auf den Boden gestapelt hatte.

Im selben Moment öffnete sich die Tür. Pierre Lablais kam herein, eine weiße Emailleschüssel in den Händen balancierend, in der heißes Wasser dampfte. Über den rechten Arm hatte er sich zwei Handtücher gelegt, über den linken ein weißes Leinenhemd. Lablais selbst trug einen blauen Arbeiterkittel, der ihm bis über die Oberschenkel reichte, darüber einen braunen Ledergürtel, seine hellen Hosen waren aus grobem Wollstoff, seine Füße steckten in klopsartig aussehenden Filzpantoffeln.

»Ann! Ich hätte nicht zu hoffen gewagt, dass Sie so bald schon den Weg zu mir finden!«

»Wir waren in der Nähe, mein Onkel wohnt gleich um die Ecke. Ich möchte mir Ihre Werke erst einmal anschauen, bevor ich erwäge, ein Porträt von mir als Geburtstagsgeschenk für meinen Mann bei Ihnen in Auftrag zu geben.«

Fernande warf ihr einen überraschten Blick zu, der auch Pierre Lablais nicht entging. Ann biss sich auf die Lippen.

»Ich übernehme diese Art Aufträge nicht«, sagte Lablais und stellte die Schüssel vor sich ab.

»Gut, dann lassen wir es.«

Aus der Ecke, wo die Männer saßen, hörte man verhaltenes Lachen, einer sagte: »Wenn er nicht will, springe ich gerne für ihn ein, Madame, ein Wort genügt und ...«

Bevor Ann erkennen konnte, wer von den Fünfen gesprochen hatte, war er bereits von einem Handzeichen Lablais' zum Schweigen gebracht worden. »Danke, Anatol, das wird nicht nötig sein. Ann bekommt ihr

Porträt, und sie bekommt es ausschließlich von mir. Ob hingegen ein Präsent für den Gatten dabei herauskommt, ist eine Frage, die noch zu verhandeln sein wird.«

Auf dem Sofa kicherte Suzette.

»Zunächst«, fuhr Lablais fort, »muss aber unser kleiner Husar einer ausgiebigen Grundreinigung unterzogen werden. Er stinkt zum Himmel!« Lablais nickte dem Jungen zu. »Danach werden wir weitersehen.«

Ann hatte alle möglichen Reaktionen von Lablais erwartet, aber nicht, dass er, nach all dem Gewese, das er veranstaltet hatte, ihr Erscheinen in seinem Atelier als aufschiebbare Nebensache behandeln würde. Sie überlegte kurz, einfach wieder zu gehen, mochte aber nicht die Rolle einer eingeschnappten Diva übernehmen, als die sie dann zweifellos erscheinen würde. .

Lablais schnipste mit den Fingern. »Komm her, Fanfan!«

»Nein!« Fanfan sprang wieselflink hinter Fernandes Rücken. »Hilfe, Mademoiselle, retten Sie mich!«

Er krallte sich in Fernandes Mantel. Ann konnte sehen, wie seine Hände Schmutzflecken auf dem hellen Stoff hinterließen.

»Ich male dich nur, wenn du satt und sauber bist, mein Freund!«, sagte Lablais. »Und satt müsstest du inzwischen dreimal sein.«

»Ich will nicht!«, jaulte Fanfan.

Die Männer lachten hämisch, einer nannte Fanfan einen »verfressenen kleinen Schmutzfink«.

»Macht euch nicht über ihn lustig, ihr Idioten!«, fuhr

Lablais sie an. Fanfan lugte überrascht hinter Fernandes Rücken hervor.

»Krieg dich ein, Pierrot, wir wollten sowieso gerade aufbrechen«, sagte der, der auf dem Schemel saß, ein hübscher Brünetter mit hohen Wangenknochen. »Kommst du nun mit zu Rosenberg oder nicht?«

»Ihr seht doch, dass ich Besuch habe!« Lablais wuschelte Fanfan durchs staubige Haar. »Stimmt's, kleiner Husar?«

Fanfan blieb dicht an Fernandes Seite, hielt ihre Hand fest umklammert, grinste jetzt aber triumphierend. »Jawohl, Monsieur!«

»Geht ohne mich und richtet Léonce meine Grüße aus«, sagte Lablais. »Sagt ihm, ich komme nächste Woche mit einem Meisterwerk in die Rue de la Baume.«

Ann war sich nicht sicher, ob er ihr bei diesen Worten einen bedeutungsvollen Blick zugeworfen hatte oder ob sie sich das nur einbildete.

»Du hast diesen Galeristen nicht verdient«, sagte der Brünette.

»Nur kein Neid, Anatol!«

Hinter dem Paravent gakelte ein Huhn. Der Mann, der auf dem Stuhl gesessen hatte, ein Lulatsch mit kastanienbraunen Locken, erhob sich und bedeutete den anderen, ihm zu folgen. In stummer Prozession schritten sie zum Ausgang, der namens Anatol reichte Fanfan im Vorbeigehen eine Münze. »Nichts für ungut, kleiner Mann.«

Der Letzte in der Reihe, ein untersetzter Rothaariger mit Brille, warf Suzette einen sehnsuchtsvoll-bedauernden Blick zu: »Bis morgen dann vielleicht?«

»Raus!«, brüllte Madeleine.

Die Tür knallte ins Schloss.

»Verfluchtes Schmarotzerpack!«, schimpfte Suzette und erntete dafür einen zustimmenden Blick von Madeleine. »Gucken wollen sie, aber zahlen tun sie nicht. Ich habe vorhin genau gesehen, dass der Rotschopf heimlich eine Skizze von mir gemacht hat!«

»Einen ganzen Franc hab ich bekommen!«, jubelte Fanfan.

»Kinn etwas höher!«, sagte Madeleine.

Suzette hob artig das Kinn. »So?«

»Perfekt!«

Lablais zuckte mit den Schultern. »Tja. Da waren es nur noch …« Er fuhr mit der rechten Hand durch die Luft, als würde er ein Musikstück dirigieren, sang mehr, als dass er sprach: »Madeleine, Suzette, Fanfan, Pierre, Ann und … die schöne Unbekannte?«

»Fernande!«, quiekte Fanfan. »Sie heißt Fernande, und sie ist klug!«

»Und die kluge Fernande«, sagte Lablais. »Das macht insgesamt wie viele?« Er schaute den Jungen an.

»Sechs! Es sind sechs!«

»Richtig! Ein halbes Dutzend verlorener Seelen bevölkert also in einer kalten Dezembernacht meine bescheidene Hütte.«

Lablais bog sich vor Lachen.

»Ich kann an verlorenen Seelen nichts Lustiges finden«, sagte Ann.

»Sagen Sie mir lieber, was an diesem Tableau nicht lustig ist, Madame!«

Jetzt klingt Lablais doch wieder aufgeblasen, dachte Ann und würdigte ihn keiner Antwort.

Fernande legte den Arm um Fanfans Schultern. »Haben Sie einen Badeschwamm, Monsieur Lablais?«

»Pierre«, sagte Lablais.

»Nein!«, kreischte Fanfan.

»O doch!«, sagte Fernande.

»Sei nicht dumm, mon petit ami, und genieße es, wenn eine schöne Frau dich ausziehen will!«, sagte Lablais. Und an Fernande gewandt: »In der Schüssel ist ein Waschtuch. Sie müssen das aber nicht machen.«

»Ich weiß«, sagte Fernande. Sie entledigte sich ihres Mantels und warf ihn über die Sofalehne zu Suzettes Füßen. »Stört das?«

Madeleine und Suzette schüttelten gleichzeitig den Kopf.

»Du bist jetzt fällig, kleiner Mann!« Fernande schnappte sich den zappelnden Jungen und begann, ihn durchzukitzeln.

Fanfan jaulte auf: »Bitte, bitte nicht!«

»Ich hatte zu Hause vier kleine Brüder. Widerstand ist zwecklos!«

Lablais zog den Stuhl neben Fernande, legte Handtücher und Leinenhemd darüber. »Für die Nacht kann er dies hier tragen. Morgen gehe ich Kleider kaufen mit ihm, damit er mir die Kunden nicht verschreckt.«

»Und Schuhe«, sagte Ann.

Lablais seufzte. »Ja, auch das.«

Er ging hinter den Paravent, kam mit zwei weiteren Stühlen wieder und trieb dabei die Hühner vor sich her.

»Setzen Sie sich doch bitte, Ann, ich mache Tee, während Ihre Freundin sich um Fanfan kümmert. Sie trinken doch sicher Tee?«

Ann nahm Platz. Lablais bückte sich nach der Weinflasche, die die Männer auf dem Boden hatten stehen lassen, setzte sie an den Hals und leerte sie mit mehreren Schlucken. Anschließend verschwand er mitsamt der Hühnerschar hinter der Tür, durch die er mit der Waschschüssel gekommen war. Wahrscheinlich verbarg sich die Küche dahinter. Ob es beabsichtigt war, dass er die Tür so rasch hinter den Hühnern und sich schloss, damit Ann keinen Blick hineinwerfen konnte? Sie ging davon aus, dass seine Kochstelle ebenfalls irgendwie improvisiert war, wie fast alles in diesem Atelier, inklusive der merkwürdigen Aufbewahrung des noblen Anzugs.

»Lablais ist nicht dein Vater, oder?«, fragte sie den Jungen.

Fanfan zuckte trübsinnig mit den Schultern.

»Selbstverständlich nicht«, antwortete Madeleine an seiner statt. »Sonst sähe der Kleine anders aus, darauf kannst du aber wetten!«

»Rein mit euch, Schlafenszeit!«, tönte es aus der Küche. Aufgeregtes Gegacker, das klackende Geräusch eines Riegels, der vorgeschoben wurde, Geschirrklappern, dann Pfeifen. *J'ai deux amours.* Ann kannte das Lied, der Akkordeonspieler vor Raphaëls Bistro hatte den halben Sommer lang eine mäßig talentierte Sängerin begleitet, die es mit umso größerer Inbrunst gesungen hatte.

Fernande zog erst die Waschschüssel, dann Fanfan näher zum Ofen und begann, ihm Geschichten zu erzählen: »Einmal hatte sich mein jüngster Bruder Louis zu einem Wurf neugeborener Ferkel in den Mist gelegt, er hat gestunken, dass es nicht zum Aushalten gewesen ist, und natürlich hasste er die Seife genauso sehr wie du – da hab ich ihm gesagt: ›Gut, es geht auch ohne Seife‹, und hab ihn kurzerhand in die Regentonne gesteckt, zusammen mit seinem kleinen Hund Chaussette, der ihm nicht eine Sekunde von der Seite wich.«

»Wieso hat er seinem Hund so einen dämlichen Namen gegeben?«

»Weil das dusselige Vieh am liebsten unsere Socken gefressen hat!«

Fanfan entspannte sich mit jedem Wort mehr, gab schließlich seinen Widerstand auf und ließ sich den Pullover über den Kopf ziehen, dann einen weiteren, den er darunter trug.

»Eines Tages ist Chaussette heimlich während des Weihnachtsgottesdienstes in die Sakristei geschlichen und hat sich mit dem prall gefüllten Klingelbeutel davongemacht, um ihn zu Louis und den anderen Kindern zu bringen. Sie haben sich so viele Süßigkeiten von dem Geld gekauft, dass es bis Ostern jeden Tag eine Zuckerstange für jeden gegeben hat.«

»Auch für Chaussette?«

»Für den sogar zwei.«

Fanfan ließ sich jetzt ohne Gegenwehr auch noch die zerlumpte Hose von den Beinen ziehen.

»Mehr! Erzähl mir mehr von diesem Sockenhund!«

»Einmal hat das kleine Monster der Lehrersfrau Wäsche von der Leine gerissen, und zwar die besten Beinkleider ihres Mannes, woraufhin der ehrenwerte Herr Lehrer, statt den Kindern die Gesetze der Mathematik beizubringen, in seinen langen Unterhosen hinter Chaussette hergerannt ist und sich zum Gespött des ganzen Dorfs gemacht hat. Wir mussten den Hund drei Wochen lang im Keller verstecken, sonst hätte der Lehrer ihn zu Blutwurst verarbeitet.«

Fanfan kreischte vor Vergnügen.

Ann nahm sich vor, Fernande so bald wie möglich in der Rue de L'Odéon vorzustellen, am besten gleich morgen. Sylvia und Adrienne würden mindestens so begeistert sein, wie der Junge es war. Als endlich auch Fanfans löchriges Hemd und das fadenscheinige Unterhemd auf dem Kleiderstapel neben ihnen gelandet waren, verstummte Fernande jäh. Sie warf Ann einen vielsagenden Blick zu, drehte Fafan, der ebenfalls still geworden war, an den Schultern herum wie eine Spielfigur, sodass Ann ihn von hinten sehen konnte. Der Junge war klapperdürr, sein Rücken mit Narben übersät, manche frisch verheilt, andere wulstig verwachsen, als hätte ihn jemand immer wieder bestialisch mit Stockschlägen oder Peitschenhieben traktiert, unter seinem rechten Schulterblatt prangte ein riesiger Bluterguss.

»O Gott«, murmelte Ann. Die Tränen stiegen ihr in die Augen. Fernande küsste Fanfan mehrmals auf den verdreckten Kopf und begann, mit dem Waschlappen ganz sanft über sein Gesicht zu wischen. »Habe ich dir vorhin wehgetan mit dem albernen Gekitzel, Schätzchen?«

Fanfan schlang die Arme um seinen malträtierten Oberkörper und schaute zu Boden.

»Pierre hat den Kleinen heute Nachmittag von einem Kohlenboot herunter gekauft«, sagte Madeleine, die aufgehört hatte zu zeichnen und ebenfalls Fanfan anstarrte. »Er hat dem Schiffer eine Stange Geld bezahlt, bis der bereit war, den Jungen gehen zu lassen.«

»Diesen Mann sollte man vierteilen, an den Füßen aufhängen und Feuer drunter machen«, sagte Suzette. »Erst quält er den Kleinen, und dann verkauft er ihn wie ein Stück Vieh.«

»Ich bin kein Stück Vieh!«, rief Fanfan. »Mich kann man nicht kaufen!«

»Natürlich nicht, Junge«, sagte Madeleine. »Suzette und ich haben uns unglücklich ausgedrückt.«

Suzette nickte. »So einen grandiosen Kerl wie dich müsste man mit Gold aufwiegen, und das wäre noch immer nicht genug.«

Fanfans Blick signalisierte großmütiges Verzeihen. »Patate, so hab ich den Bootsmann heimlich genannt, weil er wie eine hässliche Kartoffel aussieht, eigentlich heißt er nämlich Richard, Richard Dupont, und ich bin bei ihm an Bord, seit ich so klein bin.« Er hielt die Hand auf Höhe seiner verschorften, knorrigen Knie. »Also Patate hat von Pierre eine Auf-wands-ent-schä-di-gung für mich erhalten.« Fanfan betonte sorgsam jede Silbe des komplizierten Wortes.

»Genau so ist es gewesen.« Lablais kam mit einem beladenen Teetablett aus der Küche. »Ich hatte das große Glück, den kleinen Husaren abwerben und engagieren zu dürfen, ordnungsgemäß und per Handschlag, wie es unter Ehrenmännern üblich ist!«

»Patate ist kein Ehrenmann!«, protestierte Fanfan.

»Selbstverständlich ist er das nicht, du Vogel. Hab ich etwa dem Alten die Hand geschüttelt?«

Fanfan vergaß seine Blöße und hüpfte auf einem Bein um Fernande herum wie ein ausgemergelter Kobold. »Ich bin nämlich jetzt Monsieur Lablais' Gehilfe, so einer bin ich! Kein Bootsjunge mehr! Ich bin ein As-sis-tent!«

Lablais goss Ann Tee ein, ein tiefschwarzes, bitteres Gebräu. »Noch jemand?«

Fernande lehnte dankend ab. »Ihr Gehilfe müsste übrigens komplett eingeweicht werden, Lablais. Mit dieser Pfütze in der Waschschüssel kriegen wir ihn nie richtig sauber. Haben Sie keinen Badezuber?«

»Es wird aber dauern, bis ich genug Wasser heiß gemacht habe.«

»Drüben bei mir gibt es eine richtige Wanne, sogar fließend warmes Wasser«, sagte Madeleine. »Und Wundsalbe habe ich auch.«

»Willst du zu Madeleine rübergehen, kleiner Husar?«, fragte Lablais. »Ein richtiges Bad nehmen, wie es einem Ehrenmann gebührt?«

»Fernande soll mitkommen!«, rief Fanfan. »Ich gehe nur, wenn sie geht!«

»Ist gut«, sagte Fernande.

»Na, dann folgt mir mal«, sagte Madeleine und nahm ihren Zeichenblock von der Staffelei. »Ist gleich über den Hof.«

»Wir sind dann hier ja wohl fertig.« Suzette erhob sich vom Sofa, spazierte, nackt, wie sie war, an Fernande und Fanfan vorbei zu einem der Leinwandstapel an der

Wand, über den sie ihre Kleider gelegt hatte. »Oder soll ich für dich noch bleiben, Pierrot?«

»Heute nicht«, sagte Lablais.

»Dachte ich mir«, sagte Suzette mit einem Seitenblick auf Ann. In aller Ruhe und gänzlich ungeniert begann sie sich anzukleiden.

Fernande nahm ihren Mantel von der Sofalehne und wickelte den Jungen darin ein, Lablais streifte die Filzpantoffeln ab und steckte sie an Fanfans Füße. »Das Pflaster auf dem Hof ist eiskalt, Kleiner.«

»Kommst du nicht mit, Pierrot?«

»Es wäre doch sehr unhöflich, wenn wir die liebe Ann ganz alleine hier zurücklassen würden, oder nicht?«

Ann fragte sich, wieso ihr bei den vorherigen Begegnungen nicht aufgefallen war, wie warmherzig Lablais' Stimme klingen konnte. Sie stellte sich vor, wie er Gedichte rezitierte oder den männlichen Part in einer von Djunas erotischen Erzählungen übernahm.

Fernande war fast schon aus der Tür, als sie sich noch einmal umwandte. »Ann, ist das in Ordnung, wartest du hier auf mich?«

»Kein Problem. Lasst euch ruhig Zeit.«

Fernande grinste vieldeutig, sodass Ann ihre Antwort augenblicklich bereute.

Madeleine, Fernande und der Junge hatten kaum das Atelier verlassen, als Suzette sich, jetzt in Felljacke, Flanellrock und weinrotem Tulpenhut, von Lablais mit einem Kuss auf den Mund verabschiedete. »Bis morgen! Sag deiner Kollegin, ich bin ab acht Uhr hier, einigt euch, wer zuerst dran ist.«

Auch Ann wurde von Suzette geküsst, allerdings nur auf die Wange. »War schön, dich kennengelernt zu haben.« Suzette ließ ihre Finger spielerisch durch Anns Kette gleiten. »Aber wir sehen uns ja bald wieder.« Sie küsste Ann noch einmal auf die andere Wange, hauchte kokett: »Nimm dich vor ihm in Acht!«

»Wir klären noch, wer sich vor wem hüten muss«, sagte Ann.

Suzette warf den Kopf in den Nacken und lachte. »Das ist die richtige Einstellung!«

»Jetzt ist aber genug!«, protestierte Lablais.

Suzette ließ sich von ihm eine Zigarette anzünden und drängte sich dabei dicht an ihn heran. Ann bemerkte, dass Lablais ihr einige Geldscheine in die Handtasche steckte, ehe Suzette das Atelier mit großen Schritten verließ.

Lablais machte eine einladende Geste in Richtung des Sofas. »Sie können sich genauso gut im Sitzen vor mir in Acht nehmen, Madame.«

Ann zögerte, nahm dann aber doch Platz, vorne auf der Kante, mit eng aneinandergepressten Knien.

»Ich werde mich nicht ausziehen, Lablais! Das können Sie vergessen!«

»Nehme ich zur Kenntnis.«

Lablais ging geschäftig im Atelier hin und her, ohne sich auch nur pro forma um eine Konversation mit Ann zu bemühen. Er kurbelte die Staffelei herunter, stellte eine Leinwand auf, schob das Ganze weiter nach links, dann wieder nach rechts, holte einen mit Malutensilien beladenen Teewagen, Pinsel, Tuben, Lappen, hängte eine weitere Lampe an einen Haken über dem Sofa, summte währenddessen ununterbrochen *J'ai deux amours* vor sich hin, was Ann zunehmend auf die Nerven ging.

»Ich bin kein Modell wie Suzette, das sich für Geld in jede beliebige Position schieben lässt, Monsieur. Ich bestimme hier die Regeln!«

»Aber sicher doch.«

Er summte wieder.

»Ich meine es ernst!«

»Habe ich etwas von Ausziehen gesagt?« Lablais klang plötzlich verärgert. »Du glaubst doch nicht ernsthaft, dass Suzette, Geld hin, Geld her, etwas mit sich machen lässt, was ihr nicht passt? Die einzige Regel, die hier gilt, ist die, dass niemand zu nichts gezwungen wird, also entspann dich!«

Er war mit Wut im Gesicht vor ihr stehen geblieben.

Ann verschränkte die Arme vor der Brust. »Sind wir etwa schon beim Du angelangt?«

Im nächsten Moment verschwand aller Ärger aus Lablais' Zügen. Er taxierte sie mit zusammengekniffenen Augen, schnappte sich einen Zeichenblock und einen Bleistift, zog den Stuhl zu sich heran.

»Das mit der Entspannung nehme ich zurück, bleib so!«

Er begann, mit schnellen Strichen eine Skizze auf seinen Block zu werfen, ließ den Blick dabei immer wieder zwischen Ann und dem Papier hin- und herfliegen. »Schöner wehriger Ausdruck«, murmelte er. »Wunderbare Präsenz, sehr ungewöhnlich, stark und zart zugleich! Du bist ein Naturtalent! Ich habe es gewusst, als ich dich zum ersten Mal gesehen habe.«

Ann wusste, dass er übertrieb, fühlte sich dennoch geschmeichelt. »Ich habe trotzdem nicht vor, den Beruf zu wechseln.«

»Das freut mich.«

»Wieso freut Sie das? Gerade war ich als Modell noch ein Naturtalent.«

»Ich teile ungern«, sagte Lablais. »Im Übrigen sind wir, wie du bereits festgestellt hast, nicht mehr beim Sie.«

Er legte den Block neben sich auf den Boden, erhob sich vom Stuhl und näherte sich dem Sofa. Sandelholz und Moschus, da ist er wieder, dieser Duft, dachte Ann, während Lablais sich zu ihr herunterbeugte, um eine Haarsträhne aus ihrer Stirn zu streichen. »Ich hoffe, dies widerspricht nicht den von dir bestimmten Regeln.«

Er hatte sich anscheinend kürzlich erst frisch parfümiert. Als Ann nichts erwiderte, griff Lablais ihr in den Nacken und löste den Verschluss der Glasperlenkette. »Wir brauchen sie nicht.« Die Kette glitt von Anns Hals und blieb in ihrem Schoß liegen.

Lablais trat zurück, betrachtete Ann, kam wieder näher, legte die Hände auf ihre Schultern und drehte ihren Oberkörper leicht zur Seite. Dann fuhr er mit einem Finger seiner rechten Hand von Anns Nasenwurzel über ihre Wangenknochen, dann im Bogen zurück, entlang ihres Kinns bis zum Mund, wo er den Finger eine Sekunde liegen ließ, während seine Linke noch immer auf ihrem Oberarm ruhte.

»Ich muss das tun, um mir die Form einzuverleiben.«

Ann zuckte mit den Achseln. »Macht ihr Künstler das nicht für gewöhnlich mit den Augen?«

»*Für gewöhnlich* schere ich mich einen feuchten Kehricht darum, wie es die anderen machen.«

Lablais war wieder zurückgetreten und betrachtete sie erneut. Sein Blick bekam etwas Kühles, Abwägendes und gleichzeitig Intensives, was sie ebenso verstörte wie faszinierte. Hier ging es nicht mehr nur um eine wohlgeratene Kinnlinie oder ein hübsches Gesicht. Ann kam sich, obwohl sie vollständig bekleidet war, nackt vor, in ihre einzelnen Bestandteile zerlegt, und dennoch fehlte diesem Blick jegliche Anzüglichkeit. Ihr Körper war nichts als eine Form, die Lablais auf seine Leinwand zu bannen versuchte. Dabei entspann sich eine merkwürdige Art von unpersönlicher Intimität zwischen ihnen, gegen die sie sich nicht zu wehren brauchte. Im Gegenteil, es war, als gewänne sie selbst dadurch an Substanz. Wie hatte einer seiner Freunde zuvor gesagt: Die Loslösung von der Auflösung? War das auch eine passende Bezeichnung für das, was ihr gerade geschah? Sie nahm die Knie auseinander, legte ihre Hände locker in ihren Schoß.

»Das ist auch gut!«

Lablais zeichnete mit schnellen Bewegungen, klappte immer wieder ein Blatt auf seinem Block um, begann eine weitere Skizze und noch eine, der Block würde bald voll sein. Ann erkannte in ihrem Gegenüber dieses selbstvergessene Verschwinden im Schaffensprozess wieder, um das sie schon Janet oder Djuna, ja sogar Sylvia oder Adrienne beneidet hatte. Einmal hatte sie einen ähnlichen Ausdruck, wie ihn Lablais jetzt zeigte, sogar im Gesicht ihres Vaters gesehen. Sie hatte lange nicht mehr an dieses eigenartige Erlebnis gedacht. Es war an dem Tag gewesen, bevor sie ins Pensionat geschickt worden war, kurz nach der Beisetzung ihrer Mutter. Ann hatte ihren Vater in die Klinik begleiten dürfen, zum ersten und einzigen Mal. »Anlässlich deines Abschieds«, hatte der Vater gesagt, und sie war wegen dieser Worte derart betrübt gewesen, dass sie die gesamte Hinfahrt über schweigend neben ihm im Fond des Wagens gesessen hatte. Papa hatte zunächst Fräulein Hilda, seine Sekretärin, mit der Beaufsichtigung der Tochter betraut, solange er in der Ordonanz zu tun hatte. »Warte brav hier, Soferle, bis ich fertig bin«, hatte er gesagt. »Danach zeige ich dir die Kinderstation, und du darfst den Kranken Süßigkeiten bringen.«

Daraufhin war er, im langen weißen Kittel noch unnahbarer als im Straßenanzug, durch einen hellen Flur und an dessen Ende hinter einer weißen Schiebetür verschwunden, auf die Ann eine Zeit lang gestarrt hatte, bevor sie ihm nachgegangen war. Das Fräulein hatte es mit der Aufsicht nicht so genau genommen und weiter auf ihre Schreibmaschine eingehämmert, ohne auf das Kind zu achten. Durch einen Schlitz zwischen den Türflügeln konnte Ann in das weiß gekachelte Untersuchungszimmer schauen, wo der Vater gerade die Brust einer Fremden betastete, einer kräftigen Person mit zu einem Zopf geflochtenem dunklem Haar. Daneben stand der Assistenzarzt, ein kleiner, dünner Mann namens Klaus Martinek, den sie von einem Silvesterempfang zu Hause kannte. Der Frau waren Tränen über die Wangen gelaufen. Ann hatte im ersten Moment gedacht, dass vielleicht auch diese Dame jemanden betrauerte. Martinek war sichtlich verlegen gewesen und hatte betreten in eine andere Richtung geschaut. Der Vater aber hatte, ohne vom Kummer der Frau in irgendeiner Weise berührt zu sein, die Untersuchung fortgeführt, dabei auf den nackten Oberkörper geschaut, mit diesem eigenartigen Blick, für den Ann bis heute keine treffende Beschreibung fand: analytische Leidenschaft, konzentrierte Besessenheit, kühle Hingabe, abwesende Präsenz – es passte alles und irgendwie nichts, aber dessen ungeachtet war sie sich ganz sicher gewesen, dass der Vater in diesem Moment gegen den eigenen Schmerz gefeit war. Papa war, im Gegensatz zu ihr, nicht verloren gegangen über seinem Verlust, er hatte sich in seiner Tätigkeit verankern können. Für ihn gab es Rettung, sie hatte es genau gesehen.

»Woran denkst du?«, fragte Lablais.

Er hatte jetzt wieder diesen arrogant-amüsierten Zug um den Mund.

»An meinen Vater. Du hast mich gerade an ihn erinnert.«

»Das ist zumindest originell. Was ist dein Vater für ein Mensch?«

»Er ist Chirurg.«

Lablais lachte. »Wenn dich jemand fragen würde, was *ich* für ein Mensch bin, was würdest du antworten?«

»Wie sollte ich etwas darüber sagen können, wer du bist? Ich kenne dich nicht.«

»Mir würde es gefallen, wenn jemand auf diese Frage

antworten würde: ›Er ist Maler‹, und zwar auf exakt dieselbe Art, wie du gerade deinen alten Herrn als ›Chirurg‹ beschrieben hast. Als müsse man mehr gar nicht über ihn wissen.«

»Warum würde dir das gefallen?«

»Es ist ein Kompliment. Der Mensch, der eins ist mit dem, was er tut.«

»Ich habe mich bei meinem Vater immer gefragt, wie es sich anfühlt, von einer Sache derart gefangen genommen zu sein, dass man die Außenwelt völlig vergisst, sogar seine eigene Befindlichkeit.«

»Lass mich raten: Du warst ein einsames, mutterloses Kind.«

»Was wird das hier? Eine psychoanalytische Sitzung?«

»Lehn dich zurück! Bleib zornig, aber lehn dich dabei zurück.«

Ann schnaubte entnervt, tat aber, was er verlangte, und ließ sich wieder nach hinten sinken. Lablais zog seinen Stuhl hinter die Staffelei. Ann hörte das Kratzen des Bleistifts auf der Leinwand, spürte den rauen Bezug des Sofas in ihrem Rücken, dachte daran, wie Suzette mit ihrer nackten Alabasterhaut darauf gelegen hatte.

»Und nun ist die Chirurgentochter also Buchhändlerin geworden«, sagte Lablais. »Wie kam es dazu, dass du dir ausgerechnet diesen Beruf ausgesucht hast?«

»Es ist eher so, dass die Buchhandlung *mich* ausgesucht hat.«

Weil Lablais sich nicht weiter dazu äußerte, sondern schweigend seine Leinwand bearbeitete, begann sie in knappen Worten von ihrer ersten Begegnung mit Sylvia zu erzählen, das war ihr allemal lieber, als über ihren Vater zu sprechen.

»Das erklärt mir nicht, warum du das *tust*«, sagte Lablais. »Ist deine Antriebskraft die Leidenschaft für die Literatur oder doch nur die Verliebtheit in Sylvia Beach und ihre Damen?«

Ann wollte ihn im ersten Affekt anfahren, was er sich eigentlich einbilde, besann sich dann aber eines Besseren und sagte mit einer Gelassenheit, die sie selbst überraschte: »Es ist beides.«

»Du Glückliche!«, sagte Pierre. »Ich hätte übrigens noch gerne ein Stück von deinem Schlüsselbein, am liebsten das linke, ginge das?«

Ann war froh, sich am Morgen für ein dünnes seidenes Trägerhemd über dem Mieder entschieden zu haben. Sie knöpfte sich die Bluse auf, ließ sie von ihrer linken Schulter gleiten, zog den Arm aus dem Ärmel. Den rechten Arm, der noch in der Bluse steckte, legte sie auf der Sofalehne ab und drehte ihren Oberkörper so, dass sie ihm die nackte linke Schulter zuwandte. Sie schob den Träger des Seidenhemds hinunter, schloss für einen Moment die Augen, um sich gleich darauf wieder Lablais zuzuwenden und ihn direkt und sehr bewusst über ihre Schulter hinweg anzusehen. »Das ist alles, was du bekommst.«

»Das ist alles, was ich brauche. Wie lange kannst du das halten?«

»Solange ich will.«

Lablais stand auf, tauschte die Leinwand auf der Staffelei gegen eine neue: »Wir werden jetzt etwas Großes erschaffen!«

Nach zehn weiteren Minuten ließ Lablais den Bleistift in der Luft stehen und sagte: »Was würdest du machen, wenn ich jetzt zu dir herüberkomme und dich küsse, dass dir Hören und Sehen vergeht?«

»Ich würde dich ohrfeigen, dass *dir* Hören und Sehen vergeht.«

»Wir wären also beide taub und blind. Sehr romantisch!«

»Mach einfach deine Arbeit!«

»À votre service, Madame von Schoeller!«

Sie ist wirklich angenehm, diese Stimme, dachte Ann, klingt nur noch gelegentlich ein wenig blasiert, aber selbst das hat seinen Reiz.

Sie schwiegen, Lablais malte, Ann verlor jegliches Zeitgefühl, bis endlich Fernande und der frisch gebadete Fanfan ins Atelier gepoltert kamen. In dem Nachthemd, das er mit den Händen hochraffen musste, um nicht über den Saum zu stolpern, sah der Junge noch winziger aus als zuvor. Um den Kopf hatte er ein zu einem Turban geschlagenes Handtuch, über dem Nachthemd trug er eine grob gestrickte graue Jacke, die wahrscheinlich Madeleine gehörte, um seinen Hals war ein dicker violetter Schal gewickelt. Fanfan zog die Füße aus Lablais' Filzpantoffeln und präsentierte sie wie zwei prächtige Jagdtrophäen: »Mit dem Bimsschwamm hat sie sie geschrubbt!«

»Und ob ich das habe!«

Fernande hatte ihr Stirnband verloren, ihr Kleid war von Seifenflecken ruiniert, der Mantel endgültig ein Fall für die Reinigung. »Dieser tapfere junge Mann hat sich sein Marmeladenbrot mehr als verdient.«

»Und ob ich das habe!«, echote Fanfan.

»Zu Befehl!«, sagte Lablais. Er deckte ein großes Leinentuch über die Staffelei, schob sie aus dem Lichtschein der Petroleumlampe und ging in die Küche.

Es dauerte eine weitere Stunde, bis der Junge auf dem Feldbett hinter dem Paravent einschlief, unter mehreren Decken zusammengerollt wie ein kleines Tier.

»Kann er denn hier bleiben?«, fragte Fernande leise, nachdem sie, Ann und Lablais hinten bei den Leinwandstapeln Platz genommen hatten, Ann und Fernande auf dem Sofa, Lablais im Schneidersitz vor ihnen auf dem Boden. Er hatte noch einmal ein Tablett aus seiner Küche geholt, darauf waren drei Gläser, eine halb volle Flasche Absinth, eine Karaffe Wasser, ein Schälchen Würfelzucker, drei Teelöffel und ein Teller mit gebutterten Brotstücken.

Lablais schob sich ein Brotstück in den Mund. »Wo soll er denn sonst hin? Willst du ihn etwa haben?«

»Danke, nein! Ich liebe ihn, aber in unserer winzigen Bude ist nicht einmal mehr Platz für eine Maus«, sagte Fernande.

»Siehst du«, sagte Lablais.

»Es ist wunderbar, Pierre, dass du dich um den Kleinen kümmerst«, sagte Ann.

Lablais zuckte mit den Schultern. »Ich kann jemanden, der zu arbeiten gewohnt ist, gut brauchen.«

»Jetzt ist er also schon Pierre für dich?«, sagte Fernande. »Was habe ich verpasst?«

»Nichts! Er hat mich gezeichnet.«

»Sie wollte sich nicht von mir küssen lassen.«

»Ich warne dich, Monsieur«, sagte Fernande. »Du hast es mit Madame Courage zu tun. Ich habe sie erwachsene Männer umhauen sehen.«

Lablais hob anerkennend die Brauen. »Ich werde es mir merken.«

»Ihr seid kein bisschen witzig!«

Fernande beugte sich zum Tablett hinunter, nahm einen Teelöffel, legte einen Zuckerwürfel darauf und beträufelte ihn mit Absinth. Sie reichte den Löffel Ann, bereitete dann auf die gleiche Art einen weiteren zu. Fernande schob sich das getränkte Zuckerstück zwischen die Zähne. Ann tat es ihr nach, doch bevor sie sich versah, war Pierre über ihr, fasste ihren Hinterkopf mit beiden Händen, legte seine Lippen auf ihre, wand mit seiner Zunge den Absinthwürfel aus ihrem Mund und ließ sich wieder auf den Boden sinken. Ann hatte kaum Zeit, Luft zu holen, da beugte sich Fernande zu ihr herüber, legte ebenfalls ihren Mund auf Anns, schob ihr ihrerseits das getränkte Zuckerstück zu. Bitterkeit mischte sich mit Süße, der Geschmack von Anis mit einem Hauch Fenchel und undefinierbaren Kräuteraromen, während Ann dabei zusah, wie Fernande ihr Gesicht dem von Lablais näherte.

8

Abenteuer und Verwandlungen

Johann saß bereits vollständig angekleidet mit einer Tasse seines fürchterlichen Kaffees am Tisch, über einen aufgeschlagenen Aktendeckel gebeugt, den er zuklappte, als Ann, noch im Morgenmantel, in der Küche erschien.

»Na? Ausgeschlafen? Wie war der legendäre Amazonen-Salon?«

»Unspektakulär.«

»Dafür, dass es unspektakulär war, bist du aber ganz schön lange geblieben.«

»Colette hat noch aus ihrem neuen Buch gelesen.«

»Bis nachts um drei?«

»Es waren Kundinnen unter den Gästen. Ich musste sowohl Sylvia als auch Adrienne vertreten, die beide nicht kommen konnten, da habe ich mich zur Konversation verpflichtet gefühlt.«

»Selbst auf die Gefahr hin, mich zu wiederholen: Bis nachts um drei?«

»Was findet hier statt, ein Verhör? Spar dir das fürs Gericht!«

Johann nahm die Akte vom Tisch, beugte sich zu seiner Arbeitstasche hinunter, die neben seinem Stuhl auf dem Boden stand. Als er sich wieder aufrichtete, sah er zu

Anns Erleichterung mehr betrübt als wütend aus. »Ich frage mich in letzter Zeit immer öfter, was das ist, oder vielmehr, was es *noch* ist, das mit uns beiden.«

»Was soll es denn sein?«, sagte Ann. »Wir sind verheiratet, wir leben miteinander, wir lieben uns.«

»Tun wir das?«

»Na, jetzt hör aber mal auf, Johann! Bloß weil es bei mir spät geworden ist, willst du mir die Liebe aufkündigen?«

»Nichts will ich aufkündigen, am wenigsten die Liebe. Aber du? Was willst du?«

Warum um Himmels willen fragte er sie das ausgerechnet heute, nach dieser Nacht, in der sie ihm zum ersten Mal untreu gewesen war, nicht im eigentlichen Sinne, denn sie hatten es nicht zum Äußersten kommen lassen, aber dass die Regeln des Anstands weit überschritten worden waren, daran bestand kein Zweifel. Fernandes weiche Lippen auf ihren, Pierres Zunge in ihrer Mundhöhle, klebriger bittersüßer Brei, Moschus und Sandel, Berührungen, Hände, seine, ihre, wieder seine, oder wessen auch immer, irgendwann überall ...

»Ich will, dass wir als Ehepaar einander vertrauen und respektieren, auch in den Bereichen, in denen wir getrennte Wege gehen«, sagte Ann.

»Ja, das klingt sehr modern«, sagte Johann. »Aber ich mache mir zunehmend Sorgen, ob wir einander nicht abhandenkommen, wenn das so weitergeht.«

»Wir kommen einander nicht abhanden!« Hinter Anns Stirn machte sich ein stechender Kopfschmerz breit. Wie viele von diesen verdammten Absinthzuckerstücken hatten sie ausgetauscht? »Es hat sich rein gar nichts verändert zwischen uns, Liebster. Wir führen nur nicht die Art Ehe, für die wir erzogen wurden. Darauf können wir stolz sein.« Ann langte nach Johanns Kaffeetasse, nahm einen Schluck daraus, reichte ihm die Tasse zurück. »Es wird mir ein ewiges Rätsel bleiben, wie du diese Plörre trinken kannst.«

Johann schien noch etwas sagen zu wollen, besann sich dann aber, nahm seine Tasche und stand vom Tisch auf. »Ich muss los. Essen wir wenigstens heute gemeinsam zu Abend?«

»Dîner um acht im Lapérouse?«

»Geht es auch etwas weniger bourgeois?«

Ann verdrehte theatralisch die Augen. »Deinem alten Herrn würde es das Herz brechen, dich von einer rot karierten Tischdecke dinieren zu sehen, aber von mir aus, dann eben um acht bei Raphaël. Immerhin brauche ich mich dafür nicht umzuziehen.«

»Keine Sorge, meinem Vater habe ich das Herz längst gebrochen, da ist Hopfen und Malz verloren.« Johann beugte sich zu Ann herunter und küsste sie auf den Scheitel.

»Wie soll ich das verstehen?«, fragte Ann.

»Nicht der Rede wert. Meine Stiefmutter hat übrigens gestern in der Kanzlei angerufen. Adele möchte wissen, wann sie an den Weihnachtstagen mit uns rechnen darf, Heiligabend oder am ersten Feiertag, ihr ist beides recht, sie braucht die Information für die Planung der Sitzordnung. Ob wir Silvester bei ihnen mitsamt deinem Vater feiern, hat sie ebenfalls gefragt.«

Ann blies die Backen auf und ließ die Luft geräuschvoll wieder entweichen. Weihnachten und Neujahr in Berlin, das bedeutete eine Aneinanderreihung sterbenslangweiliger Festivitäten in konservativ-femininer Garderobe, dazu scheele, mitleidige oder offen missbilligende Blicke der Tanten und Großtanten auf Anns flachen Bauch, während Bettine, die vor Fruchtbarkeit berstende Ehefrau von Johanns älterem Bruder Konrad, ihr scheinheiliges Bedauern darüber zum Ausdruck bringen würde, dass Ann ihrem Ehemann noch immer keinen Nachkommen geschenkt hatte, »obwohl die Familie es sich doch so sehr wünscht«.

Von Schoeller senior würde diesmal garantiert auch noch die Nase wegen Anns »modisch kurzem Haar« rümpfen, wobei »modisch« selbstverständlich ein Schimpfwort darstellte. Davon abgesehen würde der Alte, wie schon im Vorjahr, in jedem zweiten Satz die Frage unterbringen, wann sie denn gedachten, endlich »diesen Paris-Quatsch« aufzugeben, und dabei würde er Johann wie einen Deserteur behandeln, von dem ohnehin nichts anderes zu erwarten war. Derweil fanden bei Sylvia und Adrienne in der Wohnung die interessantesten und lustigsten Dîners statt, und im Laden scharte sich die kunstschaffende Exil-Kompanie bis tief in die Nacht um den warmen Ofen, reichte sich Teetassen und Theorien, Flachmänner und Manuskriptseiten weiter, führte von Euphorie und Brandy angefachte Wortgefechte, schmetterte frivole Lieder und fluchte auf die Bourgeoisie, die das Weihnachtsfest mit so viel unnötiger Sentimentalität belegt hatte, dass man im Namen des gepflegten Nonkonformismus bis zur Ohnmacht dagegen antrinken musste …

»Lass uns das mit Berlin heute Abend in Ruhe besprechen, Liebster, ja?«

Johann nickte.

Bereits beim Betreten des Ladens bemerkte Ann, dass Sylvia ebenfalls mit Kopfschmerzen zu kämpfen hatte. Sie war überarbeitet und litt seit einiger Zeit immer wieder unter Migräneattacken. Bleich und hohlwangig saß sie an ihrem Schreibtisch, hob kaum den Kopf, als Ann an ihr vorbei ins Hinterzimmer ging, um Mantel und Hut abzulegen.

»Du bist spät dran«, sagte Sylvia, als Ann ihr eine Viertelstunde später einen Kaffee servierte.

»Entschuldige, es ist gestern Nacht bei Natalie derart spät geworden, dass ich heute Morgen verschlafen habe.«

»Das stimmt nicht«, sagte Sylvia.

Ann zuckte zusammen. »Wie bitte?«

»Es geht mich nichts an, wo du deine Nächte verbringst, und angesichts der Tatsache, dass ich dir mehrere Monatsgehälter schulde – glaub nur nicht, dass mir das nicht bewusst ist! –, habe ich auch kein Recht, mich über Unpünktlichkeit deinerseits zu beschweren, aber ich darf doch wohl verlangen, nicht von dir angelogen zu werden!«

Ann musste sich mühsam beherrschen, nicht in Tränen auszubrechen. Erst der vergrätzte Johann und jetzt, weitaus schlimmer, auch noch eine vorwurfsvolle Sylvia.

»Ich habe nicht … Warum sagst du so etwas?«

»Weil es stimmt. Janet ist gestern Nacht noch bei Adrienne und mir vorbeigekommen. Du hast früh den Salon verlassen, ohne ihr eine Nachricht zu hinterlassen, bist später auch nicht mehr dort aufgetaucht. Irgendwann hat sie sich Sorgen gemacht und dachte, du wärst vielleicht bei uns gelandet. Warst du aber nicht.«

»Weißt du, ob sie auch bei Johann nach mir gefragt hat?«

»Für wie dumm hältst du sie?«

Ann setzte sich auf den Rand der Tischplatte, nahm sich eine Zigarette aus dem Holzkästchen, gewann etwas Zeit, indem sie umständlich zwischen den Lieferscheinen und Rechnungen nach Streichhölzern suchte. »Ich habe mich im Salon nicht mehr wohlgefühlt, weil Miss Barney mich vereinnahmen wollte.«

Der Blick ihrer Arbeitgeberin sprach Bände.

»Soll ich dir eine Schmerztablette holen, Sylvia? Du siehst ziemlich angeschlagen aus.«

»Danke, nein. Ich würde lieber erst diese Situation klären.«

Jetzt gab es also schon eine *Situation*. Situationen hatten sie mit Mr Joyce' Raubkopierern, mit Kundinnen, die Sylvias Großzügigkeit allzu sehr missbrauchten, mit rufmörderischen Konkurrenten, betrügerischen Druckereien, Bücherdieben, missgünstigen Moralaposteln oder mit was auch immer für Leuten, die ihr das Leben schwer machten, aber doch nicht wegen ihr, Ann, die stets und unverbrüchlich an Sylvias Seite stand. »Notnagel von Odéonia« wurde sie manchmal von Adrienne genannt und trug diesen Titel mit Stolz.

»Mich interessiert lediglich, warum du mir weismachen wolltest, du seist die halbe Nacht bei Natalie gewesen, wenn dem nicht so war. Es hat rein gar nichts mit
Kontrolle, aber sehr viel mit Vertrauen zu tun, verstehst
du das?«

Ann schüttelte den Kopf. Warum um alles in der Welt
hatte sie Sylvia angelogen? Schließlich war sie kein elf-
jähriges Mädchen mehr und Sylvia nicht Madame Merle,
von der sie aufgrund irgendeines Fehlverhaltens ohne
Abendessen aufs Zimmer geschickt werden konnte. Zudem kümmerte es Sylvia in der Regel nicht im Geringsten, wer etwas mit wem hatte, solange niemand dabei
zu Schaden kam oder sich vollends ins Unglück stürzte.
Ann dachte, dass es unfassbar dämlich von ihr gewesen
war, Sylvia nicht gleich alles zu erzählen, einfach zu sagen, dass sie selbst noch nicht in Worte fassen konnte,
was genau ihr während der vergangenen Nacht in diesem
Atelier passiert war und was es möglicherweise bedeutete. Sylvia würde das akzeptieren. Möglicherweise aber
auch Fragen stellen. Fragen, die Ann nicht beantworten
konnte.

»Miss Barney hat ernsthaft versucht, mich von dir, von
Shakespeare and Company abzuwerben! Wie hätte ich
da nicht schnellstmöglich ihren Salon verlassen sollen?«

»Über das Vorhaben, dir eine eigene Buchhandlung zu
finanzieren, bin ich in Kenntnis gesetzt worden«, sagte
Sylvia kühl. »Natalie hat mich selbstverständlich zuvor
gefragt, ob dir die Verantwortung zuzutrauen wäre und
ob ich dich gehen lassen würde, was ich im Übrigen vor-
behaltlos bejaht habe.«

»Willst du mich loswerden?«

»Was für eine Frage, natürlich nicht! Aber ich werde dir doch bei einer solchen Sache nicht aus Eigennutz im Weg stehen! Freu dich gefälligst, dass ich dich für fähig halte und dass dir eine solche Gelegenheit offeriert wird!«

Ann erinnerte sich, wie Johann ihr vor nunmehr fast zwei Jahren eröffnet hatte, in Paris böte sich ihm eine Chance von der Art, wie man sie nur einmal im Leben bekomme. Gestern Abend im Salon hatte sich für sie selbst ebenfalls solch eine einmalige Möglichkeit aufgetan, doch im Gegensatz zu ihrem Mann war Ann sich sicher, dass sie das Angebot, so großzügig und besonders es auch sein mochte, ausschlagen musste: nicht wegen Natalies erdrückender Präsenz oder der Abhängigkeit von Barneys Vermögen, auch vor der Verantwortung hatte sie keine Angst.

»Ich werde keinen eigenen Laden eröffnen, Sylvia.«

»Warum nicht? Es kann doch nicht dein einziges Ziel im Leben sein, meine Bestände in Ordnung zu halten und die Rückgabefristen zu kontrollieren.«

»Zum einen leiste ich hier viel mehr als das, wie du sehr wohl weißt ...« Sylvia hob beschwichtigend die Hand, wollte etwas einwenden, aber Ann war zu sehr in Fahrt, um sie zu Wort kommen zu lassen: »Zum anderen muss ich dir sagen, doch, genau das möchte ich: Teil von Odéonia sein, für dich arbeiten, am liebsten bis ich alt und grau bin! Mir geht es gut hier, ich bin gut in dem, was ich hier tue, ich möchte rein gar nichts an meinem Leben ändern, und zwar aus dem einfachen Grund, weil ich zufrieden bin. Und falls ich jemals etwas *Eigenes* erschaffen wollen sollte«, Ann sprach das Wort aus, als hätte es etwas Anrüchiges, »dann wäre das allenfalls …« Sie stockte, weil sie in ihrer Aufregung drauf und dran gewesen war, einen Gedanken auszusprechen, den sie sich kaum zu denken erlaubte, weil er ihr anmaßend, absurd und größenwahnsinnig vorkam.

»Allenfalls was?« Sylvia war ebenfalls lauter geworden, wurde noch ein wenig bleicher um die Nase.

Für die Migräne ist diese Diskussion Gift, dachte Ann, und dass sie niemals zu denen hatte gehören wollen, die Sylvia aufregten.

»Was willst du, Ann? Sag es mir!«

Bereits die zweite Person an diesem Tag, die sie fragte, was sie wollte. Ann sagte: »Schreiben.«

»Dann mach das.«

Sylvias Bemerkung klang, als hätte Ann mitgeteilt, sie würde das Regal mit den Dubletten noch einmal abstauben.

»Ich hätte gerne eine Stimme. Wie Djuna oder Janet oder all die anderen, die hier ein und aus gehen, also nicht *wie sie*, sondern meine eigene. Als junges Mädchen bildete ich mir ein, sie gefunden zu haben, da war sie tröstlich und wild, aber dann habe ich sie mir allzu leicht wegnehmen lassen. Wie so vieles andere ging sie verloren, und manchmal würde ich sie gern wiederfinden, damit ich nicht spurlos bleibe in dieser Welt oder die Welt mir ohne Spur …« Sie brach ab. »Entschuldige, das ist bloß so ein Hirngespinst und eine Schnapsidee, und ich würde dich bitten, es sofort wieder zu vergessen.«

»Vom Schreiben zu phantasieren ist Unsinn. Man muss es tun«, sagte Sylvia. »Habe ich mir jedenfalls aus berufenem Munde sagen lassen.«

Ann zuckte mit den Achseln.

»Schön und gut, aber all das erklärt noch immer nicht, weshalb du mir die Unwahrheit über die vergangene Nacht gesagt hast.«

Ann schluckte. Sie hätte wissen können, dass Sylvia sie nicht so einfach davonkommen ließ.

»Es tut mir leid. Es war kindisch und feige, aber ich hatte Angst vor deiner Reaktion.«

»Meiner Reaktion? Hast du Thelma Wood mit Berthe Cleyrergues Nudelholz erschlagen? Oder, und das wäre wirklich unverzeihlich, mit Thelma geschlafen und es anschließend Djuna gesagt?«

»Um Himmels willen, nein! Was geht nur in deinem Kopf vor?«

»Eine Menge Unfug, bis du mir endlich erklärst, warum du dich heute Morgen so merkwürdig benimmst.«

»Also gut. Es war so, dass …«

Die Türglocke erlöste Ann von ihrer Beichte, aber nur für den Bruchteil einer Sekunde, denn die große und die kleinere Gestalt, die hereinkamen, waren Lablais und Fanfan. Lablais hatte keine Zeit verloren, der Junge war frisch eingekleidet, trug Hemd, Jacke und Hose, dazu eine Schiebermütze, die eine kleinere Ausgabe der Mütze war, die Lablais selbst auf dem Kopf hatte.

»Ich war bei ihm gestern Nacht«, wisperte Ann Sylvia rasch zu. »Bei Lablais.«

»Machst du Witze?«

»Gemeinsam mit Fernande, einer Freundin, die ich bei Natalie getroffen habe. Es hat sich so ergeben, dass ich ihm jetzt doch Modell sitze, und ich habe keine Ahnung, warum ich dir das nicht gleich gesagt habe. Es ist mir alles so unangenehm …«

Sylvia legte den Zeigefinger auf Anns Lippen.

»Was ist dir unangenehm?« Lablais war mit Fanfan direkt vor ihnen stehen geblieben.

»Eine sehr gute Frage«, sagte Sylvia. »Bonjour Messieurs!«

Lablais lupfte die Kappe, Fanfan tat es ihm nach.

»Kann ich etwas für Sie tun?«, sagte Sylvia. »Ach nein, Sie sind nicht hier, um *meine* Dienste in Anspruch zu nehmen, richtig?«

»Richtig!«, sagte Fanfan und bekam dafür von seinem Mentor einen Schubs in den Rücken.

Lablais griff in seine Jackentasche: »Fanfan und ich möchten Madame von Schoeller etwas zurückbringen.«

Er zog die schwarze Glasperlenkette hervor, legte sie sich über den ausgestreckten Zeigefinger und ließ sie vor Ann hin- und herbaumeln. »Es hatte sich in der Sofaritze versteckt, das freche Ding!«

Ann schnappte sich die Kette und ließ sie in ihrer Hosentasche verschwinden.

»Deine großbürgerliche Erziehung steckt dir tiefer in den Knochen, als ich befürchtet habe«, murmelte Sylvia. »Angst vor meiner Reaktion wegen eines kleinen Abenteuers, es ist nicht zu fassen …«

Ann atmete tief durch. Sie hatte sich vollends lächerlich gemacht und Sylvias Spott mehr als verdient.

»Aber so etwas, ich meine, diese ganzen einander widersprechenden Gefühlslagen sind gutes Material. Denk darüber nach!«

Die nächste Denkaufgabe, dachte Ann, demnächst muss ich eine Liste anlegen.

»Ich verstehe nicht …«, sagte Lablais.

»Das müssen Sie auch nicht«, sagte Sylvia. Sie schüttelte belustigt den Kopf, verzog gleich darauf schmerzhaft das Gesicht und stand von ihrem Schreibtisch auf.

»Ich würde mich gerne für heute zurückziehen. Meine Herren, Sie entschuldigen mich bitte! Ann, kannst du hier die Stellung halten?«

»Natürlich! So lange du willst!«

Sylvia lächelte matt und strich Ann über die Wange. »Wir reden morgen weiter, wenn ich wieder etwas mehr Sinn für Humor habe.«

»Ist gut«, sagte Ann.

»Und du, Junge, suchst dir bitte ein Buch aus. Hinten links in der Kiste auf dem Boden müssten, falls du keine englischen Bücher magst, auch ein paar französische Titel aus der *Bibliothèque Verte* sein, da ist vielleicht etwas für dich dabei.«

Fanfan schaute zu Boden, zerdrückte seine neue Kappe zwischen den Fingern und sagte leise: »Nicht nötig, sehr freundlich.«

Sylvia, die bereits auf dem Weg ins Hinterzimmer gewesen war, blieb abrupt stehen, wandte sich noch einmal um, deutete auf Fanfan: »Ist das Ihrer, Lablais?«

»Nein«, sagte Ann.

»Fanfan ist erst seit gestern bei mir«, sagte Lablais.

»Bringen Sie ihm gefälligst das Lesen bei!«, herrschte Sylvia ihn an und verschwand im Hinterzimmer.

Ann starrte ihr verblüfft hinterher. Lablais legte Fanfan, der noch immer bekümmert auf seine Schuhspitzen schaute, die Hand auf die Schulter und flüsterte ihm etwas ins Ohr. Als Sylvia, jetzt in Mantel und Schal, wieder auftauchte, reichte sie Fanfan einen in Stanniolpapier eingewickelten Riegel Schokolade. »Sei nicht traurig, Junge! Du bist ein cleverer Kerl, das kann ich dir an der Nasenspitze ansehen, du lernst es wie von selbst. In wenigen Wochen liest du besser als er.« Sie deutete auf Pierre. »Wollen wir wetten?«

Fanfan hob den Kopf, ließ den Schokoladenriegel in seiner Jackentasche verschwinden.

»Kriegen Sie das hin, Lablais, den Jungen zu unterrichten? Noch besser: eine Schule für ihn zu finden?«

»Jawohl, Mademoiselle Beach, auch das.«

»Melden Sie sich, wenn Sie Unterstützung brauchen, ich kenne viele Leute. Sie können mich Sylvia nennen.«

»Und ich bin Pierre. Fanfan und ich werden das schnellstmöglich in Angriff nehmen, Sylvia.«

»Mit dem Lesenlernen fangen Sie bitte heute noch an!«

Lablais nickte ergeben, und Ann wunderte sich, dass er Sylvias Befehlston widerstandslos hinnahm.

Fanfan verschränkte trotzig die Arme vor der Brust. »Ich will nicht in die Schule!«

»Niemand will in die Schule«, sagte Sylvia. »Aber wer etwas weiß, dem macht so schnell keiner etwas vor, und wer lesen kann, dem gehört sogar die ganze Welt. Verstehst du das?«

»Nein«, sagte Fanfan.

»Wirst du schon noch«, sagte Sylvia. »Kommt bald wieder, um mir eure Fortschritte zu präsentieren! Ich habe einen schönen Vorrat an Schokolade.«

»Machen wir«, sagte Lablais.

»Machen wir!«, sekundierte Fanfan und war schon wieder guter Dinge.

»Auf bald also, ihr beiden! Hat mich gefreut, euch kennenzulernen.«

Ann stellte fest, dass Sylvia nicht nur Fanfan, sondern auch Pierre mochte.

»Sie ist eindrucksvoll«, sagte Lablais, nachdem Sylvia die Ladentür hinter sich geschlossen hatte.

»Sie ist der wichtigste Mensch in meinem Leben«, sagte Ann und erschrak, weil ihr bewusst wurde, dass dem tatsächlich so war.

»Habt ihr was miteinander?«, fragte Pierre.

»Nein«, sagte Ann. »Haben *wir* eigentlich etwas miteinander?«

»Möglicherweise«, sagte Pierre. »Aber ich würde dem keinen Status geben wollen.«

»So, so«, sagte Ann bemüht gleichgültig.

»Unabhängig davon wirst du mir noch einige Male Modell sitzen müssen.«

»Ich muss gar nichts, aber es wird sich dennoch einrichten lassen.«

Fanfan knisterte mit dem Stanniolpapier und schob sich die Schokolade am Stück in den Mund.

»Wann kann ich mit dir rechnen?«, fragte Lablais. »Um welche Zeit bist du hier fertig?«

Fanfan zupfte Ann am Ärmel. »Bringst du Fernande mit? Bitte! Wo ist sie denn?« Dunkelbraun verfärbte Spucke landete auf ihrer Bluse.

»Fernande arbeitet nicht hier«, sagte Ann. Sie erinnerte sich, dass Fernande irgendwann in der Nacht fort gewesen war, sie mit Pierre und dem tief schlafenden Fanfan allein gelassen hatte, ohne ihr eine Adresse zu geben oder ein nächstes Treffen zu vereinbaren.

»Für heute Abend habe ich bereits andere Pläne«, sagte Ann. »Ich kann frühestens morgen kommen. Vielleicht auch erst nächste Woche.«

»Was soll das heißen?«

»Wir werden sehen, was das heißt. Ich habe viel zu tun.«

Ann gefiel sich in der Rolle einer Frau, die jemanden wie Lablais hinhielt, auch wenn sie sehr viel lieber zu ihm ins Atelier gegangen wäre, als den Abend mit Johann bei Raphaël und dessen Eierspeisen zu verbringen. Von den leidigen Feiertagsplanungen ganz zu schweigen.

»Ich kann heute wirklich nicht, Pierre. Wollte Suzette nicht abends kommen? Oder vielleicht hat Fernande Zeit für dich. Ihr habt euch doch gestern Nacht auch recht gut verstanden.«

»Was soll das? Ich habe kein Interesse an Fernande.«

»Aber *ich* habe Interesse an Fernande!«, rief Fanfan, der begonnen hatte, sich in der Buchhandlung umzuschauen. »Ich werde Fernande nämlich malen, wenn Pierrot mich fertig ausgebildet hat!«

»Lern lieber lesen statt malen! Belesene Männer haben mehr Glück bei den Frauen«, sagte Ann.

»Sehr witzig!«, sagte Lablais.

Fanfan stöhnte: »*Lesen*, so ein Quatsch!«, zog aber ein Heft aus dem Holzkasten, auf den Sylvia zuvor gedeutet hatte. *Les chemins de fer*, auf dem Umschlag war eine Lokomotive abgebildet, die er interessiert betrachtete.

»Behalt es«, sagte Ann. »Aber wasch dir die Schokoladenfinger, bevor du ein weiteres Buch anfasst. Hinten links im Zimmer ist ein Waschbecken.«

»Nicht nötig.« Fanfan legte sein Eisenbahnbuch vor sich auf den Boden, steckte jeden Finger einzeln in den Mund und lutschte sie mit lauten Schmatzern ab. Anschließend trocknete er sich die Hände an seinem Revers und verzog das Gesicht zu einem breiten Grinsen. »Geht auch so!«

»Da wird die neue Jacke aber nicht lange schön bleiben.«

»Mir doch egal!«, sagte Fanfan.

Lablais schien gar nicht zu bemerken, wie nachlässig der Junge mit der neuen Kleidung umging. »Können wir uns vielleicht jetzt wieder unserem Problem zuwenden?«

»Haben wir ein Problem?«, fragte Ann.

Aus der hinteren Ecke kam ein Kichern Fanfans. »Problem, Problem, wir haben ein Problem ...«, sang er und hopste durch den Laden.

»Fanfan sei still!«

»Schrei den Jungen nicht an!«

»Ja, genau!«, rief Fanfan. »Schrei den Jungen nicht an!«

Lablais winkte Fanfan zu sich. »Tut mir leid, kleiner Husar, könntest du bitte kurz die Erwachsenen in Ruhe über eine wichtige Sache reden lassen und still dein Buch ansehen?«

Fanfan nahm am Schreibtisch in Sylvias Sessel Platz.

Lablais wandte sich wieder Ann zu. »Dir muss doch klar sein, dass es hier in erster Linie nicht um dich oder deine Befindlichkeiten geht, sondern um ein Werk, das ich fertigstellen muss, egal, was für Spiele du mit mir zu spielen gedenkst?«

»Ah!«, sagte Ann. »Es geht also um Malerei?«

Lablais' Ärger schien sich augenblicklich zu verflüchtigen, sein ironisches Grinsen kehrte zurück, und auch die Stimme bekam wieder diesen sonoren Klang, den Ann so mochte. »Um was denn sonst, ma belle?«

»In diesem Fall sehe ich mich selbstverständlich dazu verpflichtet, mir, koste es, was es wolle, den morgigen Abend freizunehmen. Für die Kunst, versteht sich!«

Lablais neigte das Haupt: »Vita brevis, ars longa!«

»Was heißt das?«, fragte Fanfan.

»Kurz ist das Leben, die Kunst ist lang«, übersetzte Ann.

»Eine Frau mit klassischer Bildung!«

»Ein Maler, der glaubt, mit Lateinkenntnissen beeindrucken zu können!«

»Wenn du so weitermachst, verliebe ich mich doch noch in dich!«

Ann hob abwehrend die Hände: »Alles, nur das nicht!«

»Ihr seid ja vielleicht komische Leute!«, sagte Fanfan.

»Solltest du nicht still sein, du frecher Dachs?«

»Dann sehen wir uns also morgen Abend?«, sagte Lablais. »Eigentlich hätte ich dich lieber bei Tageslicht.«

»Abends oder gar nicht«, sagte Ann.

»Ja, ist gut, wir haben jetzt die Säbel ausreichend gekreuzt«, sagte Lablais.

Ann wollte erwidern, dass sie gerade erst damit angefangen hatte, kam aber nicht dazu.

»Was ich noch fragen wollte«, sagte Lablais, »die Frau, mit der ich dich letzte Woche im Café gesehen habe, war das diese amerikanische Journalistin? Könntest du da einen Kontakt herstellen?«

»Willst du sie etwa auch porträtieren?«

»Nicht unbedingt. Aber wenn Miss Flanner einen Artikel über mich schreibt, könnten ein paar reiche Amerikaner in New York auf meine Arbeiten aufmerksam werden und ihre Scheckbücher zücken.« Sein Lächeln bekam jetzt wieder etwas Jungenhaftes. »Könntest du da nicht etwas einfädeln?«

»Janet sitzt zur Stunde wahrscheinlich genau dort, wo du sie mit mir gesehen hast, und trinkt ihren ersten Morgenkaffee. Geh hin, grüß sie von mir und fädle selbst etwas ein.«

Lablais umfasste mit beiden Händen Anns Gesicht und küsste sie auf den Mund.

»Komm, Fanfan, wir müssen irgendwo noch eine Fibel für dich auftreiben und haben noch eine Menge anderer Sachen zu erledigen.«

Er legte Fanfan den Arm um die Schultern und zog ihn mit sich zum Ausgang. Ohne ein weiteres Wort verließen sie den Laden.

Ann griff nach der Tasse, die Sylvia unberührt hatte stehen lassen. Der Kaffee war lauwarm und schmeckte noch schlimmer, als wenn Johann ihn aufgebrüht hätte. Sie fragte sich, ob das, was sie im Begriff war zu tun, bereits eine Affäre war, und wenn ja, wohin sie das führen würde.

Ann wollte gerade den Laden zur Mittagspause schließen, als Janet hereingestürmt kam. »Schoeller! Du hier? Ich dachte, du bist mit deiner neuen Eroberung in die Schweiz durchgebrannt!«

Ann war mehr als erleichtert, dass Janet ihr nichts nachzutragen schien.

»Flanner! Wenn ich jemals mit jemandem durchbrennen sollte, dann, ich schwöre bei Gott, nur mit dir, eventuell noch mit Djuna, aber das wären dann auch schon alle, die dafür jemals infrage kämen.«

»Ha! Das ist eine Lüge!«

Ann umarmte sie. »Ich liebe dich sehr, Janet Flanner, das ist die Wahrheit!«

»Solita wird dich dafür über dem Rost unseres altersschwachen Ofens braten, wenn sie aus London zurück ist!«

»Wird sie nicht!«

»Stimmt: Das wird sie nicht. Ich wünschte, Djuna wäre in der Lage, mit einer so netten Person wie dir durchzubrennen, Schatz, das wäre vielleicht ihre Rettung.«

»Sylvia sagt, sie versucht Djuna zu retten, indem sie sie zur Arbeit an ihrem Roman drängt.«

»Ich fürchte, wenn es so weitergeht, wird niemand und nichts Djuna retten. Weißt du, wo sie ist? War sie heute Morgen schon mal hier?«

»Nein. Das letzte Mal habe ich sie gestern Abend um

kurz vor neun bei Natalie gesehen, da war sie mit Thelma zusammen, beide hatten gehörig einen intus, waren aber ausnahmsweise gut miteinander.«

Janet hob resigniert die Schultern. »Zur Aufpasserin meiner Freundinnen habe ich anscheinend ungefähr so viel Talent wie zum Heiraten.«

Ann schob einen Stapel Zeitschriften zurecht. »Vielleicht sind deine Freundinnen auch einfach alt genug, um auf sich selbst aufzupassen?«

Janet ließ sich in den blauen Sessel fallen. »Djuna? Auf sich aufpassen? Du hast wirklich einen schrägen Humor! Wo bist *du* eigentlich abgeblieben? Bist du wirklich mit dieser Fernande Mercier mitgegangen, wie Berthe mir weismachen wollte?«

Ich werde schon wieder über gestern Abend sprechen müssen, dachte Ann und sagte: »Ja. Also nein, nicht wie du denkst. Wurdest du heute Morgen im Café von Pierre Lablais angesprochen?«

»Lablais? Wieso?«

»Ich habe ihn zu dir geschickt. Anscheinend wollen alle meine neuen Bekanntschaften erst einmal meiner berühmten Freundin vom *New Yorker* vorgestellt werden.«

Janet schlug sich auf die Schenkel und lachte, als hätte Ann einen guten Witz gemacht. »Bei mir war jedenfalls niemand. Aber diese Fernande Mercier, die du mir gestern vorgestellt hast, sie hat Talent.«

In diesem Moment kam Adrienne zur Tür herein, und Ann war froh, dass sie ihre Geschichte nun gleich beiden Freundinnen erzählen konnte. Diesmal fiel es ihr leicht, und sie ließ nichts aus.

Nachdem Ann fertig war, sagte Adrienne: »Du wirst doch deinen netten Ehemann nicht für ein Windei wie diesen Maler verlassen?«

»Ich bin doch nicht wahnsinnig!«, sagte Ann. »Ein kleines Abenteuer muss doch nicht gleich ernsthafte Konsequenzen nach sich ziehen.«

Sie hatte der Einfachheit halber Sylvias Bezeichnung übernommen, für das, was zwischen ihr und Pierre war: »kleines Abenteuer«. Das klang harmlos, das würde niemandem wehtun, das brauchte auch sie nicht zu beunruhigen, das war so gut wie nichts. Und wenn es doch etwas war?

»Gutes Material«, hatte Sylvia es genannt, das war es allemal. Und hatte nicht Djuna am ersten Tag zu ihr gesagt: »Sex, Chaos, Leben, das ist der Stoff, aus dem Romane gemacht werden«?

Adrienne kicherte. »Schau an, was für eine schamlose Pariserin wir aus dem *deutschen Fräulein* gemacht haben.«

Janet feixte ebenfalls. »Die Madame will wohl beides haben, den Bohemien *und* den Edelmann.«

»Madame will noch viel mehr!«, sagte Ann.

Adrienne stemmte lachend die Fäuste in die Hüften. »Oh, là, là! Das Elfchen hat gehörig aufgerüstet!«

Janet sah Ann auf einmal gedankenverloren an und schwieg. Das war ungewöhnlich.

Nach der Mittagspause, sie hatten süße Rosinenbrötchen aus der Boulangerie an der Place de l'Odéon geholt und sie gemeinsam mit großem Appetit verzehrt, ging Adrienne zurück in ihre Buchhandlung, weil ein junger Schriftsteller aus La Rochelle sich angesagt hatte, der darauf brannte, ihr seine Texte vorstellen zu dürfen. Janet blieb bei Ann und vertiefte sich in einen Gedichtband von Edith Sitwell, der gerade erschienen war, während Ann Madame Fournier, der Witwe eines dichtenden Postbeamten aus Bournemouth, die schon ungeduldig vor der Tür gewartet hatte, dabei behilflich war, ein Geburtstagsgeschenk für ihre Großtante Elsbeth auszuwählen. »Nichts Experimentelles, aber bitte auch nicht unter Niveau.« Nach langer Beratung entschied Madame Fournier sich schließlich für Elisabeth Gaskells Roman *Cranford*, weil ihr die wohlwollend ironische Schilderung einer englischen Kleinstadtidylle überaus passend für die feinsinnige Elsbeth erschien. Ann gratulierte zu dieser Wahl, empfahl noch zwei weitere Romane, einen von Edith Wharton und die von ihr selbst so geliebte *Mrs Dalloway* von Virginia Woolf, die Madame Fournier beide für sich erstand.

Nachdem Madame Fournier hocherfreut mit ihren Einkäufen abgezogen war, sagte Janet: »Du bist wirklich sehr überzeugend als Literaturvermittlerin.«

»Ich hatte die beste aller Lehrmeisterinnen«, sagte Ann. »Und bevor du jetzt auch noch von Natalie Barneys Plänen mit mir anfängst, über die anscheinend halb Paris Bescheid weiß, ich habe abgelehnt!«

Janet war sichtlich erfreut. »Sehr gut, gratuliere! Ich habe nichts anderes erwartet, bin aber dennoch erleichtert, dass du Sylvia nicht hängenlässt! Aber eigentlich wollte ich über etwas anderes mit dir sprechen.«

Ann sah sie fragend an.

»Ich habe vor, über dich zu schreiben«, sagte Janet.

»Über mich? Warum das denn?«

»Es ist zwar etwas schade, dass du keine Amerikane-rin bist, aber die Geschichte einer jungen Deutschen, die sich den Savoir-vivre der intellektuellen Rive Gauche einverleibt und eine Metamorphose zur Femme pari-sienne vollzieht, wird die New Yorker dennoch inter-essieren.«

Das überaus entschiedene »Nein!« kam aus Ann, ohne dass sie darüber nachdenken musste. »Auf gar keinen Fall wirst du das tun!«

Die strikte Weigerung schien Janet zum Glück eher zu amüsieren, als zu ärgern. »Schon gut, dann eben nicht«, sagte sie versöhnlich. »Darf ich fragen, warum?«

»Erstens ist das mit der Metamorphose Blödsinn, und zweitens werde ich meine Geschichte selber brauchen«, hörte Ann sich sagen und wusste selbst nicht, wie ihr ge-schah.

»Ach, bist du endlich so weit?«

»Was soll das bedeuten: Bin ich endlich so weit?«

»Du wirst eine gute Erzählerin abgeben. Das habe ich dir am ersten Tag schon prophezeit, und unter anderem deswegen bist du ja auch so entschieden bei uns hängen geblieben. Das ist jedenfalls meine Theorie. Du hattest gleich Witterung aufgenommen, das war dermaßen of-fensichtlich, dass ich mich wundere, wieso wir dieses Gespräch erst jetzt führen. Djuna denkt übrigens auch, dass du früher oder später schreiben wirst, und von Sylvias seismographischen Fähigkeiten brauche ich gar nicht erst anzufangen. Ist so abwegig aber auch wieder nicht, dieses Unterfangen. Wenn man Tag für Tag mit unsereins zu tun hat, wird man allein schon aus Notwehr Schriftstellerin.«

»Warum habt ihr nie etwas zu mir gesagt? Warum habt ihr mich nicht ermutigt?«

»Wie alt bist du? Vier? Herzliches Beileid, du bist nun also fast von alleine drauf gekommen! Je nachdem, was du daraus machst, könnte es wirklich interessant werden. Vielleicht auch die Hölle. Für dich, meine ich. Aber du bist ja in guter Gesellschaft, was das angeht.«

Janet nahm zwei Zigaretten aus Sylvias Holzkästchen, zündete beide an und reichte eine davon an Ann weiter. Anschließend griff sie in ihre Jacketttasche, zog ihren Flachmann heraus, schraubte den Deckel ab und hielt ihn Ann hin.

»Danke, ich bleibe heute lieber nüchtern.«

»Hast du Angst?«

»Ein bisschen vielleicht. Das ist lächerlich, nicht wahr? Vorauseilende Furcht vor dem Schreiben …«

Und was für eine Angst sie hatte! Vor ihrer Unfähigkeit, vor dem Vergleich mit den Freundinnen, davor, dass sie nichts Wichtiges zu sagen hatte, aber noch viel mehr davor, dass auf diese Weise Erinnerungen an die Oberfläche gespült wurden, denen sie nicht gewachsen wäre. Dessen ungeachtet: Wen sollte es interessieren, was sie, Ann von Schoeller, das verlorene Mädchen, die Frau, die sich von Skrupel und Größenwahn gleichzeitig anfressen ließ, zu sagen hatte?

»Angst haben wir alle. Das ist kein Grund, sich zu bemitleiden oder zu kneifen«, sagte Janet. »Ich meine es ernst! Profitiere gefälligst von meiner vielfach beglaubigten Weisheit, ich verdiene fünfunddreißig Dollar pro Kolumne!«

»Kein Kneifen, kein Mitleid, ist notiert. Für später.«

»Später ist nie.«

»Weißt du, was Sylvia mir an meinem ersten Arbeitstag geraten hat?«

»Sag's mir!«

»Machen, lieben, aufrecht scheitern.«

»Guter Titel. Ein bisschen reißerisch vielleicht, aber eingängig.« Janet trank einen Schluck aus ihrer Flasche, schraubte sie anschließend wieder zu. »Schade. Ich hatte gehofft, du reklamierst deine Geschichte erst dann für dich, wenn ich mich ihrer bereits bedient habe. Jetzt, wo das mit dieser Lablais-Affäre noch so eine pikante Wendung nimmt ...«

Ann sah sie fassungslos an.

Janet zuckte entschuldigend mit den Schultern. »Schreibende Frauen sind selbstsüchtige Blutsauger, die keinerlei Anstand kennen, das solltest du doch inzwischen kapiert haben.« Sie blies, sehnsüchtig ins Weite schauend, den Rauch ins Zimmer, untermalte ihre Worte mit ausladenden Gesten: »Ich hätte meine Reportage ›Adventures and Transformation of a Young Berlin Woman in Paris‹ genannt, und es wäre grandios geworden. Sämtliche Verleger hätten mich angefleht, einen mehrteiligen Roman daraus zu machen, mindestens so skandalträchtig und somit erfolgreich wie seinerzeit Colettes *Claudine*! Ich wäre im Geld geschwommen und hätte für Solita und mich eine Villa am Mittelmeer kaufen können! Mach dich also lieber umgehend an die Arbeit, Schoeller, sonst stehle ich dir den Stoff doch noch ...«

Dass ihre Geschichte auch in den Augen einer erfahrenen Autorin wie Janet Potenzial haben sollte, wunderte, irritierte und freute Ann gleichermaßen. Dennoch, oder vielleicht genau aus diesem Grund, wechselte sie das Thema. »Lablais hätte gern, dass du etwas über ihn und seine Arbeiten schreibst.«

»Mir egal«, antwortete Janet. »Stell mich lieber dieser Madeleine vor, von der du erzählt hast. Sie interessiert mich mehr, und dann kannst du auch deinen Pierre für dich behalten.«

»Er ist nicht *mein* ... ach, vergiss es. Madeleine ist toll, du wirst sie mögen. Allein ihr beim Zeichnen zuzusehen ist ein Erlebnis.«

Zwei neue Kundinnen unterbrachen das Gespräch, eine junge Frau mit ihrer Mutter. »Französinnen mit kleinem Geldbeutel und großer Liebe zur angelsächsischen Literatur«, wie sie sich selbst beschrieben.

»Da sind Sie bei uns genau richtig«, sagte Ann und ließ sich, froh über die Ablenkung, für die folgende Stunde mit Beschlag belegen. Sie waren gerade beim Ausfüllen der Mitgliedskarten für die Leihbücherei angelangt, als Janet sich verabschiedete.

»Ich muss weiter. Sehen wir uns später noch, wenn ich Djuna gefunden habe?«

»Tut mir leid, ich kann nicht.«

»Lablais?«

»Johann!«

»Männer verkomplizieren einfach alles!«, sagte Janet, nickte den beiden staunenden Neukundinnen zu und verließ den Laden.

Die ältere der beiden Damen sagte: »Also ich kann und will Ihrer Bekannten nicht zustimmen!«

»Ich auch nicht«, sagte Ann. Sie zwinkerte der Jüngeren zu, die hinter dem Rücken ihrer Mutter nur mühsam das Lachen zurückhielt.

Kurz darauf verabschiedeten sich die Damen, nicht ohne zu versprechen, sehr bald wiederzukommen und von ihren Leseerfahrungen zu berichten. Die Mutter hatte sich einen Band mit Gedichten von Emily Dickinson ausgeliehen, die Tochter trug in ihrer handbestickten Tasche Vita Sackville-Wests *Challenge* aus dem Laden, ein seltenes Exemplar des rebellischen Liebesromans, der auf Anweisung der Autorin nur in Amerika hatte erscheinen dürfen, um die in England ansässige Familie nicht zu kompromittieren. Der jungen Frau hatte gerade dieses Detail besonders gefallen.

Als die beiden Damen fort waren, kochte Ann sich frischen Kaffee, räumte den Laden auf und begann danach, weil sie zu müde für alles andere war, einen Roman zu lesen, den Adrienne ihr gegeben hatte: *Monsieur Vénus* von einer Autorin, die sich »Rachilde« nannte und deren Visitenkarte sie als *homme de lettres* ausgewiesen hatte. »Kurz vor der Jahrhundertwende hat dieses in jeder Hinsicht außergewöhnliche Werk einer knapp Zwanzigjährigen für einen herrlichen Eklat gesorgt!«, hatte Adrienne gesagt.

Ann war froh, dass es bis Ladenschluss ruhig blieb und sie ungestört in die äußerst eigentümliche Geschichte von Mademoiselle de Vénérande eintauchen konnte, deren die Grenzen des Geschlechts auflösende Androgynität zu ebenso dramatischen wie unkonventionellen Verwicklungen erotischer Art führte. Es war nicht verwunderlich, dass dieser Roman, der gesellschaftliche Normen nonchalant beiseitefegte, Probleme mit der Zensur gehabt und der Verfasserin eine Anklage wegen »Verstoßes gegen die guten Sitten« eingebracht hatte. Selbst im freizügigen Paris taugte dieses Werk noch für einen veritablen Skandal. Aber bewies es nicht auch, dass in der Literatur nichts unmöglich war, dass sie jede noch so unverrückbar scheinende Grenze infrage stellen durfte und somit alles frei gedacht werden konnte? Wollte Adrienne ihr das verdeutlichen, als sie ihr dieses Buch so dringend empfahl? An was aber hielt man sich fest, wenn nichts mehr als gesichert gelten konnte, woher holte man sich Orientierung, wenn alles im Wandel war? Bei sich selbst? Um Himmels willen, bloß nicht!, dachte Ann. Wenn sie sich der Literatur widmete, sei es lesend oder gar schreibend, dann doch gerade, um die Beschränktheit ihrer eigenen Person aufzusprengen und hinter sich zu lassen.

»Wir müssen uns selbst und alles, was wir tun, ungeschützt dem neuen Geist aussetzen«, hatte Sylvia in einem ihrer unzähligen Hinterzimmerdispute einmal gesagt. »Selbst wenn wir uns hernach erneut für das Althergebrachte entscheiden, sollte das aber dann aus einer zuvor gewonnenen Freiheit des Geistes geschehen.« Adrienne hatte erwidert: »Was soll das heißen, ›der *neue* Geist‹? Geist ist immer neu, es gibt keinen alten. Zumal wenn wir Frauen ihn in Anspruch nehmen!«

Ann hatte damals noch lange über das Gespräch nachgedacht, und es war ihr nicht gelungen, die Rätsel zu entschlüsseln, die es ihr aufgegeben hatte. Sie hatte nicht gewusst, was sie sich unter diesem für sie allzu abstrakten Geist vorstellen sollte, wo dieser ewig neue Geist zu finden war und ob sie, Ann, ihn unter diesen Bedingungen überhaupt finden *wollte*. Es war riskant, es verunsicherte. Wo würde man anfangen, bei sich, bei anderen, überall, nirgends? »Alles darf gedacht, alles darf geschrieben, alles darf gelesen werden«, hatte Djuna bei einer ähnlichen Diskussion gesagt. »Man muss nur die Konsequenzen zu tragen wissen, allen voran die tiefen Schluchten, die sich in einem selbst auftun.« Das ist der Haken, dachte Ann. Deswegen ertränkte Djuna sich so oft im Alkohol, und deswegen gab es sehr gute Gründe, sich vor dem, was da in ihr selbst aufkeimen wollte, zu fürchten und diese Furcht nicht allzu leichtfertig beiseitezuschieben. Wahrscheinlich hatte sogar Monsieur Rachilde, so verwegen sie auch in der Wahl ihres Sujets und in dessen Ausführung gewesen war, gelegentlich Angst vor der eigenen Courage gehabt. Ein Gedanke, den Ann ebenso tröstlich wie ermutigend fand.

Was für ein eigenartiger Tag, dachte sie, als sie die Ladentür abschloss und sich auf den Weg zu Johann in die Rue Cujas machte, wo sie ihm sagen würde, dass sie lediglich für drei Nächte nach Berlin zu fahren bereit war, keinen Tag länger. Zu den Silvesterfeierlichkeiten wollte sie um jeden Preis wieder zu Hause sein. In Paris.

9

Brüste im Streiflicht

Ann und Johann trafen, obwohl ursprünglich für den Zwanzigsten angekündigt, erst am Nachmittag des vierundzwanzigsten Dezember in Berlin ein. Sie hatten den Familien per Telegramm mitgeteilt, dass Johann nicht früher in der Kanzlei abkömmlich sei, ein wichtiger Fall von internationaler Bedeutung verlange seine Anwesenheit, mehr dürfe man nicht sagen. Das war natürlich gelogen. Johann war erstaunlich schnell einverstanden gewesen, als Ann mit ihrem Plan zu ihm gekommen war.

»Mir ist in diesem Jahr auch nicht danach, in den Familien herumgereicht zu werden«, hatte er gesagt. »Und da wir sie nicht mit unserem demonstrativen Desinteresse an ihrer Gesellschaft verletzen wollen, ist ein vorgeschobener dienstlicher Grund vielleicht tatsächlich die freundlichere Variante für alle Beteiligten.«

Sie hatten dieses Gespräch im Bistro geführt, eine Karaffe vom billigen roten Hauswein zwischen sich, von dem Johann schwor, er sei der besten Flasche aus dem berühmten Weinkeller seines Vaters überlegen. Am rechten Nachbartisch hatten sich zwei Schachspieler über ihr Brett gebeugt, links von ihnen war eine Gruppe Studenten beim Kartenspiel gewesen, Raphaël hatte an der Bar einen einsamen Trinker mit seinen Weisheiten malträtiert, und hinter den von Küchendampf und dem Atem der Gäste beschlagenen Scheiben waren die ersten Schneeflocken auf das feucht glänzende Kopfsteinpflaster der Rue Cujas gefallen. Ein Gespinst aus Lügen sollte nun also »freundlicher« sein, hatte Ann gedacht, und das ausgerechnet aus Johanns Mund. Sie hatte ihren Mann eine ganze Weile stumm angesehen, dann hatte sie gesagt: »Du bist gar nicht in erster Linie deiner Karriere zuliebe nach Paris gegangen. Du wolltest hauptsächlich weit weg von deiner Familie sein, habe ich recht?«

Johann hatte mit den Schultern gezuckt, einen Schluck Wein genommen, sich umständlich geräuspert. »Ich habe meine Motive keiner tiefgründigen Analyse unterzogen. Eugènes Angebot war grandios, ist es noch. Und es war zweifellos in jeder Hinsicht das Beste für uns – auch für dich.«

»Das konntest du nicht wissen.«

»Doch, das konnte ich.«

Ann hatte den Kopf geschüttelt und nichts mehr dazu gesagt.

Als sie schließlich in Anns Elternhaus ankamen, wo sie sich für die erste Nacht einquartiert hatten, war es bereits nach sieben Uhr. Sie hatten sich Zeit gelassen, im Bahnhofsrestaurant noch einen Kaffee genommen, dazu Schwarzwälder Kirschtorte gegessen und durch die großen Scheiben der hektischen Betriebsamkeit in der weitläufigen Halle zugesehen, bis sie die Motordroschke rufen ließen, die sie in die Villenkolonie nach Grunewald brachte.

»Es tut mir leid, Papa, der Zug hatte Verspätung. Wir hätten mit der Reichsbahn fahren sollen.«

»Ach, die ist auch nicht mehr das, was sie einmal war«, sagte der Vater, erschöpft von einem anstrengenden Jahr in der Klinik und sichtbar gealtert.

Die Aufgabe, Professor Schubert dann planmäßig dazu zu überreden, die Feier bei Anns Großtante Bertha, einer geschwätzigen Großindustriellenwitwe mit ausgeprägtem Hang zur Hypochondrie, einfach sausen zu lassen und einen zwanglosen Heiligabend mit Tochter und Schwiegersohn vor dem eigenen Kamin zu verbringen, gestaltete sich sehr viel einfacher als gedacht.

»Wir würden jetzt sowieso zu spät bei Bertha ankommen«, sagte der Vater und schickte umgehend seinen wartenden Fahrer mit guten Wünschen in den Feierabend.

»Nach der strapaziösen Reise bin ich für etwas Ruhe dankbar«, sagte Johann.

»Ganz wie ihr wollt«, sagte Ann und dachte: Ganz wie *ich* will.

Da das Personal frei hatte, schaute Ann nach, was Vorratskammer und Küche hergaben, und bereitete Gurkensandwiches mit Eiern und Krabbencocktail aus der Dose zu, was dem Vater tatsächlich gefiel.

»Hier herrschen ja Zustände wie damals in meiner Marburger Studentenbude!«, sagte er, als Ann das Tablett mit den Sandwiches zwischen ihm und Johann auf einem kleinen Beistelltisch deponierte. Sie hatten den Lesesessel des Vaters und einen Korbstuhl aus dem Wintergarten für Johann näher an das knisternde Kaminfeuer geschoben. Ann ließ sich mit untergeschlagenen Beinen auf dem Bärenfell nieder, vor dessen weit aufgerissenem Maul sie sich ihre halbe Kindheit lang zu Tode gefürchtet hatte. Die Sandwiches wurden mit großem Appetit verzehrt, und Ann nahm es unkommentiert hin, dass der Vater darüber scherzte, wie sehr sich doch »diese kostspielige hauswirtschaftliche Eliteschule« gelohnt habe, wenn seine Tochter nun in der Lage sei, aus nichts ein Weihnachtsmenü zu kreieren. Die beiden Männer unterhielten sich über den gemeinsamen Friedensnobelpreis für die Außenminister Stresemann und Briand, die besorgniserregende Entwicklung der Erwerbslosenzahlen im Deutschen Reich, den imposanten neuen Mercedes Sechszylinder, die sinkenden Aktienkurse der Daimler-Benz AG und den Erwerb des KaDeWe durch die Gebrüder Tietz. Ann, die ihren Vater selten so angeregt plaudernd erlebt hatte, hielt sich weitgehend aus dem Gespräch heraus und war froh, dass die beiden Männer bestens miteinander auskamen. Wahrscheinlich lag das zum Gutteil daran, dass persönliche Fragen, wie zum Beispiel, ob und wann man gedachte, wieder nach Berlin überzusiedeln, mit wem Ann ihre Tage in Paris verbrachte oder wie es denn mit ihrer Familienplanung aussah, tunlichst vermieden wurden. Professor Schubert kommentierte es nicht einmal, als seine Tochter gegen Mitternacht eigenmächtig an den Humidor ging, um für jeden, auch für sich selbst, eine gewaltige kubanische Zigarre zu entnehmen. An diesem Punkt hätte Ann ihm beinahe etwas über ihre Arbeit im Buchladen erzählt, von der er noch immer nichts wusste, aber dann entschied sie sich doch dagegen. Zu viel Konfliktstoff, dachte sie und hörte Sylvias Stimme sagen: Bist du eventuell gerade ein wenig feige?, und obwohl sie wusste, dass die Stimme recht hatte, so wie Sylvia meistens recht hatte, egal ob man sie nun leibhaftig vor sich sah oder sie einem bloß im Kopf herumspukte, war es ihr lieber, den Vater weiterhin aus ihrem wirklichen Leben herauszuhalten. Sollte er sein Bild von ihr, dem Soferle, ruhig behalten, denn sie, Ann, ging das kaum noch etwas an. Und da war sie wieder, die von Johann sogenannte freundlichere Variante, die mit der Wahrheit wenig am Hut hatte, aber vieles leichter machte.

Am ersten Weihnachtsfeiertag kamen sie nicht umhin, in die Villa von Schoeller umzuziehen. Um fünf Uhr nachmittags begann dort in der großen Halle das traditionelle Weihnachtsessen. Ann und Johann waren früh genug dort, um sich gerade noch in die gediegene Abendgarderobe zu werfen, die von ihnen erwartet wurde: Smoking für den Herrn, langes, nicht zu tief ausgeschnittenes Kleid für die Dame.

Schwiegervater von Schoeller gab, noch bevor die Vorspeisen aufgetragen wurden, vor den etwa fünfzig geladenen Gästen seinen längst überfälligen Eintritt in den Ruhestand bekannt. Im Anschluss verkündete er ebenso feierlich wie umständlich, woran niemand zuvor auch nur den geringsten Zweifel gehabt hatte, dass nämlich sein ältester Sohn Konrad künftig »die Geschicke unseres Bankhauses lenken wird, das im Deutschen Reich seinesgleichen sucht«. Nach der Rede gab es Bravorufe und Toasts »auf eine glorreiche Zukunft!«, die Vorspeisen wurden währenddessen kalt und pappig.

Ann suchte über die festlich gedeckte Tafel hinweg vergeblich Johanns Blick. Seine Verschlossenheit, der eigenartige Zug um seinen Mund, von dem sie nicht genau sagen konnte, ob sie ihn bedrückt oder doch eher bitter nennen sollte, gefielen ihr nicht. Wie gut, dass sie dem Ganzen bald wieder entkommen konnten!

Nach dem Dessert stelzte Konrad von Schoeller, aus jeder Pore seine frisch gewonnene Signifikanz ausdünstend, durch die Reihen der Gratulanten, und seine Frau, immer einen devot lächelnden halben Schritt hinter ihm, trug demonstrativ ihren gewaltigen Bauch voll neuerlicher guter Hoffnung zur Schau. Ihre drei niedlich herausgeputzten kleinen Töchter waren bereits beim Aperitif von einem Kindermädchen, an das sie sich ängstlich geklammert hatten, wie kleine Zirkusäffchen vorgeführt worden. Schwager Konrad, von seiner Gewichtigkeit und dem Wachauer Mirabellenbrand zunehmend beflügelt, war es späterhin nicht einmal mehr peinlich, das Glas darauf zu erheben, dass seine Bettine, »meine wunderbare Gemahlin«, ihm und der Welt »jetzt aber wirklich und endlich den nächsten kleinen Bankdirektor« schenken werde.

»Gnade der Schwägerin Gott, wenn sie eine weitere kleine Direktor*in* ausbrütet«, flüsterte Johann Ann ins Ohr.

»Angeblich kann man auf dem Marché aux puces im 9. Arrondissement hölzerne Penisse kaufen«, flüsterte Ann zurück. Johann brach daraufhin in ein solch gewaltiges Gelächter aus, dass er den Raum verlassen musste. Ann ging ihn nach einer Weile suchen und fand ihn draußen auf der Veranda.

»Seit wann rauchst du?«

Johann reichte ihr die Zigarette weiter. »Nur wenn ich in diesem Haus bin. Konrad und ich haben früher manchmal Raucherwaren aus dem Arbeitszimmer meines Vaters stibitzt und da drüben hinter der Ligusterhecke gepafft, bis uns schlecht wurde. Also meistens ist nur mir schlecht geworden, und Konrad kam dann die undankbare Aufgabe zu, mich Klümpchen Elend an den wachsamen Augen unserer Gouvernante Fräulein Meyer vorbeizuschleusen.«

Ann blies Rauch in die kalte Nacht. »Wenn man euch jetzt so sieht, deinen Bruder und dich, kann man sich kaum vorstellen, dass ihr einmal zwei Jungs gewesen seid, die gemeinsam Streiche ausgeheckt haben.«

»Er war der Held meiner Kindheit. Sechs Jahre älter, sportlich, verwegen. Ich wäre kaum so unbeschadet durch das erste Jahr auf dem Gymnasium gekommen, hätte er nicht dort als Primaner seine Hand über mich gehalten.«

Ann hielt ihm die Zigarette an die Lippen, Johann nahm einen tiefen Zug. Sie wollte diesen Moment der Offenheit nicht vergehen lassen, wollte nicht, dass Johann gleich wieder hinter seiner Rüstung verschwand.

»Wie kommt es dann, dass ihr euch heute nichts mehr zu sagen habt?«

»Ist das so?«

Ann schaute ihn ungläubig an. »Ihr wirkt wie zwei Fremde, nicht wie Brüder, die einander einmal sehr nahestanden.«

Johann nahm ihr die Zigarette aus der Hand, schnippte

die Asche auf den Boden. »Wir haben eben unterschiedliche Wege gewählt, mit einem Vater wie unserem fertigzuwerden.« Er nahm noch einen Zug, warf die Zigarette dann mit einer seltsam hölzernen Bewegung über die Brüstung der Veranda. »Auch Konrad hält mich inzwischen wahrscheinlich für einen Drückeberger.«

»Weil du deine eigene Karriere verfolgst, abseits von der Bank?«

»Alte Geschichten, lass uns über etwas anderes reden.«

Am nächsten Morgen traf, wie verabredet, um kurz nach neun Uhr fünfzehn Eugène de Sauveterres Telegramm ein, denn das war die Zeit, in der laut unumstößlichem Gesetz sämtliche von Schoellers, egal wie verkatert oder verdauungsgestört sie nach dem Vorabend auch sein mochten, beim zweiten Weihnachtsfrühstück saßen. Man hatte sie also praktischerweise alle beisammen. Dieses Detail des Plans war Johanns Idee gewesen. Eines der Zimmermädchen, ihr Name war Paula, und sie kam von einem großen Landgut in Vorpommern, trug den länglichen dunkelgrauen Umschlag mit roten Stempeln auf einem kleinen ovalen Silbertablett ins Frühstückszimmer, und es war dieses absurde kleine Silbertablett, das Ann schließlich die letzten Skrupel nahm. Sie begann ihre Inszenierung regelrecht zu genießen.

»Telegramm für Herrn von Schoeller!«

Der alte Schoeller und seine beiden Söhne sprangen gleichzeitig von ihren Stühlen auf. Ann war ein bisschen stolz auf ihren Mann, als dieser die Geistesgegenwart besaß, sich als Erster wieder hinzusetzen, als könne er ja wohl kaum gemeint sein. Paula aber schritt ungerührt an den ausgestreckten Händen der beiden älteren von Schoellers vorbei direkt auf Johann zu, der mit beeindruckender schauspielerischer Leistung ausrief: »Für mich? Oh, aus Paris! Es wird doch hoffentlich nichts Schlimmes passiert sein!«

Er riss den Umschlag auf, las, runzelte effektvoll die Stirn und vergaß dabei, das Papier vor den neugierigen Augen von Stiefmutter Adele zu verbergen, die in ihrer reichlich bemessenen Freizeit gerne französische Liebesromane in der Originalsprache las.

»Im Obergeschoss des Coupole ist gestern Nacht ein Zwergspitz in seinem Bierglas ertrunken, bitte dringend um weitere Anweisungen«, übersetzte die frankophile Stiefmutter so laut, dass das gesamte Frühstückszimmer etwas davon hatte. »Was soll denn dieser Unfug bedeuten?«

Achim von Schoeller machte aus dem Unmut über seine indiskrete Gattin kein Hehl. »Adele, ich muss doch sehr bitten!«

Ann musste wegen eines plötzlichen Hustenanfalls die Serviette an ihren Mund pressen. Dass Johann todernst erwiderte: »Es ist ein Code, den der Onkel in Notfällen anwendet. Wir müssen unverzüglich zurück nach Paris! Höchste Geheimhaltungsstufe! Leider!«, machte den Hustenanfall nicht besser.

Zwei Stunden später saßen Ann und Johann bereits im Speisewagen und stießen kurz hinter Gotha auf Onkel Eugènes kreative Intriganz, seinen imaginären Zwergspitz und ihre hübsche kleine Verschwörung an.

»Beim nächsten Mal stehlen wir gemeinsam die geheimen Goldvorräte aus den von Schoeller'schen Kellergewölben und schieben es Bettine in die Schuhe!«, sagte Ann.

»Du hast eindeutig zu viel Umgang mit kreativen Geistern von zweifelhafter Moral«, sagte Johann, stimmte dann aber gut gelaunt zu, dass ein Bankraub unter Umständen keine schlechte Idee sein könnte.

Am folgenden Tag – sie waren erst gegen vier Uhr früh in der Rue Cujas angekommen – wachte Ann kurz nach Mittag davon auf, dass ihr der Magen knurrte. Johann schlief noch wie ein Stein. Sie hatten sich in der Nacht darauf geeinigt, dass keiner von ihnen zur Arbeit gehen würde, und Ann tat es fast schon leid, dass sie dem zugestimmt hatte. Sie wäre lieber sofort in die Buchhandlung geeilt, hätte Sylvia und den anderen gern alles über ihren »Berliner Coup« erzählt, aber das musste dann eben noch warten. Leise schlüpfte sie aus dem Bett und zog sich an, verließ kurz darauf die Wohnung, um ein Pain au chocolat für sich sowie Brot, Marmelade, Milch und Eier für das gemeinsame Frühstück zu kaufen. Françoise, ihr Mädchen, war über die Feiertage bei ihrer Familie in Rouen, sie würden sich also bis Neujahr selbst behelfen müssen.

Als Johann schließlich gegen halb drei in die Küche kam, schlaftrunken und im offenen Morgenmantel über dem Pyjama, war Ann gerade dabei, einen goldbraun ausgebackenen Eierkuchen aus der Pfanne auf einen Teller gleiten zu lassen.

»Guten Morgen, mein Liebster! Hast du Hunger?«

»Morgen ist gut. Ich glaube, ich bin noch nie in meinem Leben so spät aufgestanden.«

»Was würden die Gouvernanten, die wir in unserer Jugend verschlissen haben, wohl von solch einem Sittenverfall halten?«

»Die Gouvernanten würden Hausarrest anordnen. Das tue ich hiermit auch. Ich sterbe übrigens vor Hunger!«

Er nahm am Tisch Platz, steckte den Finger in den Marmeladentopf, anschließend in den Mund und blickte sie herausfordernd an. »So ein Hausarrest will schließlich verdient sein!«

»Zum Glück haben wir keine Erzieherinnen mehr und können das Haus verlassen, wann immer uns danach ist. Aber lass es dir trotzdem schmecken, du Rebell!«

Er lachte. Sie goss ihm Kaffee ein, er zog sie auf seinen Schoß und küsste sie.

»Lass uns zurück ins Bett gehen! Und heute Abend möchte ich dich zum Essen ausführen. Von mir aus in eine dieser Avantgardelokalitäten, die du so gern mit deinen Freundinnen frequentierst.«

»Ich frequentiere keine Avantgardelokalitäten.«

»Dann gehen wir eben ins Sélect. Eugène behauptet, das Entrecôte dort sei das beste in ganz Montparnasse.«

Ann wand sich aus der Umarmung, glitt von seinem Schoß und nahm ihm gegenüber am Küchentisch Platz. Die Enttäuschung über die ausbleibende Begeisterung seiner Frau war Johann deutlich anzusehen.

»Ich würde ja sehr gerne mit dir essen gehen, Liebster, aber ich bin heute Abend zum Dîner bei Sylvia und Adrienne eingeladen.«

»Und da ist meine Anwesenheit natürlich wie immer unerwünscht, richtig?«

»Du würdest dich sowieso nur langweilen. Es wird den ganzen Abend lang über nichts als unsere Arbeit gesprochen, und es kommen, mich ausgenommen, ausschließlich Lesbierinnen. Exclusivement des femmes, du weißt doch, wie es bei uns zugeht.«

Johanns Gesicht verzog sich. »Ich hätte mir denken können, dass es dir nicht um ein paar lauschige freie Tage mit mir ging, als du die Familienbesuchszeit so findig abgekürzt hast.«

Ann widersprach nicht, obwohl sie wusste, dass sie es tun sollte.

Johann sah sie an, wartete darauf, dass sie etwas sagte, schüttelte schließlich resigniert den Kopf. »Dann amüsiere dich gut mit deinen Damen, da dir deren Gesellschaft so viel lieber ist als die meinige. Ich werde mich hier derweil mit meinen Akten vergnügen. Wer braucht schon Gesellschaft?«

»Nimm den Papierkram doch später mit zu Raphaël und vergnüge dich dort.«

»Bist du von allen guten Geistern verlassen? Das kann doch nicht dein Ernst sein!«

Er war laut geworden. Zum ersten Mal war er ihr gegenüber auf eine Weise heftig geworden, die ihr fast schon Angst machte. In seinen Zügen spiegelte sich ein mühsam zurückgehaltener Zorn, wie sie ihn so noch nie an ihm gesehen hatte.

Ann versuchte, ihn zu beschwichtigen: »Es tut mir leid, Johann, sei bitte nicht wütend auf mich! Adrienne ist eine dermaßen pedantische Köchin, sie plant ihre Dîners mit beinahe militärischer Akribie und würde mir eine kurzfristige Absage nie verzeihen. Ich wäre sehr viel lieber hier bei dir geblieben!«

Ihr war spontan nichts Besseres eingefallen. Johann stand auf, nahm seine Kaffeetasse, ließ den Pfannkuchen unberührt auf seinem Teller zurück, ging stumm aus der Küche und verschwand in seinem Arbeitszimmer. Ann dachte, dass sie ihm nachgehen sollte, ihn noch einmal um Verzeihung bitten, irgendetwas sagen, das ihn mit ihr versöhnte, aber sie brachte es einfach nicht über sich.

Den Rest des Nachmittags gingen sie sich aus dem Weg. Immerhin bekam Ann abends von ihrem Mann einen nicht mehr ganz so erbosten Blick über den Schreibtisch hinweg zugeworfen, als sie – ein hübsch angerichtetes Tablett mit Putensandwiches, Rotwein und Käsehäppchen in Händen – sein Arbeitszimmer aufsuchte, um sich zu verabschieden.

»Gehen wir morgen gemeinsam aus?«, fragte sie.

Johann zuckte mit den Schultern. »Musst du nicht erst deine Arbeitgeberinnen um Erlaubnis fragen?«

Ann stellte das Tablett neben der Zeitung ab, die aufgeschlagen vor ihm lag. *Extensive Staatsausgaben für die Arbeitsbeschaffung umstritten,* titelte der Wirtschaftsteil vom *Berliner Tageblatt.*

»Könntest du bitte damit aufhören, mir böse zu sein?«

»Ich dachte, ihr selbstbestimmten Frauen von heute

braucht euch nicht mehr um die Befindlichkeiten eurer Ehemänner zu scheren.«

Ann trat hinter ihn, legte die Arme um seinen Oberkörper und küsste ihn in den Nacken. »Ich werde versuchen, nicht allzu lange wegzubleiben, und dann schaue ich mal, was ich bezüglich der Befindlichkeit meines Ehemannes tun kann.«

Johann sah nicht von seiner Zeitung auf.

An der Stelle, an der sie von der Rue de Vaugirard zum Théâtre de l'Odéon abbiegen musste, blieb Ann stehen und zögerte, ob sie nicht doch lieber durch den Jardin du Luxembourg eilen sollte, weiter bis in die Rue Delambre und zu Lablais ins Atelier. Sie war vor ihrer Abreise noch vier weitere Male dort gewesen, und Pierre hatte die meiste Zeit wie besessen gemalt. Immer wenn Ann einen Blick auf das Bild hatte werfen wollen, war sie von ihm auf später vertröstet worden. Auch was den Fortgang ihres »kleinen Abenteuers« anging, hatte er die Prioritäten klar festgelegt: »Zunächst muss ich dich malen, ma belle, dann erst werde ich dich verführen können.«

Sie hatte ein spöttisches Lächeln aufgesetzt und weiterhin so getan, als hätte sie nicht das geringste Interesse daran, von Pierre verführt zu werden.

Ann stellte sich ihren Mann vor, wie er über seiner aus Berlin mitgebrachten Zeitung einsam seine belegten Brote kaute, sie sah Sylvia vor sich, die, eine geblümte Küchenschürze um die schmale Taille gebunden, nach Adriennes Anweisungen Zwiebelringe schnitt und dabei Virginia Woolf zitierte, dachte an den Anblick Lablais' hinter seiner Staffelei im Licht der flackernden Kerzen – und beschleunigte ihre Schritte in Richtung Rue de l'Odéon, rannte fast durch die dunklen Gassen, bis sie vor Sylvias und Adriennes Wohnhaus stand. Und schon als sie die Treppe hinaufstieg, konnte sie nicht fassen, dass sie auch nur eine Sekunde darüber nachgedacht hatte, nicht herzukommen.

Djuna, die als Erste der Gäste schon vor Ann eingetroffen war und ihr die Tür öffnete, fiel ihr mit einem freudigen Aufschrei um den Hals: »Da ist ja mein Mädchen! Wie war's in der wild-verruchten Reichshauptstadt? Hast du ordentlich gesündigt? Warst du im Eldorado, wie ich dir befohlen habe, und hast endlich mal dein hübsches kleines Näschen zwischen die Brüste einer schönen Frau gedrückt? Hast du einen Leierkastenmann verführt und deinen feschen Johann nackt dazu tanzen lassen?«

»Nichts von alldem. Es war zahm, langweilig und, jedenfalls in meinem Elternhaus, fast schon verstörend angenehm in Berlin. Mein Herr Vater scheint sich auf seine alten Tage entschieden zu haben, doch noch menschliche Züge anzunehmen, und die Bankiers taugen inzwischen eher für eine Satire als für ein Drama.«

»Ah, du prüdes bourgeoises Ding! Ich werde mich um deine erotische Erziehung demnächst höchstselbst kümmern müssen!«

»Ich bitte darum!«

Djuna sah gut aus, ihre Augen hatten wieder etwas von der alten Klarheit zurückgewonnen, und der mitternachtsblaue Seidenanzug tat sein Übriges, um sie erstrahlen zu lassen, erstaunlicherweise wirkte sie sogar noch einigermaßen nüchtern.

»Ich bin so froh, wieder hier zu sein!«, sagte Ann, als Adrienne und Sylvia aus der Küche kamen, um sie zu begrüßen. »Es ist erschreckend, wie fremd mir dort alles geworden ist, die Häuser, die Stadt, die Familien … und ich bin sicher, Johann ist es genauso ergangen.«

»Wir wurzellosen Menschen wechseln schnell die Fahne«, sagte Djuna.

»Als denkende Individuen haben wir gelernt, sämtlichen Fahnen zu misstrauen«, erwiderte Sylvia.

Ann hätte Djuna gerne gefragt, was sie mit ihrer befremdlichen Aussage hatte andeuten wollen, kam aber nicht dazu, weil die Türklingel schrillte und weitere Gäste eintrafen. Es waren nicht viele zu diesem Dîner eingeladen.

»Heute will ich nur die Herzenskompanie bei mir haben!«, sagte Adrienne. »Wir haben über Weihnachten genug mit allen möglichen Vagabunden gefeiert!«

Zur »Herzenskompanie« zählte diesmal auch Adriennes neue Helferin Justine, die ihre Nächte damit verbrachte, filigrane Zeichnungen zu mystisch verklärten Gedichtzeilen anzufertigen, während sie tagsüber im Laden die schwersten Bücherkisten schleppte und mit ihrer wunderbaren Altstimme Lieferanten zusammenfaltete, die ihrer Ansicht nach zu unsanft mit den Buchpaketen umgingen. Justine hatte ihre Gefährtin Lale dabei, eine dänische Malerin, die als Kindermädchen für Peggy Guggenheim arbeitete. Des Weiteren kamen noch George und seine Frau, die in diesem Winter über Sylvias

Laden wohnten. George war Komponist, und seine Frau Margot sang nachts in einer kleinen amerikanischen Bar in der Rue Daunou. Sylvia hatte die beiden eines Tages an der Gare du Nord auf ihren Koffern sitzend vorgefunden und ihnen spontan die kleine Wohnung angeboten, die zum Laden gehörte. Gegen neun trafen endlich auch Janet und Solita ein. Erstaunt stellte Ann fest, dass sie Fernande mitgebracht hatten.

»Wir waren noch mit dem Redigieren eines Artikels beschäftigt und haben darüber die Zeit vergessen«, sagte Janet entschuldigend zu Adrienne, als wäre damit alles Wissenswerte gesagt. Anscheinend hatten drei Tage Abwesenheit genügt, um Fernande zu Janets Mitarbeiterin zu machen. Ann erwischte sich dabei, dass ihr diese Tatsache missfiel, und weil sie sich dessen schämte, begrüßte sie Fernande besonders überschwänglich.

Fernande fiel Ann um den Hals. »Ich habe gar nicht zu hoffen gewagt, dich hier zu treffen! Pierrot meinte, du seist über die Feiertage in Deutschland.«

»Du siehst ihn öfter?«, fragte Ann und bemühte sich, dabei möglichst beiläufig zu klingen.

Fernande lächelte vielsagend. »Keine Sorge, ich besuche bloß Fanfan. Pierre hat momentan viel zu tun, er schaut kaum von seiner Staffelei auf, wenn ich komme.«

»Aha.«

»Fanfan hat mir erzählt, dass Sylvia ihm Schokolade fürs Vorlesen versprochen hat.«

»Streng genommen hat Sylvia Lablais aufgetragen, dafür zu sorgen, dass der Junge kein Analphabet bleibt.«

»Ja, ich weiß, Pierrot hat es mir gesagt. Deswegen

habe ich am vergangenen Donnerstag eine Freundin mit in die Rue Delambre gebracht, sie arbeitet ebenfalls im Printemps, in der Kosmetikabteilung. Maries Vater ist Dorfschullehrer an der Côte d'Armor, sie hat das Unterrichten sozusagen im Blut. Dafür, dass er keine Lust hat, still zu sitzen und zu üben, hat Fanfan in der kurzen Zeit erstaunliche Fortschritte gemacht.«

»Das höre ich gerne!« Sylvia trug eine große Schüssel mit dampfenden Kartoffeln herein. »Kommt morgen mit ihm bei uns vorbei. Adrienne hat bereits Bücher für den Jungen herausgesucht: *Arsène Lupin, gentleman-cambrioleur*, einen Piratenroman, dessen Titel ich vergessen habe, und natürlich die Geschichte von dem Husaren Fanfan!«

Ann wusste nicht, was sie davon halten sollte, wenn jetzt auch noch Fanfan, und mit ihm natürlich Pierre, regelmäßige Besucher des Ladens werden würden.

»Bis er ganze Bücher lesen kann, wird es noch dauern«, sagte Fernande.

»Der Mensch braucht Ziele!« Sylvia klatschte in die Hände. »Alle zu Tisch, bitte! Wie immer keine feste Sitzordnung!«

Ann wunderte sich darüber, mit welcher Selbstverständlichkeit Fernande sich vordrängte und rechts neben Janet Platz nahm, um sie augenblicklich für sich zu beanspruchen. Solita warf Ann einen Blick zu, als wäre es ihre Schuld, dass Fernande auf einmal ins »Herz der Kompanie« vorgestoßen war. Ann signalisierte Solita achselzuckend, dass sie Fernandes Verhalten anmaßend fand, und schämte sich einerseits für ihre mangelnde Loyalität der Freundin gegenüber, genoss es andererseits aber, sich mit Solita zu verbünden.

Adrienne kam mit zwei weiteren Schüsseln aus der Küche, Bœuf à la mode und grüne Bohnen, von denen Knoblauchduft aufstieg. Sie bat Janet, sich um das Einschenken des Weins zu kümmern, den man zur Feier des Tages besorgt hatte.

»Zwei Flaschen Pinot noir für neun Personen«, stellte Solita fest, während sie sich auf den frei gewordenen Stuhl fallen ließ, um Fernande mit Nichtachtung zu strafen.

»Betrinken müsst ihr euch anderswo«, sagte Sylvia.

»Ihr könnt nachher noch mit mir in Harry's Bar kommen«, sagte Margot, »ich singe um elf.«

Lale und Justine waren von der Idee begeistert, auch Djuna, die ganz unverhohlen mit George flirtete, wollte mitkommen, Janet und Solita ebenfalls, auch Fernande sagte, sie sei gerne mit von der Partie, nur Sylvia und Adrienne gaben an, früh aus den Federn zu müssen.

»Ann, was ist mit dir?«, fragte Fernande.

»Mal sehen.«

Sylvias forschenden Blick ignorierte sie.

Wie immer war das Essen köstlich, die Gespräche bei Tisch lebhaft und witzig. Der Wein war bereits nach einer halben Stunde ausgetrunken, was der Stimmung aber keinen Abbruch tat. Ann fühlte sich rundum wohl, ihr war, als hätte sie endlich wieder ausreichend Luft zum Atmen.

Es war kurz vor halb elf, Adrienne hatte eben die restlos ausgekratzte Puddingschüssel in die Küche getragen, und die Gäste waren im Begriff, sich vom Tisch zu erheben, um unter Margots Führung weiter in die Rue Daunou zu ziehen, als es schellte.

»Thelma!« Djuna rannte aus dem Zimmer in den Flur. Man hörte sie die Wohnungstür aufreißen, einen glücklichen Aufschrei, dann leises Wispern, verhaltenes Gelächter, dem ein kurzer Moment der Stille folgte. Tatsächlich war es Thelma, die kurz darauf, den Arm fest um Djunas Taille geschlungen, hereinkam.

»Wie konnte Djuna wissen, dass es Thelma sein würde?«, flüsterte Janet.

»Sie ist ein Apportierhund auf Blutspur«, sagte Solita laut genug, dass alle es hören konnten.

Djuna funkelte Solita böse an. »Neidisch, Solano?«

»Unbedingt!«

»Wollt ihr jetzt wieder eine Szene machen?«, fragte Sylvia.

»Verführerischer Gedanke!«, sagte Thelma. »Aber leider habe ich keine Zeit dafür, Miss Beach, ich komme nur rasch vorbei, um meine Frau abzuholen.«

Man konnte sehen, wie sehr Djuna sich darüber freute, von Thelma so genannt zu werden. Sie schmiegte sich noch enger an die Geliebte. Was für ein schönes, harmonisches Paar sie doch abgeben, dachte Ann, und gleichzeitig wusste sie, wie überaus fragil und vermutlich von kurzer Dauer der Zustand war.

»Ich hole schnell mein Cape«, sagte Djuna.

Thelma entließ sie aus der Umarmung, sah sich in der Runde um, ihr Blick blieb an Ann hängen. »Du!«, rief sie und kam mit großen Schritten auf Ann zu, die unweigerlich vor dieser Attacke zurückwich. »Setz dich mal!«

Ann gehorchte.

Thelma schnappte sich den Stuhl neben ihr, ließ sich rittlings darauf nieder, zündete sich in aller Ruhe eine Zigarette an und steckte sie sich in den Mundwinkel.

»Was wird das jetzt?«, fragte Janet.

Thelma stützte ihre Ellenbogen auf die Rücklehne, legte das Kinn in die Hände, paffte kleine Rauchwolken in Anns Gesicht, sodass ihr die Augen brannten.

»Lass das bitte!«

Ann konnte riechen, dass Thelma getrunken hatte, Cognac oder Calvados, auch ihre Augen schimmerten glasig.

»Ich habe dich heute schon einmal gesehen!«, sagte Thelma, als verkündete sie einen triumphalen Sieg. »Splitterfasernackt!«

Ann erstarrte. »Wie bitte?«

»Was?«, sagte Djuna, die mit ihrem Cape über dem Arm wieder neben Thelma getreten war.

Thelma legte den Kopf in den Nacken und rief laut: »In Öl! In Öl habe ich sie gesehen, die Farbe war noch feucht! Ich danach auch! Deinen ehrenwerten Gatten allerdings solltest du vielleicht lieber von der Rue de la Baume fernhalten.«

Eine halbe Stunde später stürmte Ann in Lablais' Atelier, wo sie nur den auf dem Sofa schlafenden Fanfan und die zerrupften Hühner vorfand.

»Wo ist er?«

Fanfan zog sich die Wolldecke, mit der er sich eingewickelt hatte, über den Kopf.

»Wo ist Pierre?«

Unter der Wolldecke rührte sich nichts.

Hinter der Küchentür schepperte es. Ann riss die Tür auf und sah Lablais vor seiner von Wasserdampf vernebelten Kochstelle stehen. Er war im Unterhemd, trug eine viel zu große blaue Leinenhose, die er am Bund mehrfach umgekrempelt hatte, damit sie ihm nicht von den Hüften fiel.

»Ann! Möchtest du mir beim Baden Gesellschaft leisten?«

Er nahm den Kessel vom Feuer, goss heißes Wasser in den Badezuber, der in der Mitte des kleinen Raums stand.

»Du hast mein Bild in die Galerie gehängt!«

»Falsch. Ich habe *mein* Bild in *meine* Ausstellung hängen lassen.«

»Ganz Paris kann mich nackt sehen!«

»Na und? Ars longa ... schon vergessen?«

»Ich verlange, dass du das Bild zurückziehst! Sofort!«

»Selbst wenn ich wollte, würde das nicht gehen. Die Arbeit wurde heute Abend verkauft.«

»Wie bitte? Was soll das bedeuten?«

Pierre schaute sie an wie ein Kind, das schwer von Begriff war. »Du willst wissen, was ›verkauft‹ bedeutet?«

»Du wirst es rückgängig machen, Lablais! Du hattest kein Recht, das zu tun!«

»Erstens: auf gar keinen Fall. Zweitens: aber sicher doch! Selbst der fulminante Jurist, den du leichtfertigerweise geehelicht hast, würde mir dieses Recht zusprechen: Mein Talent, meine Arbeit, mein Honorar. So läuft das nun mal. Die Miete zahlt sich nicht von selbst, der kleine Streuner, den ich jetzt am Hals habe, frisst für zwei, und nur wenn ich mir das Essen aus dem Restaurant nebenan leisten kann, dürfen auch die gottverdammten Hühner am Leben bleiben.«

Er zog sich die Hose hoch, machte einige albern tänzelnde Schritte auf sie zu, bis er mit einem spöttischen Grinsen im Gesicht so dicht vor ihr stehen blieb, dass ihre Nasenspitzen sich fast berührten. »Eine Gratulation scheint mir also viel eher angebracht, Madame! Oder gar ein Kuss für das nun auch finanziell erfolgreiche Malergenie, das dich umso erotischer findet, je zorniger du bist.«

Sie spürte seine Hand an ihrem Rücken heruntergleiten.

»Pierre, ich dachte, wir hätten …« Ann versagte die Stimme, sie stieß Lablais mit beiden Händen von sich. Er ließ augenblicklich von ihr ab, schaute ihr leicht betreten dabei zu, wie sie sich eine Träne aus dem Augenwinkel wischte. Er hob die Hand zu ihrem Gesicht. »Fass mich bloß nicht an!«

»Meine Güte, Ann! Ich gebe ja zu, dass auch ich dieses Bild allein aufgrund der Umstände seiner Entstehung gerne behalten hätte. Aber sentimentale Anhänglichkeit ans eigene Werk ist nur etwas für Privatiers oder höhere Töchter, ma chérie. Ich, der ich von meiner Hände Arbeit lebe, kann mir dergleichen nicht leisten.«

»Wer hat es gekauft?«

»Jemand, der seine Visitenkarte nicht hinterlassen

wollte. Léonce, das ist mein Galerist, hat das Geschäft abgewickelt, mit meinem Einverständnis natürlich. Nur so viel: Es ist eine dermaßen hohe Summe geflossen, dass keine weiteren Fragen gestellt wurden.«

Ann war sprachlos.

Lablais ging zu dem Wasserhahn neben der Kochstelle, unter dem auf einer Weinkiste ein verbeulter Blecheimer stand. Er füllte den Kessel mit Wasser und setzte ihn erneut aufs Herdfeuer. Mit provozierender Langsamkeit schlurfte er anschließend zu einem offenen Holzregal an der Rückwand des Raums, wobei seine Pantinen ein ähnliches Geräusch machten wie Françoise mit ihrem Wischmopp, wenn sie samstags die Staubflocken unter den Wohnzimmerschränken hervorkehrte. Es machte Ann wahnsinnig.

Lablais sah zu ihr herüber, fuhr sich mit den Fingern durchs Haar, setzte ein Lächeln auf, das irgendwo zwischen Verlegenheit und Impertinenz lag, es war erstaunlich, wie er beides in einen einzigen Blick zu legen vermochte. »Nimm's nicht so schwer, Engelchen, ich kann dutzende Porträts von dieser Qualität herstellen. Wir könnten eine Serie erschaffen, du bist so inspirierend!«

Er nahm ein dunkles Schraubglas aus dem Regal, öffnete es, hielt es sich unter die Nase. »Hmm … Nichts duftet so verführerisch wie eine Badeessenz mit provenzalischem Lavendel! Bist du sicher, dass du nicht mit mir baden willst?«

Ann hätte ihm gerne ins Gesicht geschlagen.

Lablais leerte mit großer Geste den gesamten Inhalt des Glases in den Zuber. Anschließend zog er das Unterhemd über den Kopf, warf es hinter sich auf den Boden und ließ die Leinenhose von seinen Hüften gleiten, unter der er nichts trug. Pierre war muskulöser als Johann, hatte erstaunlich kräftige Arme, eine gut gebaute haarlose Brust, die im reizvollen Kontrast zu den wohlgeformten schmalen Hüften stand. Den Gefallen, seiner Blöße irgendeine Form von Bewunderung zu zollen, tat Ann ihm dennoch nicht. Im Gegenteil: Sie erwiderte seinen erwartungsvollen Blick, seine in die Seiten gestemmten Hände, seine herausfordernde Breitbeinigkeit mit gespielter Gleichgültigkeit.

»Dann eben nicht.« Lablais stieg ins Wasser. »Würdest du so lieb sein, den Kessel vom Herd zu nehmen und warmes Wasser nachzugießen?«

Ann ignorierte seine Bitte. »Du hast gesagt, dass dieses Bild etwas absolut Intimes zwischen mir und dir repräsentiert, dass es einen magischen Moment verewigt, einen geheimen Raum eröffnet, zu dem nur wir beide jemals Zutritt haben werden. Von bedingungslosem Vertrauen hast du gesprochen, einer wechselseitigen Auslieferung, du hast gesagt, dass ich ...« Ann brach erneut die Stimme. »Ach, zur Hölle mit dir!«

Lablais schlang die Arme um seine angewinkelten Beine, legte die Stirn auf seinen Knien ab, hob wieder den Kopf und sah sie mitleidig an. »Du hast diesen pathetischen Blödsinn doch nicht ernsthaft für bare Münze genommen? Ich bin Künstler, ein Mann des Augenblicks, ich lebe von Illusionen, nicht nur auf der Leinwand. Das Einzige, was für mich zählt, ist das Hier und Jetzt. Alles ist wahr, solange es dauert, und dann so vergessen wie vergangen. Das hast du doch bereits bei unserer ersten Begegnung so herrlich durchschaut. Verdirb nicht das schöne Spiel!«

»Für mich war es kein Spiel«, sagte Ann. »Irgendwann nicht mehr.«

»Ich habe es auch genossen, mon amour, aber ich bin nun mal käuflich. Mit Schönheit, mit Ausdruck, mit Geld. Mein Vater war, bis er im Schützengraben beide Beine verloren hat, Pferdeknecht auf einem Gutshof in der Nähe von Amiens, und meine Mutter hat der Herrschaft die Bettpfannen geleert, bis die Spanische Grippe sie innerhalb eines Tages dahingerafft hat. Sieben mutterlose Kinder und nur sonntags ein winziges Stückchen zähes Pferdefleisch auf dem Teller ...«

»Soll ich jetzt etwa auch noch Mitleid wegen deiner Arme-Leute-Kindheit haben?«

Lablais kratzte sich am Hinterkopf. »Hast du nicht?«

Ann schüttelte den Kopf.

»Schade. Es stimmt auch nicht. Ich komme aus einer mittleren Beamtenfamilie, bin meiner Eltern einziges Kind, und an der Spanischen Grippe ist meine Tante Jeanne gestorben. Aber das mit der Nähe von Amiens ist die Wahrheit. Und Tante Jeanne habe ich sehr geliebt.«

»Du bist wirklich das Allerletzte, Lablais!«

Er grinste, als hätte sie ihm ein Kompliment gemacht. »Das stimmt wohl. Also nimm die Sache nicht persönlich, Madame von Schoeller! Es merkt sowieso niemand, um wen es sich bei der Dame auf dem Gemälde handelt.«

Ann wurde schlagartig bewusst, wie dämlich sie gewesen war. Sie hatte sich wider besseres Wissen tatsächlich von diesem Blender und seiner Samtstimme einlullen lassen, und es war ebenso absurd wie sinnlos, ihn dafür zur Rechenschaft ziehen zu wollen. Einen Verrat, einen Vertrauensbruch seinerseits gab es allein in ihrem von romantischen Phantasien verkleisterten Kopf.

Sie wollte sich schon umwenden und sich auf den Nachhauseweg machen, zu Johann, der hoffentlich noch wach war und auf sie wartete, als ihr plötzlich etwas durch den Kopf schoss, das ihr wie eine Faust in den Magen fuhr und den kalten Schweiß auf die Stirn trieb.

»Ist dir klar, dass mein Onkel in dieser Galerie verkehrt? Der Arbeitgeber meines Mannes?«

»Na und?«

»Wenn Thelma Wood mich dort auf Anhieb wiedererkannt hat, dann wird Eugène de Sauveterre es erst recht tun. Was, wenn er Johann davon erzählt? Da wird es dann ganz schnell sehr persönlich, denkst du nicht auch?«

»Er kann stolz auf dich sein, der Onkel. Seine Nichte, eine Muse!«

»Seine Nichte, deren Brüste ganz Paris kommentieren wird!«

»Und dabei sind es nicht einmal deine Brüste, sondern Suzettes! Ist das nicht zum Totlachen?«

Ann riss den Kessel vom Herd und warf ihn mit voller Wucht auf Lablais. Wasser spritzte hoch, der Zuber schwankte, als Lablais, bei dem Versuch aufzuspringen, ausrutschte und mit einem lauten Platschen wieder im Badewasser landete.

»Es hängt gar nicht mehr in der Galerie, du dumme

Gans! Der Käufer hat noch eine hübsche Summe obendrauf gelegt, allein dafür, dass er das Werk direkt mitnehmen kann. Einsperren sollte man dich, du gemeingefährliche Irre!«

Lablais griff ins Wasser, schmetterte den Kessel zurück, er verfehlte Ann um Haaresbreite. Hinter ihr ertönte ein schrill quietschender Laut wie der eines sterbenden Tiers. In der Tür stand Fanfan, presste beide Hände auf die Ohren und kreischte. Ann legte ihre Arme um den Jungen, hielt ihn fest, bis er sich wieder beruhigt hatte.

»Was für ein Material!«, schwärmte Sylvia, als Ann ihr am nächsten Morgen die Erlebnisse der Nacht erzählte. »Du bekommst den Roman deines Lebens auf dem Präsentierteller serviert und musst ihn nur noch protokollieren!«

»Ich will gar nicht über mich selber schreiben, das kenne ich doch schon alles.«

»Man schreibt immer über sich selber, auch wenn man das Gegenteil vorhat. Frag Djuna.«

»Nichtsdestoweniger hängt meine nackte Wenigkeit jetzt wahrscheinlich im Schlafgemach irgendeines reichen Lüstlings, der sich bei meinem Anblick schöne Gefühle macht.«

»Und wieder eine Szene von süffiger Ambivalenz, die du vielschichtig ausloten kannst!«

»Sylvia, bitte! Wie rette ich meine Ehe, wenn Johann etwas davon erfährt?«

»Möglicherweise hat den Käufer weniger deine erotische Ausstrahlung gelockt als vielmehr Lablais' Pinselduktus, die malerische Aufgeladenheit deiner Brüste im Streiflicht ... Oder, wie Maurice Denis es formuliert hat: ›Bevor das Gemälde ein Streitross, eine nackte Frau oder eine Anekdote darstellt, ist es im Wesentlichen eine Fläche, die nach bestimmten Gesetzmäßigkeiten mit Farben bestrichen wurde.‹ Sag das deinem Mann, er ist schließlich ein rational ansprechbarer Typ.«

»Um Himmels willen, Sylvia Beach! Hörst du dir eigentlich selber zu?«, fuhr Adrienne dazwischen, die hereingekommen war, um einen Stapel Zeitschriften abzuliefern. »Pinselduktus, malerische Aufgeladenheit, so ein Schwachsinn! Ann bekommt eventuell ein ernsthaftes und sehr konkretes Problem, wenn das die Runde macht.«

»Das Drama vorwegzunehmen hilft aber auch nicht weiter«, sagte Sylvia. »Eine gute Portion Ironie hingegen ...«

»Es macht mich ganz verrückt, dass ich das Gemälde nie gesehen habe«, sagte Ann.

»Ernsthaft?«

»Ich habe mich nicht einmal vor ihm ausgezogen, ich war so blöd und naiv, ihr könnt es euch nicht vorstellen!«

»Doch, können wir«, sagte Sylvia. Sie legte den Arm um Anns Schultern und gab ihr einen Kuss auf die Wange. »Seit Jahr und Tag in meiner frivol-verdorbenen Kompanie zugange, bewahrt sie sich dennoch ihre bürgerliche Unschuld. Das ist meine Ann!«

»Ich gebe dir gleich die bürgerliche Unschuld!«

»Sehr gut! Da ist er wieder: dein Zorn, damit hat alles angefangen.«

»Vielleicht könnte man doch bei Léonce Rosenberg herausbekommen, wer Lablais' Arbeit erworben hat. Wäre das nicht gut zu wissen?«, sagte Adrienne.

»Unter gar keinen Umständen kann ich diese Galerie betreten!«

»Vielleicht über Thelma?«

»Thelma hat schon genug Spaß auf meine Kosten gehabt.«

»Am besten, wir vergessen das Ganze erst einmal«, sagte Sylvia. »Auch Pierre Lablais, diesen treulosen Verräter.«

Ann nickte und wusste, dass das nicht so einfach sein würde.

10

Eine Person, die niemand kennt

D as im Takt ihrer Schritte auf und ab hüpfende
Butterblümchen hinten an Madame Fontaines
scharlachrotem Hut schien ihn zum Abschied noch einmal verhöhnen zu wollen. Er empfand dies als durchaus
angebracht.

Ann riss das Blatt von der Walze, korrigierte einen
Tippfehler, überflog das Blatt noch einmal, schob es
schließlich unter den Stapel mit den restlichen Seiten
und legte ihre Hand darauf, als müsste sie das Geschriebene vor einer Windböe schützen. Beinahe hätte sie
mit dem Ellenbogen den halb vollen Becher mit Kaffee
umgestoßen, der noch vom Vortag dastand, mit einem
schnellen Griff konnte sie gerade noch verhindern, dass
sich die kalte braune Brühe über ihre sauber abgetippten
Seiten ergoss.

Obwohl Ann einen eigenen Raum für sich vorgezogen
hätte, mochte sie ihre »kleine Schreibinsel« gern. Dieser knappe Quadratmeter, den sie in der Wohnung für
sich okkupiert hatte, erfüllte seinen Zweck, und mehr
brauchte sie fürs Erste nicht. Den kleinen Tisch, an dem
sie saß, hatte sie auf Sylvias Betreiben hin aus der Buchhandlung mitgenommen und mit Fernandes Hilfe in die
Rue Cujas geschafft, wo er perfekt in die Fensternische

mit Blick auf den Boulevard Saint-Michel passte. Auch das leinengebundene Schreibheft, das sie gern benutzte, sowie die hübsche grüne Tinte waren Geschenke von Sylvia gewesen. Den Bernstein-marmorierten Füllfederhalter hatte Ann noch aus Berlin mitgebracht, und Adrienne hatte ihr gezeigt, wie sie die eingetrocknete Feder mit lauwarmer Seifenlauge und einem Moltontuch wieder brauchbar machte. Für die moderne Reiseschreibmaschine, die Anns ganzer Stolz war, hatte Fernande bei Printemps einen stattlichen Rabatt herausgehandelt, auch das Papier und die Farbbänder stammten von dort. Ann hegte den Verdacht, dass Letztere nicht ganz legal aus den Materialbeständen für die Stenotypistinnen abgezweigt worden waren, hatte sich aber trotzdem gefreut, als Fernande mit den Sachen angekommen war. Nur drei Tage nach dem heftigen Streit im Atelier hatte sie alles beieinandergehabt, was sie brauchte.

Anders als Janet, Solita oder Djuna war es Ann unmöglich, sich in der Betriebsamkeit des Deux Magots oder eines anderen Cafés zu konzentrieren. Sie brauchte Stille, damit die Stimmen um sie herum nicht die in ihrem Kopf überlagerten. Johann, der es begrüßte, dass seine Frau neuerdings die Abende zu Hause verbrachte, kam nie vor sieben aus der Kanzlei zurück, verzog sich dann meist gleich nach dem Essen noch einmal für zwei oder drei Stunden in sein Arbeitszimmer, sodass Ann nicht durch Zeitungsgeraschel, Husten oder das Gefühl, sich mit ihm unterhalten zu müssen, abgelenkt wurde. Bis Mitternacht blieb sie in der Regel ungestört. Nur einmal hatte Johann sich mit einem Rotweinglas zu ihr ins

Wohnzimmer gesetzt und sie stumm beobachtet, bis sie ihre Arbeit unterbrochen hatte.

»Stört dich das Maschinengeklapper?«

»Es würde mich stören, wenn ich denken müsste, dass du etwas über mich schreibst.«

»Da kann ich dich beruhigen: Ich schreibe über eine Person, die niemand kennt.«

Das stimmte, wie es nicht stimmte.

Zu Beginn war es ihr vorrangig darum gegangen, schreibend ihre eigene Verwirrung zu sortieren, sich abzulenken von den Gedanken, die sie quälten: der Verrat Lablais' und ihre eigene Dummheit in der ganzen Angelegenheit, die Sorge, dass Johann etwas von der Existenz des Gemäldes erfahren und die falschen Schlüsse daraus ziehen könnte, der eigenartige Schwebezustand, in dem sich ihre Ehe befand. In dieser Phase, es waren zum Glück nur wenige Tage gewesen, hatte sie grässliche Sachen zu Papier gebracht, Sentenzen voll mit falscher Gefühligkeit, Ergüsse jammernden, rachsüchtigen Beleidigtseins, selbstgerechte Wutausbrüche, weinerliche Banalität. Nichts hatte gepasst, alles wurde verworfen, der Boden um ihren Tisch war mit ärgerlich zu Schnipseln zerrissenem Papier übersät gewesen, der Ofen im Wohnzimmer mit reichlich Papier befeuert worden. Wären die Freundinnen in der Buchhandlung nicht gewesen, die sie ermutigt und zum Weitermachen gedrängt hatten, Ann hätte sich generelles Nichtvorhandensein jeglichen Talents attestiert und nach nicht einmal einer Woche aufgegeben. Sie war auch so immer wieder kurz davor gewesen. Bei einem ausgedehnten Spaziergang entlang der

Quais, bei dem sie einen Kiesel so lange übellaunig vor sich hergetreten hatte, bis er mit einem hellen Glucksen in der Seine untergegangen war, hatte sie dann plötzlich diese eine Szene vor Augen gehabt und gewusst, dass das eine Spur war, der sie nachgehen musste. Ann war umgehend in die Rue Cujas in ihre Fensternische zurückgekehrt und hatte von Neuem mit der Arbeit begonnen. Seitdem schrieb sie in jeder freien Minute, hämmerte Abend für Abend, sobald sie aus der Buchhandlung zurückkam, auf die Tasten ein, plagte sich noch immer, fluchte wie ein Bierkutscher, aber die Sätze wurden besser, das Geschriebene nahm Gestalt an, immer weniger Seiten landeten im Ofen.

Drei Wochen lang war sie nun mit ihrer Erzählung zugange. Trotz der neu gewonnenen Zuversicht hatte sie immer wieder neue Fassungen erstellt, geschätzte tausend Mal mit jedem einzelnen Satz gerungen, war selbst im Laden kaum in der Lage gewesen, sich nicht ständig etwas zu notieren, das sie später im Text berücksichtigen wollte, war nach Hause gekommen, die Taschen voll mit ungeordnet bekritzelten Zetteln.

An diesem Abend aber gab es keine zu überprüfenden Notate mehr, zum ersten Mal war Ann der Überzeugung, nichts mehr hinzufügen zu können, nichts umformulieren zu müssen. Für weitere Überarbeitungen blieb ohnehin keine Zeit, denn wollte sie ihren Text, wie mit Adrienne besprochen, bei der *Navire d'Argent* einreichen, musste sie ihn noch am selben Abend übersetzen. Morgen früh gingen sämtliche Beiträge für die neue Ausgabe an die Druckerei. Adrienne hatte angekündigt, sie würde bis neun Uhr dreißig warten, keine Sekunde länger. Ann drehte sich um und schaute auf die für das eher bescheidene Wohnzimmer viel zu große Standuhr an der gegenüberliegenden Wand. Es blieben noch etwas mehr als drei Stunden, das war knapp, aber zu schaffen. Wenn es mir tatsächlich gelingt, diesen Termin einzuhalten, dachte Ann, verdanke ich das allein Sylvia, die mich bereits am Vormittag aus dem Laden gejagt hat: »Verschwinde gefälligst, du hast Wichtigeres zu tun!«

Ann spannte ein neues Blatt ein, tippte »L'homme triste«, fand, dass sich der Titel auf Französisch schöner las als auf Deutsch. Umso besser!

Eigenartig, dass sie sich für diese erste Erzählung ausgerechnet in den Kopf ihres Vaters begeben hatte. Professor Schubert wurde zwar nicht namentlich erwähnt, aber es würde jedem, der mit Anns Lebensumständen auch nur ein wenig vertraut war, ein Leichtes sein, zu erraten, wer dem »traurigen Mann« als Vorbild gedient hatte, der da in Berlin am Auguste-Viktoria-Platz im Romanischen Café saß und eine schöne französische Diplomatengattin beobachtete, deren Thorax er einmal mit dem Skalpell eröffnet hatte. Dem Vater würde es missfallen, als Protagonist einer solchen Geschichte aufzutauchen, aber darauf konnte Ann keine Rücksicht nehmen. Abgesehen davon war es unwahrscheinlich, dass eine in Paris erscheinende Literaturzeitschrift den Weg in die Hände eines Berliner Chirurgen fand, der sich, was Druckerzeugnisse anging, ausschließlich für medizinische Fachpublikationen interessierte.

Ann übersetzte weiter, füllte Blatt um Blatt, es ging ihr

leicht von der Hand. Und auch jetzt hatte sie den Eindruck, dass ihre Sätze standhielten, dass ihnen die Übertragung in die geliebte Sprache sogar ausgesprochen gut bekam. Ein weiteres Mal geriet sie in dieses euphorische Fieber, freute sich an jedem fertigen Absatz, war ganz mit sich und ihrem Tun einverstanden – und machte sich dennoch keine Illusionen darüber, dass dieser glückliche Zustand nicht lange anhalten würde. Spätestens wenn sie ihren Text Adrienne vorlegte, wahrscheinlich bereits wenn sie ihn sich gleich noch einmal durchlas, würden sich die Zweifel, das Hadern, die Unsicherheiten zurückmelden.

»Das gehört dazu«, hatte Djuna gesagt, als Ann kürzlich von ihren inneren Kämpfen berichtet hatte.

»Nicht zwingend«, hatte Janet gesagt. »Weniger Drama machen geht auch.«

»In den Zweifeln spiegeln sich vorrangig unsere narzisstischen Eitelkeiten«, hatte Solita gesagt.

Mitunter konnte es strapaziös sein, mit den Freundinnen über das Schreiben zu sprechen. Ann genoss es dennoch jedes Mal. Erst jetzt, dachte sie dann immer, gehöre ich richtig dazu.

»Du musst in deine tiefsten Tiefen vordringen, dahin, wo Panik und Schmerz wurzeln«, hatte Djuna gesagt. »Dann erst kannst du die Realität verdrehen, sie in ihre Bestandteile auflösen, den ganzen Mist in die Luft werfen und zu guter Letzt etwas aus den Scherben basteln, die am Boden deiner Selbst landen – idealerweise ohne dich dabei allzu sehr zu verletzen, und wenn doch, dann gilt: Blut abwischen, weitermachen!«

»Es geht auch ohne Blut und Pathos«, hatte Janet gesagt. »Mach's einfach auf deine Art, Ann! Es ist alles erlaubt, solange ein guter Text dabei herauskommt.«

»Woran erkenne ich einen guten Text?«

»Wenn du ihn vor dir hast, weißt du es.«

»Töte deine Absichten!«, hatte Solita gesagt.

»Ich will absolute erzählerische Notwendigkeit aus jeder deiner Zeilen sickern sehen!«, hatte Adrienne gefordert.

»Und das stellt dann keine Absicht dar, oder wie?«

»Töte auch die erzählerische Notwendigkeit!«

Allein Sylvia hatte sich mit Ratschlägen und Parolen zurückgehalten, hatte allenfalls, wenn die Diskussionen allzu wirr und hitzig geworden waren, gesagt: »Ignoriere sie einfach, Liebes, du schaffst das schon!«

Um zwanzig nach neun zog Ann das letzte Blatt aus der Walze und legte die Seiten mit ihrer Übersetzung auf die anderen Blätter.

War das jetzt ein guter Text? Sie hoffte es, sie hielt es für möglich, sie wünschte es sich so sehr! Aber sie wusste es nicht. Janet hatte also entweder recht oder unrecht. Und sie, Ann, hatte jetzt zwei Möglichkeiten: sich schnellstens auf den Weg machen und Adrienne das Urteil fällen lassen oder zu Hause bleiben und die Chance vertun.

Als Ann beim Aufspringen kurz schwindelte, fiel ihr ein, dass sie nichts mehr zu sich genommen hatte, seit sie am Vormittag nach Hause gekommen war und sich direkt an die Maschine gesetzt hatte. Sie trank den kalten Kaffee aus, holte sich einen übrig gebliebenen Kanten Weißbrot aus der Küche, steckte, noch kauend, die Papierbögen in die lederne Arbeitstasche, die sie Johann abgeschwatzt hatte, und lief aus der Wohnung.

Im Treppenhaus wäre sie beinahe in ihren Mann hineingerannt.

»Ich muss noch einmal weg, den fertigen Text abgeben, es wird nicht lange dauern.«

»Na, da bin ich gespannt.«

Ann fragte sich, ob Johanns Gespanntsein ihrem Text oder dem Zeitpunkt ihrer Rückkehr galt, wahrscheinlich eher Letzterem, aber das konnte sie jetzt nicht kümmern. Johann rief noch etwas hinter ihr her, das sie nicht verstand, weil sie bereits die Tür zum Innenhof aufriss.

»Wünsch mir Glück!«, rief sie die Treppen hoch.

Sie erhielt keine Antwort.

Die Concierge schüttelte missbilligend den Kopf, als sie Ann über den Hof stürmen sah.

»Brennt es etwa bei Ihnen, Madame von Schoeller?«

»Und wie, Madame Martin, und wie!«

Auf dem Boulevard Saint-Michel spazierten die Leute mit Pelzmützen und dicken Wollmänteln herum. Wie schon an den Tagen zuvor fiel leichter Schnee, der am Boden zu schmutzigen Pfützen schmolz. Eine Gruppe älterer Männer hatte sich an der Ecke um einen Eisenkorb versammelt, in dem Zeitungen und Holzlatten brannten, sie rieben ihre Hände über den Flammen, einer röstete eine auf einen Stock gespießte Kartoffel. Die feuchte Kälte kroch Ann augenblicklich unter den Pullover, sie hatte vor lauter Aufregung nicht daran gedacht, sich etwas überzuziehen. Für das kurze Stück bis in die Rue de l'Odéon musste es so gehen.

Als Ann bei Adrienne im Laden ankam, war sie völlig durchgefroren und zitterte am ganzen Leib, ob vor Kälte oder vor Aufregung, sie konnte es nicht sagen.

»Bitte schön!« Sie warf die Papierbögen vor Adrienne auf den Schreibtisch. »Fertig und übersetzt von der Autorin persönlich!«

Adrienne schaute auf ihre Uhr. »Es ist nach halb zehn.«

»Ist das dein Ernst?«

»Natürlich nicht, meine Liebe, lass mal sehen.«

Adrienne öffnete die oberste Schublade ihres Schreibtisches, holte eine Pappkladde und den Rotstift heraus, setzte ihre Brille auf, las die erste Seite, dann die zweite, während Ann beinahe zu atmen vergaß.

»Also, dein Französisch ist wirklich elegant, da können sich manche Muttersprachler etwas abschauen.«

»Heißt das, du nimmst den Text an?«

»Mon Dieu, lass mich doch erst einmal in Ruhe fertig lesen! Du siehst aus wie ein hyperventilierendes Gespenst. Geh rüber zu Sylvia, wärm dich auf, trink heißen Tee, sprich deine Abendgebete und lass dich frühestens in einer halben Stunde wieder bei mir blicken!«

Adrienne warf ihr ein Cape aus grauem Filz zu. »Wenn der restliche Text nur halb so brauchbar ist wie das, was ich hier bereits überflogen habe, bekommst du einen Platz zwischen dem Essay von Zelda Fitzgerald und einer erotischen Miniaturenreihe von Claire Goll.«

»Was aber, wenn du den Rest des Textes fürchterlich misslungen findest?«

»Dann wird auf Teufel komm raus redigiert, oder das Heft wird dünner und der Druck preiswerter. Jetzt geh schon!«

Ann wickelte sich fest in das Cape, das nach Adrienne duftete, nach Rosenöl, Kampfer und einem leichten Hauch von altem Schweiß. Sie verließ den Laden, lief schräg über die Straße zu Shakespeare and Company, wo im Hinterzimmer noch Licht brannte.

»Adrienne lässt mich vielleicht in der *Navire d'Argent* erscheinen! Ich werde eine publizierte Autorin sein, ich …« Ann verstummte.

Sylvia hatte gebieterisch die linke Hand gehoben, den Zeigefinger der Rechten an die Lippen gelegt. Sie stand, bleich und abgekämpft, unter dem funzeligen Schein der Deckenlampe, ausgehfertig in ihrem besten Mantel, trug die neuen Halbschuhe, die sie sich in der vergangenen Woche geleistet hatte, sogar eine Perlenkette hatte sie sich um den Hals gelegt.

»Gehst du noch aus?«

Sylvia wies zum Tisch. Im Halbdunkel saß jemand, vielmehr lag mit dem Oberkörper auf der Tischplatte, den Kopf in den Armen vergraben, der ganze Leib bebte.

»Djuna! Was ist passiert?«

Djuna reagierte nicht.

»Thelma ist verschwunden«, sagte Sylvia.

»Schon wieder?«

Sylvia zuckte mit den Schultern. »Sieht ganz so aus. Sie sitzt schon seit Stunden so da, hat kaum drei Worte mit mir gesprochen, essen will sie nichts, getrunken hat sie wahrscheinlich wie immer viel zu viel, ich bin mit meinem Latein am Ende und sowieso spät dran.«

»Wo willst du hin?«

»Von wollen kann keine Rede sein. Ich muss Mr Joyce zu einem Empfang bei Gertrude Stein begleiten, wo angeblich zu viele Künstler mit raumgreifenden Egos anwesend sein werden, als dass man Joyce alleine dort hingehen lassen könnte. ›Eine Situation, für die höchstes diplomatisches Geschick vonnöten ist‹, hat Gertrude gesagt. Warum muss ich eigentlich immer Kindermädchen oder Feuerwehr bei allen spielen, kannst du mir das sagen?«

Ann nahm sich den freien Stuhl rechts neben Djuna, rückte dicht an sie heran und streichelte ihr über den Rücken, übers Haar.

»Thelma kommt zurück. Sie kommt jedes Mal wieder zu dir zurück, immer und immer wieder, das weißt du doch!«

Ann hörte Sylvia hinter sich scharf einatmen. »Das habe ich ihr auch schon gesagt. An die hundert Mal. Diesmal sei es anders, behauptet sie, keine Ahnung warum, ich habe es nicht aus ihr herausbekommen.«

»Ich kann hierbleiben, später den Laden abschließen und Djuna nach Hause bringen.«

»Würdest du das tun?«

»Natürlich, kein Problem. Ich warte nur noch auf ein Wort von Adrienne. Meine Erzählung ist fertig, und sie liest sie gerade.«

»Ich danke dir so sehr, meine Liebe, du rettest mich aus einer diffizilen Situation!«

Indem ich mich selbst in eine begebe, dachte Ann.

Sylvia ging aus der Tür, kam im nächsten Augenblick noch einmal zurück: »Entschuldige bitte! Ich freue mich natürlich mit dir über die fertige Erzählung, sehr sogar! Adrienne wird zufrieden sein, daran habe ich keinen Zweifel! Von Anfang an habe ich geahnt, dass du eines Tages zur schreibenden Kompanie gehören wirst. Liest du mir morgen vor, ja? Wir müssen dich dann auch bald der Öffentlichkeit präsentieren.«

Ann fuhr sich durchs noch immer vom Schnee feuchte Haar, spürte ihr Herz klopfen, bemühte sich, nicht wie ein glückliches Schulmädchen zu grinsen. »Gern lese ich dir morgen vor, und das mit der Öffentlichkeit hat keine Eile. Mach dich auf den Weg, patronne, es gilt einen Krieg zu verhindern!«

Sylvia warf ihr einen Luftkuss zu, schaute noch einmal bekümmert auf Djuna, dann war sie weg.

Ann goss Pfefferminztee auf, legte noch ein Holzscheit in den Ofen, holte sich eine Handvoll trockener Kekse aus der Büchse, die Sylvia unter der Spüle aufbewahrte, und nahm schließlich wieder neben Djuna Platz.

»Und was tun wir beide jetzt?«

Djuna reagierte noch immer nicht, hatte aber aufgehört zu zittern, ihr Rücken hob und senkte sich im Rhythmus ihrer gleichmäßigen Atemzüge. Vielleicht war sie eingeschlafen. Ann nahm sich eine Ausgabe von George Eliots *Middlemarch*, begann darin zu lesen, konnte sich aber kaum auf die Bedeutung der Worte konzentrieren, fing die erste Seite immer wieder von vorne an.

Etwa zwanzig Minuten später, die sich wie eine halbe

Ewigkeit angefühlt hatten, tönte die Ladenglocke, und Adrienne erschien im Hinterzimmer. Sie hatte die Kladde unter dem Arm, aus der ein Packen Manuskriptseiten herausschaute, zwischen die sie aus irgendeinem Grund blau-weiße Wollfäden und ein langes Holzlineal gelegt hatte. Adrienne deutete auf Djuna, schaute Ann fragend an, winkte aber gleich wieder ab. »Ich kann's mir schon denken. Wo ist Sylvia?«

»Mit Joyce bei Gertrude Stein.«

»Noch so ein Pflegefall. Und was macht ihr hier?«

»Warten natürlich. Sobald ich deine Rückmeldung habe, bringe ich Djuna nach Hause.«

»Nun denn.« Adrienne klopfte auf die Kladde unter ihrem Arm, hob den Daumen. »You have done a convincing job, wie unsere amerikanischen Freundinnen sagen würden. Das wird eine besonders schöne Ausgabe. Ich bin sehr zufrieden.«

Ann rang nach Luft. »Du druckst mich also?«

»Ich werde wahrscheinlich eines Tages einmal stolz darauf sein, dass du bei mir debütiert hast, ma chère! Fein geschliffene Tristesse trifft auf hintergründige Ironie, gewürzt mit einer guten Portion Bosheit, und immer wenn es hübsch zu werden droht, setzt du das Skalpell an, buchstäblich. Du hast anscheinend gute Lehrmeisterinnen.«

»Machst du Witze? Ich werde von den Magistrae der Schreibschule der Finsternis gestählt!«

»Wie überaus schmeichelhaft!« Adrienne zwinkerte Ann zu. »Zwei oder drei Korrekturvorschläge hätte ich tatsächlich noch, nichts Weltbewegendes, das können wir morgen früh besprechen, ich fahre erst gegen elf zu Danterre in die Druckerei.«

»Adrienne! Ich glaube es nicht, ich freue mich so!«

»Glaub es und freu dich, aber fessle dir dein Entzücken nicht allzu lange ans Bein.«

»Keine Sorge, Madame la professeure.«

»Was tust du stattdessen?« Adrienne schaute Ann streng über den Rand ihrer Brille hinweg an.

»Ich mache mich umgehend wieder an die Arbeit und beweise dir, dass ich mehr als Anfängerglück zu bieten habe?«

»Exactement! Willkommen in der Riege der in Odéonia entdeckten Talente! In etwa einer Woche kannst du dich publizierte Schriftstellerin nennen, und Sylvia wird überlegen, ob sie ein Foto von dir auf den Kamin stellt.«

Ann sprang auf und fiel ihr nun doch um den Hals. »Danke, danke, danke, danke!«

Adrienne ließ sich den Gefühlsausbruch eine Weile gefallen, schob Ann dann freundlich, aber entschieden von sich. »Dank dir selbst. Wir werden deine Geschichte übrigens noch beim Berliner Kollegen Wedderkop für den *Querschnitt* einreichen. Ich möchte, dass sie auch in deiner Muttersprache erscheint.«

»Hm.«

»Ist das ein Problem?«

»Was, wenn mein Vater sie zu lesen bekommt, irgendeine literaturaffine Patientin sie ihm in die Hände spielt?«

»Berufsrisiko. Willst du zurückziehen?«

Das wäre dann ein weiteres Pulverfass mit meinem Namen darauf, das auf den Funken wartet, dachte Ann.

Nicht genug damit, dass irgendwo da draußen ein skandalträchtiges Gemälde von ihr herumgeisterte, jetzt sollte sie auch noch eine eindeutig mehrdeutige Geschichte über den Vater nach Berlin gelangen lassen. War das klug? Nein, war es nicht.

»Ich ziehe nicht zurück, Adrienne, auf gar keinen Fall!«

»Bravo, so soll es sein! Ich wünsche dir eine gute Nacht!«

Adrienne nahm sich das Filzcape von der Lehne, über die Ann es zuvor geworfen hatte, und legte es sich um. Dann sah sie auf Djuna, zögerte, nahm das Cape wieder von ihren Schultern und warf es Ann zu. »Du wirst es dringender brauchen als ich. Kommt ihr zurecht?«

»Ich denke schon.«

Adrienne hatte eben die Ladentür hinter sich geschlossen, da hob Djuna den Kopf von den Armen. Sie sah verheerend aus: Die Augen schwarz verschmiert, verquollen und verheult, unter ihrer rechten Braue klebte ein verrutschter Kranz künstlicher Wimpern, das dunkle Rot ihres Lippenstifts verteilte sich über das halbe untere Gesicht, das Haar stand ihr wirr vom Kopf.

»Was weißt du denn schon vom Leben, Schoeller?«

Ann klaubte Djuna den Wimpernkranz von der Braue, zog ein Taschentuch aus ihrer Rocktasche und reichte es ihr. »Ich weiß in der Tat kaum etwas, Barnes, nur so viel, dass es mich umbringt, dich so zu sehen!«

Djuna schnäuzte sich geräuschvoll ins Taschentuch, reichte es Ann zurück. »So leicht bist du umzubringen?«

»Ja, so leicht! Also lass mich dafür sorgen, dass es dir besser geht, es ist schließlich eine Frage meines Überlebens.«

»Du kannst mich mal!«

Djuna knickte wieder nach vorne um, knallte mit ihrer Stirn auf den Tisch, blieb dort wie ohnmächtig liegen. Unter der Platte aber tastete sie nach Anns Hand und drückte sie, als sie sie gefunden hatte, so fest, dass es schmerzte.

Ann zog Djunas Hand zu sich heran, legte sie an ihre Lippen. »Du musst wieder die Alte werden, Djuna, ich brauche deine überspannten Visionen, deine zweideutigen Witze und deine Expertise bezüglich der Verträglichkeit harter Drinks. Wie soll ich sonst auch nur eine Nacht in dieser Stadt überleben?«

Djuna begann zu schluchzen. »Ich habe meine Geliebte zum Teufel geschickt, Ann, meine Seele verloren, die Liebe verbannt, ich bin nicht mehr zu retten!«

Sie drehte Ann ihr Gesicht zu, schwarzer und roter Schleim verteilte sich auf einer Rechnung für Holzkohlebriketts und Waschbenzin.

»Niemand von uns ist zu retten, das sagst du doch selbst immer. Und Thelma wartet bestimmt bereits sehnsüchtig auf dich, sie ist nur zu stolz, um herzukommen. Darf ich dich nach Hause bringen?«

Djuna schloss die Augen, stöhnte. »Da ist Thelma aber nicht.«

»Dann wartest du eben dort auf sie.«

»Ich habe ihr die Schlüssel aus dem Fenster hinterher geworfen und später unten auf der Straße nicht mehr finden können. Ich würde da ohne Brecheisen gar nicht mehr reinkommen.«

Ann seufzte bekümmert. »Und was machen wir jetzt?«

»Gemeinsam sterben.«

»Viel zu melodramatisch.«

Der Anflug eines Lächelns erschien auf Djunas Gesicht. »Ich hab dich sehr lieb, Schoeller, weißt du das eigentlich? Du wirst eine interessante Schriftstellerin abgeben, wenn du erst einmal richtig aus dem Ei gekrabbelt bist! Hoffentlich erlebe ich das noch.«

Ann lag auf der Zunge, dass, was sie anging, die Zeit für Kükenmetaphern endlich einmal vorbei sein musste, aber ein weiterer Blick auf Djuna überzeugte sie davon, dass es jetzt nicht um sie selbst zu gehen hatte. »Lass uns dich ein wenig herrichten, und dann schauen wir, ob deine Frau wieder zu Hause ist, ob wir sie dazu bewegen können, dir die Tür aufzumachen, um sich mit dir zu versöhnen.«

Hinter den Fenstern von Djuna und Thelmas Wohnung im zweiten Stock brannte kein Licht. Sie klingelten Sturm, warfen Kiesel an die Scheiben, riefen Thelmas Namen, es rührte sich nichts.

»Ich hab dir doch gesagt, sie ist weg. ›Dann gehe ich eben zum Teufel, wenn es das ist, was du willst‹, war das Letzte, das ich von ihr gehört habe. Ich war absolut furchtbar zu ihr!«

»Sollen wir den Concierge wecken?«

»Auf keinen Fall, der hat letzte Woche erst mit Kündigung gedroht.«

Djuna warf einen weiteren Kiesel nach oben, eine Scheibe ging klirrend zu Bruch.

Im ersten Stock riss jemand ein Fenster auf, eine tiefe Männerstimme schrie: »Ich rufe jetzt die Polizei!«

Ann packte Djuna am Arm und zog sie in den Eingang des Nachbarhauses. »Lass uns gehen. Ich richte dir ein Bett auf dem Sofa bei uns in der Rue Cujas, du schläfst dich aus, und morgen sehen wir weiter.«

»Wir müssen sie finden, Ann! Ich habe Angst, dass sie sich diesmal wirklich etwas antut. Sie ist völlig außer Kontrolle, war sie gestern schon. Sie wird irgendetwas schlucken, rauchen oder durch die Nase ziehen, das ihr den Rest gibt. Jemand wird sie überfallen und vergewaltigen ...«

»Wir können nicht die ganze Stadt nach ihr absuchen!«

»Geh du nur zurück zu deinem Mann. Ich kann auch alleine die Runde machen, ich brauche deine Hilfe nicht!«

Ann musterte Djuna. Sie hatte ihr über dem Waschbecken notdürftig das Gesicht gereinigt, mit dem Kajalstift die Augen nachgezogen und auch den Lippenstift frisch aufgelegt, und dennoch sah Djuna noch immer grauenhaft aus, nicht nur äußerlich derangiert mit der über dem Knie zerrissenen Seidenstrumpfhose und dem vom Matsch der Gassen verdreckten Mantel. Sie war aufgerieben und gebrochen, abgrundtief traurig und halb tot vor Kummer, es war ausgeschlossen, sie in diesem Zustand alleine zu lassen. Ann verfluchte Thelma und den desaströsen Wahnsinn dieser Amour fou, überlegte, wie sie die Freundin dazu bewegen könnte, mit ihr zu kommen, in die Sicherheit ihrer Wohnung oder zurück in die Buchhandlung oder zu Adrienne. Djuna riss sich von ihrem Arm los, rannte die Rue Saint-Romain entlang in Richtung Boulevard du Montparnasse.

Ann lief hinterher, ihre Schritte knallten auf das Straßenpflaster, Adriennes Filzumhang, der ihr viel zu groß war, wickelte sich zwischen ihre Beine, sodass sie Mühe hatte, nicht zu stürzen. »Warte!«

Djuna hielt an, bis Ann aufgeholt hatte und keuchend neben ihr stehen blieb.

»Welchen Ort bevorzugt Thelma denn, wenn sie zum Teufel geht?«

»Der erste ist gleich hier um die Ecke.«

Djuna schob ihren Arm unter Anns Arm, legte ihre Schläfe an Anns Schläfe. »Danke, Schoeller! Du bist eine wahre Verbündete.«

Ann zweifelte stark daran, dass das, was sie vorhatten, in irgendeiner Weise zum Ziel führen würde, egal ob sie Thelma ausfindig machten oder nicht. Das einzig Vernünftige wäre es, Djuna von ihrem Vorhaben abzubringen, aber das schien fürs Erste nicht möglich zu sein, und auch dafür musste Ann zunächst einmal bei ihr bleiben.

Sie dachte an Johann, überlegte, ob sie versuchen sollte, aus einer der Bars, durch die sie mutmaßlich ziehen würden, zumindest Madame Martin telefonisch zu erreichen, damit sie oben in der Wohnung Bescheid sagte, verwarf diesen Gedanken aber in Anbetracht der fortgeschrittenen Uhrzeit. Johann würde wieder einmal vergeblich auf sie warten, nicht wissen, wo seine Frau abgeblieben war, sich um sie sorgen und sich über ihre Unzuverlässigkeit aufregen. Wenn sie so weitermachte, würde er vielleicht sogar irgendwann die Scheidung einreichen, und sie konnte froh sein, wenn ihr der Vater erlaubte, zurück zu ihm in die Villenkolonie zu ziehen. Was würde sie in diesem Fall machen? Schreiben, sie würde auch dann schreiben. In dem Haus, durch das nachts noch immer das Echo der Schreie ihrer Mutter hallen konnte?

Ann winkte einen zerlumpt aussehenden Jungen heran, der auf der Treppe zum Hôpital des Enfants-Malades herumlungerte, schrieb etwas in ihr Notizbuch, riss das Blatt heraus, faltete es zusammen und reichte es dem Jungen zusammen mit einem Fünf-Francs-Schein.

»Bring das bitte in die Rue Cujas 22! Weißt du, wo das ist?«

»Ja, gleich bei der Sorbonne«, sagte der Junge, während er blitzschnell den Schein in seiner Hosentasche verschwinden ließ.

»Monsieur von Schoeller wird dir dort noch einmal einen Schein aushändigen, wenn du die Nachricht überbracht hast.«

»Jawohl, Madame!«

»Und beeil dich!«

Ann sah dem Jungen hinterher, bis er hinter der nächsten Ecke verschwunden war.

»Können wir?«, fragte Djuna leicht ungehalten.

Immerhin hatte es aufgehört zu schneien.

II

Die Lerche verkündet den Tag

Sie wanderten auf verwinkelten Wegen, deren Logik Djuna alleine zu kennen schien, durch die Straßen und Gassen von Montparnasse, klapperten Bars, Cafés, Restaurants ab, durchkämmten eine zwielichtige Trinkhöhle nach der anderen, stiegen Kellertreppen hinunter und Holzstiegen hinauf, zwängten sich durch überfüllte Schankräume, befragten Kellner, Garderobieren, Animiermädchen, Barmänner – ohne Erfolg. Thelma war nirgends, keiner konnte etwas über ihren Verbleib sagen, niemand hatte sie gesehen. Nach jedem dieser Fehlschläge versuchte Ann Djuna zu überreden, die Suche abzubrechen und am nächsten Morgen fortzusetzen, erhielt aber stets nur ein kategorisches »Nein!« zur Antwort. Zweimal waren sie noch durch die Rue Saint-Romain gegangen, aber die Fenster zu Djunas und Thelmas Wohnung waren jedes Mal dunkel gewesen, und niemand hatte auf ihr Klingeln reagiert. Im Monocle, einer Bar am Boulevard Edgar Quinet, die Djuna einen »saftig sapphischen Tempel« nannte, aß Ann gegen Mitternacht eine Suppe, um nicht vor Hunger in Ohnmacht zu fallen, wehrte dabei die Avancen einer älteren Dame ab, die unbedingt eine Flasche Lanson Brut mit ihr trinken wollte. Djuna knabberte währenddessen an einer halben Scheibe Brot und hielt sich, wie in sämtlichen Lokalitäten, die sie auch nur länger als zwei Minuten frequentiert hatten, an irgendetwas Hochprozentigem fest, Calvados, Whiskey, Cognac oder Brandy. Ann schaute gar nicht mehr hin, es grenzte an ein Wunder, dass Djuna sich noch auf den Beinen halten konnte. Aus dem Monocle kommend, irrten sie noch über den nahe gelegenen Friedhof, versuchten vergeblich, das Grab von Baudelaire ausfindig zu machen, von dem Djuna behauptete, es sei »gerade noch da gewesen«, und riefen, ebenso vergeblich, laut nach Thelma. Vielmehr: Djuna rief, und Ann flehte die Toten an, dem Spuk ein Ende zu bereiten, bevor sie beide von einer Polizeistreife verhaftet wurden. Eine weitere Stunde und vier Kneipen später betraten sie in der Rue de Regard ein Bordell, das Ann auf den ersten Blick für ein besonders luxuriös ausgestattetes Restaurant hielt, bis ihr die Mädchen auffielen, die, mit nichts als einer rosa Schleife um die Hüften, an den Tischen entlangdefilierten. Die leitende Madame, Djuna nannte sie »Schneckenmama« und schien sie gut zu kennen, kam ihnen in einer Tunika aus schwarz-goldenem Satin entgegen, bat sie mit ausgesuchter Höflichkeit, das Etablissement bitte umgehend wieder zu verlassen, denn der *odeur de chagrin*, den sie ausdünsteten, sei schlecht fürs Geschäft. Ann bekam noch eine Handvoll Bonbons geschenkt, Djuna ließ sich einen Kelch Champagner mit auf den Weg geben, den sie, sobald sie ihn geleert hatte, an der Mauer des Collège Stanislas zerschmetterte. An der Ecke Saint-Placide, Rue de Vaugirard kam ihnen ein Mann entgegen, der einen ausgewachsenen Leoparden an der Leine führte, und hätte Djuna nicht »O mein Gott, wie wunderschön diese Bestie ist!« gesagt, Ann wäre überzeugt gewesen, Opfer einer Halluzination aufgrund von akuter Übermüdung geworden zu sein. Mann und Raubkatze waren eben um die Ecke geschlendert, da blieb Ann mitten auf dem Trottoir stehen und sagte: »Ich kann nicht mehr! Es ist drei Uhr früh, ich habe das Gefühl, in absolut jeder Spelunke zwischen linkem Seineufer und Boulevard du Montparnasse gewesen zu sein, meine Füße sind bereits vor einer Stunde abgestorben, ich werde jetzt einfach hier an Ort und Stelle umfallen und im Rinnstein liegen bleiben, wenn wir diesen Wahnsinn nicht sofort beenden.«

Djuna griff in ihre Manteltasche, holte eine kleine Dose aus gepunztem Silber hervor, klappte sie auf und bot Ann ein weißes Pulver an. »Das wird dich aufmuntern.«

»Kommt nicht infrage!«

»Dann gehen wir noch schnell ins Zèbre vert, es ist nur zwei Minuten von hier.«

»Nein!«

»Diese allerletzte Chance musst du mir geben, danach kannst du mich bringen, wohin auch immer es dir beliebt.«

Djuna hob die Hand und legte sie sich mit theatralischer Geste an die Brust. »Ich schwöre bei allem, was mir heilig ist!«

»Dir ist nichts heilig.«

»Bitte, Ann, nur noch dieser eine Versuch, dann ist Schluss. Versprochen!«

»Warum, Djuna? Warum sollten wir ein weiteres Mal in eine Bar mit bescheuertem Namen gehen, wenn wir bereits in tausend anderen Bars mit anderen bescheuerten Namen waren? Was, um Himmels willen, lässt dich glauben, dass wir dort mehr Erfolg haben könnten?«

»Weil mir eingefallen ist, wo Thelma sich aufhalten könnte, wenn sie nicht von mir gefunden werden will.«

»Das ist vollkommen unlogisch!«

»Eben drum!«

Statt der von Djuna angekündigten zwei dauerte es mindestens zehn Minuten, bis sie in den Hof eines Hauses in einer stillen Seitengasse einbogen, die von der Rue de Rennes abging. Im Hinterhof blieben sie vor einem Kellerlokal stehen, aus dem schmissige Tanzmusik erklang.

»Hier ist es«, sagte Djuna.

»Wir werfen nur kurz einen Blick hinein!«, sagte Ann.

»Ja, ja, beruhige dich! Ich muss zumindest auf die Toilette gehen dürfen, wenn ich mich nicht einpinkeln soll.«

Sie stiegen die Stufen zum Entree hinunter. Ann musste Djuna stützen, damit sie nicht über ihre eigenen Füße stolperte und sie gemeinsam die Treppe hinunterstürzten. An die Eingangstür war ein lachender grünweiß gemusterter Zebrakopf gemalt, hinter den Scheiben hingen dunkle Vorhänge, durch einen kleinen Spalt konnte man jedoch erkennen, dass drinnen reger Betrieb herrschte. Sie betraten einen für einen Hinterhofkeller verblüffend weitläufigen und nobel eingerichteten Raum, an dessen Ende eine Bühne war, auf der drei Tänzerinnen mit turmhohen Federbüschen auf den Köpfen synchron ihre langen Beine im Takt der Musik schwangen. Neben der Bühne spielte ein Orchester, weiß eingedeckte Tische standen dicht an dicht und waren bis auf den letzten Platz mit elegant, aber nicht exzentrisch gekleideten Menschen besetzt, überwiegend Frauen. Fünf gewaltige Kronleuchter warfen von der stuckverzierten Decke ihr schimmerndes Licht auf die Szenerie, es herrschte eine ausgelassene Stimmung, man klatschte und jubelte, als die Tänzerinnen, gleich nachdem Ann und Djuna von einem jungen Mann ihre Capes abgenötigt bekommen hatten, unter zahlreichen Verbeugungen und Luftküssen von der Bühne gingen.

»Du denkst, Thelma ist hier, ausgerechnet in einem Varieté, in dem eher das gehobene Bürgertum verkehrt?«, fragte Ann.

»Sie hatte mal was mit der Schwester des Inhabers.«

Djuna deutete auf zwei freie Hocker seitlich an der Bar, die fast die gesamte rechte Seite des Raums einnahm.

»Und du wirst sehen, die Bourgeoisie, die sich hier unterhalten lässt, ist gar nicht mal so übel.«

»Fünf Minuten!«, sagte Ann. »Dann ist Schluss!«

»Zwei Old Fashioned, bitte!«, sagte Djuna zu dem blutjungen Barmann, der mit seinem um den Kopf gebundenen Tuch wahrscheinlich hoffte, wie ein Pirat auszusehen.

»Für mich lieber Kaffee, danke!«

»Zwei Old Fashioned und einen Kaffee also«, sagte Djuna.

Der Barmann holte zwei Gläser unter der Theke hervor, schaufelte Eiswürfel hinein, griff, ohne genauer hinsehen zu müssen, nach einer Flasche hinter sich im Regal. Anns Versuche, ihm zu signalisieren, er möge sparsam mit dem Bourbon sein, schien er nicht bemerken zu wollen.

Auf die Bühne schritt jetzt unter leidenschaftlichem Applaus eine hochgewachsene Frau in einem glitzernden, mit Pailletten bestickten schwarzen Abendkleid. Das Kleid verfügte über eine lange Schleppe, die die Frau mit einer lasziven Drehung in einem formvollendeten Halbkreis um ihre Beine drapierte, als sie vor dem Standmikrofon in der Mitte zum Stehen kam. Das Licht auf der Bühne ging aus, die Kronleuchter erloschen, ein einzelner Scheinwerfer richtete sich auf die Künstlerin. Sie hatte dicke, bis zu den Hüften fließende weißblonde Haare, das Diadem, mit dem sie sich gekrönt hatte, funkelte im Lichtstrahl des Scheinwerfers mit den langen Ohrringen um die Wette, ihre Augen waren dunkel umrandete Bergseen, der Mund eine glutrote Orchidee. Ann fand, dass sie umwerfend aussah. Der Pianist schlug einige Akkorde an, die Streicher fielen mit ein, dann die Flöten und Blechbläser, die Frau hob das Kinn, schloss die Augen, breitete beide Arme aus und begann zu singen.

»There's a saying old, says that love is blind.«

Ann stutzte, beugte sich zu Djuna hinüber und flüsterte: »Ist das ein Mann?«

»Travestie, mein Herz«, sagte Djuna. »Welche Juwelen sie im Höschen trägt, spielt keine Rolle. Mademoiselle Odette ist so oder so eine Offenbarung, findest du nicht auch?«

»So I'm going to seek a certain lad I've in mind.«

Die Sängerin streckte die Arme nach vorne aus, krümmte lockend beide Zeigefinger.

»Doch, ja«, sagte Ann.

Der Barmann stellte ihnen die Cocktails und den Kaffee hin, Djuna leerte das erste Glas, ohne es einmal abzusetzen, hatte bereits nach dem zweiten gegriffen, als Ann gerade mal an ihrem Kaffee nippte.

»Trink lieber ein bisschen langsamer!«

»Für Langsames bin ich nicht geschaffen.«

Wohin soll das noch führen?, dachte Ann. Wie kämen sie aus dieser Situation wieder heraus? Wenn es so weiterging, würden sie niemals wieder zurückfinden aus dieser Nacht, würden ewig weiterwandern von Ort zu Ort, gefangen in einem sinnlosen Vabanquespiel, aus dem es kein Entkommen gab. Nein, weitaus wahrscheinlicher war es, dass sie, Ann, das Erscheinen ihrer ersten Erzählung verpasste, weil sie in wenigen Minuten über dem Tresen eines Travestie-Varietés zusammenbrechen und vor Erschöpfung zu Tode kommen würde.

»I'd like to add his initial to my monogram.«

Wenn das rauchige Timbre von Mademoiselle Odettes Bassstimme allerdings das Letzte sein sollte, das sie im Leben zu hören bekam, dann gab es schlechtere Abgänge.

Ann dachte, dass sie sich diesen Satz aufschreiben sollte.

»There's a somebody I'm longin' to see.«

Die Sängerin schlang beide Hände um das Mikrofon und wiegte sich in den Hüften.

Ann schloss die Augen.

»I hope that he turns out to be.«

Djuna legte ihren Kopf auf Anns Schulter. »Schön, nicht wahr?«

»Sehr!«

»Someone to watch over me.«

Mademoiselle Odette riss die Arme in die Höhe.

»Someone to watch over meeeeeeee ...«

Sie modulierte die Kadenz auf der finalen Silbe in einer sich überschlagenden Tonkaskade in immer höhere Höhen, bis ihre Stimme sich schrill überschlug. Der Scheinwerfer ging aus, die Bühne blieb mehrere Sekunden lang im Dunkeln, es herrschte Totenstille. Dann flammte die Beleuchtung wieder auf, und jemand aus dem Publikum rief: »Bravo!« Die Gäste sprangen von ihren Stühlen und tobten vor Begeisterung, ein Blumenregen ging auf die Bühne nieder. Mademoiselle Odette verneigte sich unzählige Male, bis sie, den Arm voller roter Rosen, denn nur die hatte sie aufgehoben, hinter dem grün-weiß gestreiften Vorhang verschwand. Das Publikum raste weiterhin, trampelte mit den Füßen, rief: »Encore! Encore! Encore!«

Das Orchester begann wieder zu spielen, eine sanfte atmosphärische Melodie, die die Gemüter beruhigte.

Ann trank ihren Kaffee, schaute sich dabei unter den Gästen um und kam bei näherer Betrachtung zu der Überzeugung, dass von den vier Damen, die an dem sich ihnen am nächsten befindenden Tisch saßen, vermutlich nur eine »die Juwelen einer Frau im Höschen trug«, wie Djuna es ausdrücken würde. Auch an den anderen

Tischen waren die meisten der Damen rein biologisch wohl eher als »Herren« zu bezeichnen, bei einigen anderen hingegen wäre es sehr schwer, sich festzulegen.

Djuna sah sie von der Seite an. »Ts, ts, ts, Schoeller!«

»Was denn?«

»Deine Blicke sprechen Bände!«

»Gar nicht!«

»Der Sinn von Etablissements wie diesem ist, abgesehen vom überlebensnotwendigen Spaß, den man hier hat, dass man keine Grenzen zu ziehen braucht zwischen Männlein, Weiblein, Gürklein und Diamantencollier. Also lass gefälligst das Maßnehmen, nimm die Leute einfach so hin, wie sie sich hier und jetzt inszenieren möchten, und genieß die Freiheit, die uns das allen schenkt. Du willst Schriftstellerin sein? Dann schau dir das Leben mit offenen Augen an!«

»Tu' ich doch.«

Der Barmann stellte eine Schale mit Kräckern vor ihnen ab.

»Bring mir noch so einen, mein Hübscher!« Djuna hob ihr Glas, in dem die Eiswürfel klirrten.

»Djuna, bitte! Du hattest wirklich mehr als genug! Wolltest du nicht auf die Toilette gehen?«

»Djuna, bitte …«, äffte Djuna Ann nach. »Was bist du, meine verdammte Mutter?«

Der Barmann hob die Brauen. »Heißen Sie vielleicht Djuna Barnes?«

Seine Augen waren mit schwarzem Kajal umrandet, dazu hatte er hellblauen Lidschatten aufgelegt, der hervorragend zu seiner Augenfarbe passte.

Djuna und Ann starrten ihn gleichermaßen überrascht an.

»Wie kommen Sie denn darauf?«, fragte Djuna.

»Ja, so heißt sie«, sagte Ann.

»Der Vorname ist nicht gerade häufig«, sagte der Barmann und ging zum hinteren Ende der Bar, wo er mit einer Kollegin sprach. Kurz darauf kam er mit einem hellgelben Briefumschlag zurück und schob ihn Djuna zu. Mit roter Tinte war die Karikatur eines Äffchens darauf gemalt, das mit zwei Stöcken auf eine Trommel schlug. Daneben stand, ebenfalls in roter Tinte:

An Miss Djuna Barnes,
persönlich auszuhändigen!
Für Junie, meine ewig Einzige!
Von ihrem ewig! einzigen! Simon.

»Ich habe es dir doch gesagt!«

Djuna schnappte sich den Umschlag, öffnete ihn und entnahm die Karte, die darin steckte. Als Djuna sie aufklappte, fielen getrocknete Blütenblätter heraus.

»Wer ist Simon?«, fragte Ann.

Djuna antwortete nicht. Sie las die Karte und riss sie anschließend in winzige Fetzen. Dann fegte sie die Schnipsel mit der Faust vom Tresen, nahm sich das randvolle Glas, das dem Herrn neben ihr eben erst serviert worden war, setzte es an ihre Lippen, trank in großen Schlucken und fiel mitsamt dem Glas hintenüber vom Barhocker. Dabei brachte sie eine vorbeilaufende Kellnerin zu Fall, die ein mit Gläsern und Flaschen vollbeladenes Serviertablett trug. Der Lärm war unbeschreiblich.

Die Kellnerin fluchte laut, das Orchester unterbrach sein Spiel, an den umliegenden Tischen waren die Damen aufgesprungen, alle schauten entsetzt auf das Chaos, das sich ihnen darbot. Der Barmann rief: »Antoine! Ich brauche hier Verstärkung!«, und sagte zu Ann: »Seht bloß zu, dass ihr euch davonmacht, du und deine besoffene Schickse!«

Ann kniete sich neben die reglos am Boden liegende Djuna und begann zu weinen.

Da legte sich von hinten eine Hand auf ihre Schulter. Sie drehte sich um und blickte in die weit aufgerissenen grauen Augen einer älteren Dame in einem pfirsichfarbenen Kleid mit Blütenstickereien. Obwohl das Gesicht der Dame zur Hälfte von einem kleinen Schleier verdeckt wurde, der mit einer Brosche in Margeritenform an ihrem farblich zum Kleid passenden Hütchen angebracht war, kam sie Ann bekannt vor. Sehr bekannt.

»Sind Sie das, Onkel?«

»He!«, sagte die Kellnerin, die rasch wieder auf den Beinen gewesen war und sich gerade eine Scherbe aus dem Handrücken zog. »Siehst du denn nicht, dass das eine Tante ist?«

Djuna kam stöhnend zu sich und richtete sich auf. Sie schien auf wundersame Weise unverletzt zu sein.

»Heute früh hat Thelma das Schiff nach New York bestiegen«, sagte sie. »Und kotzen muss ich demnächst auch.«

»Komm!«, sagte Eugène. »Schaffen wir sie hier raus.«

Ann weinte noch immer, als sie und Eugène Djuna draußen im Hof auf einer leeren Flaschenbierkiste absetzten, nachdem sie sich in einen Mülleimer erbrochen hatte.

Sie fuhr sich mit dem Ärmel über das verheulte Gesicht. »Ich gehe rein und hole Eiswasser für Djuna.«

»Lass mich gehen«, sagte Eugène. »Die Gemüter dadrinnen dürften noch immer reichlich erhitzt sein. Verhindere einstweilen, dass deine Freundin von der Bierkiste fällt.«

»Ja, Onkel, nein ... Entschuldigung! Wie sage ich denn jetzt?«

»Dort drinnen nennt man mich Virginie, aber für dich bin ich noch immer Eugène. Den Onkel kannst du dir allerdings in Zukunft sparen, und das Du wäre inzwischen auch angebracht.«

»Virginie«, murmelte Djuna.

»Das ist ein schöner Name!«, sagte Ann.

Eugène strich ihr lächelnd über die Wange und ging noch einmal zurück ins grüne Zebra.

»Wie konntest du mir diese wunderbare Tante verheimlichen?«, sagte Djuna und fiel in Anns Arme.

Sie heulten gemeinsam, bis Eugène, bewaffnet mit ihren Capes, einer Flasche Wasser und zwei Servietten, wieder bei ihnen war.

Ann wusch Djuna das Gesicht, ließ sie den Mund ausspülen, legte ihr das Cape um und half ihr beim Aufstehen.

»Lass uns noch etwas trinken gehen«, sagte Djuna.

»Nur über meine Leiche«, sagte Ann.

»Virginie, Darling! Wann ist deine Nichte so herrisch geworden?«

»Sie sollten jetzt wirklich nach Hause gehen, Miss Barnes. Wir sollten alle nach Hause gehen.«

Da begann Djuna so laut zu schluchzen, dass Eugène und Ann sie rasch aus dem Hinterhof herausführten, vielmehr schleppten, denn sie konnte kaum drei Schritte gerade gehen, sackte immer wieder zusammen.

Bei der Gare Montparnasse machten sie eine Pause, setzten Djuna auf eine Bank und flößten ihr das restliche Wasser aus der Flasche ein. Eugène erstand bei einem Straßenhändler eine Tüte Zimtrollen, von denen Ann zwei an Ort und Stelle hinunterschlang. Während sie aß, erzählte sie Eugène, wie sie und Djuna in diese Situation geraten waren und dass sie es irgendwie mindestens bis in die Rue de l'Odéon schaffen mussten.

»Pass auf!«

Vom Bahnhof her näherte sich ein Polizist. Eugène zog sich den Schleier tiefer ins Gesicht und tat so, als würde er sich an Djuna wenden, sodass er dem Polizisten den Rücken zukehren konnte.

»Alles in Ordnung, Mesdames?«

Ann rutschte ein Stück nach vorne, um dem Polizisten die Sicht auf Eugène und Djuna zu erschweren. »Ja, vielen Dank, Monsieur, meine Freundinnen und ich haben uns nur ein wenig ausgeruht, während mein Mann sich dort drüben Zigaretten holt. Wir kommen von einer Geburtstagsfeier und wohnen gleich hier um die Ecke.« Sie deutete vage in die entgegengesetzte Richtung.

Der Gendarm schien sich mit Anns Informationen zufriedenzugeben, verzichtete darauf, sich die Freundinnen näher anzusehen, und drehte ab.

»Uff!«, sagte Eugène. »Die meisten hiesigen Ordnungshüter lassen unsereins in Ruhe, aber man weiß nie, ob man nicht doch an einen Hundertzehnprozentigen gerät und die Nacht auf der Wache verbringen muss. Wir sollten schleunigst sehen, dass wir von der Straße wegkommen. Am besten gehen wir zu mir.«

Der Weg zu Eugènes Wohnung führte sie durch die Rue Delambre, direkt an dem Haus vorbei, hinter dem sich Lablais' Atelier verbarg. Dieser vermaledeite Lablais!, dachte Ann. Sie wandte ihr Gesicht ab, versuchte das Tempo zu beschleunigen, mit dem sie Djuna durch die Straße schleiften, bis sie bemerkte, dass Eugène sie beobachtete.

»Alles in Ordnung?«

»Ja. Ich bin nur erschöpft, sonst nichts.«

Trotz Djunas Zustand schafften sie es in einer Viertelstunde zu Eugènes Wohnung. Djuna bekam zwei Alka-Seltzer verabreicht, anschließend brachten sie sie mit vereinten Kräften in Eugènes Gästezimmer zu Bett.

»Wie kann ich dir jemals genug danken?«

»Indem wir dies hier«, Eugène deutete auf sein pfirsichfarbenes Kleid und griff sich ans Hütchen, »diskret behandeln.«

»Du hast mich um vier Uhr früh in einem Nachtclub aufgegabelt und aus einer äußerst kompromittierenden Situation gerettet, während mein Mann dachte, ich übernachte bei meinen Arbeitgeberinnen. Also wer hier wen um größere Diskretion bitten muss ...«

»Du weißt, was ich meine«, sagte Eugène.

»Wir hüten gegenseitig unsere kleinen Geheimnisse, von Nachtschwärmerin zu Nachtschwärmerin?«

»Abgemacht! Ich werde mich rasch wieder in einen Onkel zurückverwandeln, dann schauen wir, wo wir dir etwas für die Nacht herrichten können.«

Eugène ging aus dem Zimmer. Ann ließ sich auf der Chaiselongue in seinem Salon nieder und schlief im selben Moment ein. Sie wachte erst wieder auf, als ihr die Sonne ins Gesicht schien und unten auf der Straße eine Tram wild klingelte. Jemand hatte eine Decke über sie gebreitet, ein Kissen unter ihren Kopf geschoben, ihr die Schuhe von den Füßen gestreift. Ansonsten trug sie noch denselben Rock und denselben Pullover, mit denen sie am Vorabend das Haus verlassen hatte, um »nur mal eben schnell« ihre Erzählung bei Adrienne einzureichen.

»Verdammt! Mein Text!«

Ann sprang auf und schaute aus einem der Fenster. Unten rauschte der übliche Verkehr über die große Kreuzung, ein mit Möbeln beladenes Pferdefuhrwerk blockierte die rechte Straßenseite, aus einem quer stehenden Omnibus lehnte sich der Fahrer aus dem Fenster und brüllte den Kutscher an, Motordroschken hupten, Automobile fuhren rasend schnell um das Hindernis herum, die vom Boulevard Raspail kommende Tram klingelte schon wieder Sturm. Es war mindestens später Vormittag, wahrscheinlich sogar bereits Mittag, Adrienne hatte vergeblich auf sie gewartet und war sicher längst auf dem Weg zu Danterre.

»Verdammt, verdammt, verdammt!«

Im Flur waren gedämpfte Männerstimmen zu hören, eine Tür wurde geschlossen, dann war es wieder still. Ann schlüpfte in ihre Schuhe, die, frisch geputzt, neben der Chaiselongue standen, wollte eben das Zimmer verlassen, als Eugène hereinkam. Er trug einen dunkelblauen Morgenmantel mit schwarzem Samtrevers und strahlte Ann vergnügt an, als wäre es das Normalste von der Welt, dass seine Nichte zerknautscht, zerzaust und in schmutzigen Kleidern morgens in seinem Salon stand.

»Wie spät ist es? Ich muss sofort los!«

»Gleich halb zwölf, aber mach dir keine Sorgen, ich habe deinem Mann in der Kanzlei ausrichten lassen, dass du mir heute dankenswerterweise hilfst, eine kranke Freundin zu versorgen. Er denkt, ich hätte dich zu diesem Zweck heute Morgen in der Rue de l'Odéon aufgegabelt, diese kleine Notlüge musste sein, es ist besser für alle Beteiligten. Im Buchladen habe ich mir ebenfalls erlaubt anzuläuten. Miss Beach, die übrigens eine ganz reizende Person ist, war beeindruckt, wie aufopferungsvoll du dich um Miss Barnes gekümmert hast, und lässt dir ausrichten, mit dem traurigen Mann ginge alles klar, du wüsstest schon, was sie meint, und du sollst dich heute unbedingt ausruhen. Valentin kann dir ein Bad einlassen, wenn du magst. Frühstück gibt es den Flur entlang rechts, die Tür hinter der zur Bibliothek. Leider kann ich euch keine Gesellschaft leisten, ich habe einen wichtigen Termin bei Gericht.«

Ann ließ sich erleichtert wieder auf die Chaiselongue fallen. »Danke, Eugène, vielen Dank für alles!«

»Sehr gerne!«

»Was ist mit Djuna?«

»Docteur Jouanneau hat vorhin nach ihr gesehen. Es geht ihr den Umständen entsprechend gut, Jouanneau hat Miss Barnes allerdings dringend einen Aufenthalt in einer Entzugsklinik empfohlen.«

»Und was sagt sie dazu?«

»Sie war überaus einsichtig. Dass er nicht der Erste sei, der ihr das empfehle, hat sie dem Docteur entgegnet, und dass sich eine wohlhabende Bekannte bereits um einen Platz in einer Klinik im Süden Englands kümmert.«

Ann fragte sich, wer diese mysteriöse Bekanntschaft wohl sein könnte und warum Djuna ihr nichts davon gesagt hatte, dass sie Paris für einen Klinikaufenthalt verlassen wollte, der mutmaßlich länger als nur einige Tage dauern würde, aber in erster Linie freute sie sich, dass die Freundin ansprechbar war. Es würde alles gut werden.

Als Ann mit dem Bad fertig war, saß Djuna bereits im Frühstückszimmer, vertilgte mit großem Appetit einen Toast mit Marmelade, trank dazu Tee aus einer mit chinesischen Schriftzeichen bemalten Tasse und sah, in Anbetracht dessen, was sie hinter sich hatte, erstaunlich frisch aus. Sie trug, genau wie Ann, einen von Eugènes Morgenmänteln, er schien einen unerschöpflichen Vorrat davon zu haben.

»Schoeller, ich muss mich bei dir entschuldigen!«

»Musst du nicht.«

»Ich habe mich unmöglich benommen und dich in eine schreckliche Lage gebracht.«

Ann setzte sich ihr gegenüber, nahm sich ebenfalls

eine Scheibe Toast aus dem Ständer, sie war noch warm, und die Butterflocken zerschmolzen darauf zu köstlichen kleinen Seen. Eugènes Diener Valentin, ein stattlicher Bretone, den Johann »des Onkels Universaltalent« nannte, kam, um frischen Kaffee zu servieren und sich zu erkundigen, wie Madame ihre Eier gebraten haben wollte.

»So schrecklich finde ich die Lage im Moment gar nicht«, sagte Ann, als Valentin sich zurück in die Küche begeben hatte, um ihr ein Omelett mit frischen Kräutern zuzubereiten. »Außerdem werde ich Literatur aus dir machen, Barnes, spätestens dann sind wir quitt.«

»Das ist nur recht und billig, ich habe es mehr als verdient! Miss Djuna Schnapsdrossel Barnes, das menschenfressende Monster, legt alles flach, was nicht bei drei auf den Bäumen ist. Wohin sie liebt, wächst allerdings kein Gras mehr, und die unschuldigsten Blumen verwelken, sobald sie ihre gierigen Augen auf sie richtet. Schreib das! Die Leute werden es dir aus den Fingern reißen!«

»Djuna, hör auf damit!«

Djuna strich sich Orangenmarmelade auf eine weitere Scheibe Toast und biss hinein.

Ann legte ihr die Hand auf den Arm. »So sehe ich dich nicht.«

»Ich weiß, Schatz. Ich weiß das.«

Valentin brachte die Eier. Ann und Djuna aßen schweigend, bis Eugène hereinkam, um sich zu verabschieden, mit Anzug und Krawatte wieder ganz der ehrwürdige Seniorchef.

»Lasst euch Zeit, meine Damen, erholt euch ein bisschen! Valentin wird eure Kleider etwas auffrischen, und wenn euch später danach sein sollte, bereitet er euch ein kleines Mittagessen zu. Fühlt euch bitte ganz wie zu Hause, bleib solange ihr wollt. Ich sage für jetzt au revoir! Besucht mich bald wieder, ich bestehe darauf!«

Mit diesen Worten machte er auf dem Absatz seiner glänzend polierten Lackschuhe kehrt und verließ, die Hand winkend über den Kopf erhoben, das kleine Frühstückszimmer.

»Beim nächsten Mal frage ich ihn, ob ich ihn heiraten darf«, sagte Djuna.

»Ich möchte nicht, dass du fortgehst.«

»Wer sagt denn etwas von Fortgehen? Denkst du, ich reise Thelma nach? Würde mir im Traum nicht einfallen!«

Genau das und nichts anderes wünscht Djuna sich glühend, dachte Ann, und davon wird sie träumen, bis diese Träume wieder in Alkohol ertränkt werden. Sobald Djuna dieses Haus verlässt, geht sie schnurstracks zum Büro der Reederei und fragt nach den Abfahrtszeiten der Dampfer, um sich vollends in den Ruin zu stürzen, es sei denn …

»Eugène hat gesagt, dass du in eine Klinik gehen wirst.«

»Ach das.« Djuna pikste mit der Gabel in ein Stück Omelett auf Anns Teller und schob es sich in den Mund. »Nicht heute. Oder vielleicht doch? Aber wie soll ich meine Sachen packen, wenn ich nicht in meine Wohnung komme? Fragen über Fragen!«

»Warum hast du mir nichts davon gesagt? Will Natalie dir den Aufenthalt finanzieren?«

»Um Gottes willen, nein! Peggy Guggenheim macht

das, du weißt schon, die Kunstsammlerin. Kennst du sie?«

»Natürlich. Sie ist eine gute Kundin.«

»Peggy hat ein Landhaus in Devonshire, nur wenige Kilometer von einem hübschen Sanatorium entfernt, in dem sehr erfolgreich Schnapsdrosseln zu Nachtigallen geformt werden. Ich könnte dort meinen Roman fertig schreiben – in Peggys Landhaus, wenn ich dann Nachtigall geworden bin und wieder singen kann.«

»Ist es das, was du willst?«

»Ich bitte dich! Wer liebt denn keine Nachtigallen?«

»Das war eine ernst gemeinte Frage, Djuna.«

»Woher soll ich wissen, was ich will? Es ist jedenfalls nicht das, was Thelma will. Deswegen haben wir uns auch zerstritten. Romeo und Julia, dritter Akt, fünfte Szene, ach, jetzt baue ich dir noch eine Shakespeare-Referenz ein, mein Engel, Syl würde vor Entzücken schnurren. *It was the Nightingale and not the Larke*, so was eben … Aber den Roman zu einem Ende bringen, das will ich wirklich, bei Gott, ich will es! Aber ob Gott es will?«

Djuna lachte, obwohl sich ihre Augen mit Tränen füllten. Ann dachte, dass sie etwas sagen sollte, irgendetwas Aufmunterndes oder Tröstendes, aber ihr fiel nichts ein.

Djuna schnäuzte sich in die Serviette, lachte noch einmal, schüttelte den Kopf. »Meinst du, ich darf Eugènes Schminke benutzen?«

Ann zuckte mit den Schultern. »Ich weiß nicht.«

»Iss mehr von dem Tantentoast, Schoellerchen! Der schmeckt wunderbar, und falls es kein Morgen für uns gibt, dann hatten wir immerhin noch viel von dieser Köstlichkeit vor dem ganz persönlichen Weltuntergang!«

Es klopfte, Valentin kam herein. »Haben die Damen noch Wünsche?«

»Ein Auftritt von Shakespeare'scher Präzision!« Djuna breitete begeistert die Arme aus.

»Nein, danke, Valentin«, sagte Ann. »Wir sind fertig.«

»Falls Sie sich ankleiden möchten: Die Sachen von Miss Barnes liegen im Gästezimmer, Ihre, Madame von Schoeller, habe ich Ihnen ins Bad auf das Sideboard gelegt. Wenn sonst noch etwas sein sollte, zögern Sie bitte nicht, nach mir zu rufen, ich bin in der Küche.«

Ann bedankte sich ein weiteres Mal, Valentin zog sich mit einer leichten Verneigung zurück.

»Wo hat dein Onkel diese Perle devoter Männlichkeit aufgetrieben? Meinst du, er schläft mit ihm?«

»Ich meine, dass uns das rein gar nichts angeht. Herrje, Djuna!«

Djuna erhob sich grinsend und zog den Morgenmantel enger um sich. »Ist ja schon gut, ich werde jetzt ganz artig und nicht mehr frivol sein, heute bin ich die Lerche und verkünde den Tag.« Sie griff sich im Vorbeigehen noch eine Scheibe Cheddar vom Tisch und ging zur Tür. »Wir treffen uns in etwa einer halben Stunde fertig angezogen im Salon. Dann gehen wir zu Sylvia und fragen sie, was sie von Peggys Plan hält.«

12

Die Frau mit der Feder

Im April traf endlich der erste Brief aus England ein. Als Ann an diesem Tag in der Buchhandlung ankam, hatte Sylvia bereits die eingegangene Post sortiert, wie immer auf sieben verschiedene Stapel: Rechnungen, dringende Rechnungen, Mahnungen, letzte Mahnungen, Bestellungen, Joyce betreffend, Sonstiges. Ann war spät dran, sie hatte bis tief in die Nacht über einem Text gebrütet, in dem es um eine Frau gehen sollte, die, weil sie sich vor der Peinlichkeit fürchtete, ihrem ehemaligen Liebhaber eines Tages zufällig auf der Straße zu begegnen, diesen mitsamt seinem Wohnhaus in Flammen aufgehen ließ. Sie war infolgedessen nicht nur in der Frühe kaum aus dem Bett gekommen, sondern hatte auch noch eine Diskussion mit Johann führen müssen, der, nicht ganz zu Unrecht, moniert hatte, dass ein hart arbeitender Mann wie er nicht jede Nacht durch das Geklapper einer wild gewordenen Schreibmaschine wach gehalten werden sollte.

»Post!«, sagte Sylvia.

»Dir gleichfalls einen guten Morgen«, sagte Ann.

»Nicht irgendeine Post!«

Sylvia ließ einen bereits geöffneten Umschlag vor Anns Gesicht kreisen, auf dem unverkennbar die ausladende Schrift Djunas zu erkennen war. Im ersten Moment versetzte es Ann einen Stich, dass der Brief nur an Sylvia adressiert war,

Mademoiselle Sylvia Brilliant Beach,
Shakespeare and missing me Company,
12 Rue de l'Odéon

aber dann verdrängte die Freude über ein Lebenszeichen Djunas schnell das kleine Gefühl beleidigter Eifersüchtelei.

»Sie ist jetzt bei Peggy in Hayford Hall«, sagte Sylvia und schwang sich mit dem Hintern auf ihren Schreibtisch, verschob dabei nicht nur einen Stapel Ausleihkarten, den Ann am Vortag bereits geordnet hatte, sondern zerknickte auch die oberste Seite von Fernandes neuestem Manuskript. *La chemise sale des bals-musettes.* Wo nahm sie nur immer diese Titel her? Und wie schaffte sie es, trotz ihrer Anstellung derart produktiv zu sein?

»Geht es Djuna gut?«, fragte Ann.

»Sie arbeitet, also, ja, ich denke schon.«

Sylvia reichte Ann den Umschlag, drei dicht beschriebene Blätter, der Brief war datiert mit: *Hayford Hall, jenseits von Zeit und Raum.*

Meine meistgeliebte Syl,
*   ich richte diese Zeilen an Dich, weil ich weiß, dass sie auf diesem Wege all die erreichen werden, die sie erreichen sollen oder vielmehr wollen – können Zeilen denn etwas wollen? Diese schon. Sie wollen so viel! Ah!,*

ich höre hier eine von Solitas knalligen Phrasen rein-
dreschen, und es schmerzt mich unter der linken – der
schöneren meiner Brüste, wie ein ungehobelter Nacht-
gefährte mir einmal verraten zu müssen glaubte –, wie
sehr ich Euch alle vermisse!

»Bei Gott, ich vermisse sie auch!«, sagte Ann.

»Mir fehlt sie ebenfalls.«

»Aber?«

»Ich kann noch immer den Gedanken kaum ertragen,
wie leichtfertig sie sich zu zerstören bereit war, vielleicht sogar noch ist, wer weiß. Sich und ihr begnadetes
Talent.«

»Sie hat eben einen hohen Preis zu zahlen.«

»Ach, dieses Gerede vom Segeln am Abgrund, jetzt
fang du nicht auch noch mit diesem Quatsch an!«

Ich hause hier in einem über hundert Jahre alten Ge-
mäuer, in dem man mir in einem abgelegenen Seiten-
flügel ein Zimmer zum Schreiben zugewiesen hat. Es
wird »Rokoko-Suite« genannt. Ich muss einer Frau
von Deiner überbordenden Vorstellungskraft wohl
kaum beschreiben, wie die Einrichtung aussieht, und
ich schwöre: Sobald ich die Augen schließe, fangen
die vergoldeten Arkantusblätterschnitzereien an den
Stuhlbeinen an, ihre Position zu ändern, stets nur einen
winzigen Millimeter, sodass ihnen niemand außer mir
auf die Schliche kommt, diesen intriganten Biestern.

Keine Sorge, meine gestrenge Lebensmeisterin, dies
sind keine Auswüchse meines Deliriums, sondern

blanke Tatsachen, denn ich bin so nüchtern wie ein
zartrosafarbenes Herbstäpfelchen oder eben: wie Du.

»Na also, sie ist noch immer nüchtern«, sagte Ann.

Sylvia nickte skeptisch. »Möge es so sein, möge es so
bleiben!«

Zurück zum fünfzehnten Louis, der die rot-goldenen
Lack-Chinoiserien an meinem Schreibtisch wahr-
scheinlich persönlich gekannt hat: Trotz des ganzen
Aufhebens, das Princesse Guggenheim – sie ärgert sich
immer fürchterlich, wenn ich sie so nenne! – um ihre
ständig wechselnden Gäste macht, genieße ich das Pri-
vileg einer behüteten Ruhe. Alle sind strengstens ange-
wiesen, »Djuna auf keinen Fall beim Schreiben zu stö-
ren«. In meiner Nähe laufen alle wie auf Eierschalen.
Es ist herrlich!

Meine Fenster sind von uraltem Baumbestand ver-
schattet, und bis zum Abendessen, das zwar gemein-
sam, aber informell in der großen Halle eingenommen
wird, brauche ich mit niemandem zu sprechen, ab-
gesehen von den zwei Ponys, die sich in diesem Win-
kel des Parks gern vor Peggys ungezügelten Kindern
verbergen und ab und zu die Nüstern an die Scheiben
drücken. Das eine der Tiere, ein matschbrauner Wal-
lach, hat einen spitzen kleinen Bart unter dem Kinn,
weshalb ich ihn William getauft habe. Als seine ausge-
machte Freundin darf ich ihn Will nennen, er hört mir
stets wohlwollend zu, wenn ich ihm etwas von meinem
Tagwerk vorlese. Das zweite Pferdchen, eine überge-

wichtige kleine Fuchsstute, steht der Literatur deutlich kritischer gegenüber, sie lässt sich nur gelegentlich mit Birnenkompott bestechen, und selbst dann schnappt sie das eine oder andere Mal nach dem Papier auf meiner Fensterbank.

Djuna hatte an dieser Stelle eine kleine Tuschezeichnung eingefügt: Zwei nebeneinanderstehende Pferde mit dicken Kugelbäuchen, das eine hatte einen Spitzbart und sah tatsächlich der Shakespearefigur auf dem Kaminsims etwas ähnlich, das andere hatte die Ecke eines Papierbogens aus dem Maul hängen, auf dem noch das Wort »Barnes« zu erkennen war.

Das also ist aus mir geworden: eine einsame Schreiberin, die den Tieren aus ihrem Werk vorträgt.

Aber, ach, Syl, das Werk! Peggy hat mir das Wort »Machwerk« verboten, obwohl es mir doch recht angebracht erscheint. Sagst Du, Zauberin, nicht immer, wir sollen MACHEN?

Nun denn also: Ich mache, und das Gebilde, der Roman, das zukünftige Buch, das kapriziöse Artefakt, dieses eigentümliche Schattengewächs: Es sprießt und gedeiht, als hätte es nur darauf gewartet, sich unter den verstörend blauen Augen des schottischen Schiffbauers, dessen Konterfei meine Einsiedelei ziert, in die Welt zu tasten.

Jetzt muss es nur noch laufen lernen.

So wie ich.

Denn auch ich komme – wisely and slow, wie Mon-

sieur Shakespeare und Madame Beach, dieses kongeniale Paar, es mir angeraten haben – allmählich wieder zur Welt.

Das sollst Du wissen: dass ich wiederkomme.

Ich komme wieder, Syl, und trinke Tee mit Dir! Spätestens im August, vielleicht bereits im Juli oder sogar noch früher, falls ich dem Axthieb des amerikanischen Zensors ausweichen und mein gemachtes Machwerk statt bei Liveright in New York bei Faber in London unterbringen und mir die Ozeanüberquerung ersparen kann.

Halte mir also gefälligst einen Stuhl frei in Deinem konspirativen Hinterzimmer, denn ich werde diesen Sommer wieder dort, in Deinem wunderbaren Laden sitzen, der, solange Du da bist und eine Zigarette nach der anderen qualmst, das einzig wahre Herz der schönsten Stadt der Welt sein wird.

Wo sonst sollte ich also hinwollen?

Küsse für Adrienne

und für jeden weiteren bebenden Nasenflügel Deiner – meiner! – Kompanie.

In Liebe,

D. B.

PS. Richte der kleinen Madame von Schoeller aus, dass sie mich sehr bald – bevorzugt im Mai, diesem barmherzigsten unter den Monaten – mit neuen Arbeiten besuchen kommen muss. Ich erwarte nichts Geringeres von ihr, als dass eine dieser Arbeiten einen Titel wie Le tableau perdu trägt und richtig wehgetan

hat – damit ich über sie herfallen kann. Über die Ar-
beit, nicht über Ann.

   Obwohl…

Ann ließ das letzte Blatt von Djunas Brief in ihren Schoß
sinken, versuchte sich vorzustellen, wie die Freundin
auf einem alten Landgut im Südwesten Englands ein
Fenster öffnete und Kompott an ein Pony verfütterte,
das wie William Shakespeare aussah. Oder wie sie an
einem Louis-quinze-Tisch saß und Seite um Seite an
einem unglaublichen Roman schrieb. Wie wäre es wohl,
selbst an solch einem Ort arbeiten zu dürfen, unbehel-
ligt, abgeschottet, allein und so sehr respektiert, dass
die steinreiche Hausherrin alle anderen ermahnte, »auf
keinen Fall beim Schreiben zu stören«? Würde sie, Ann,
in einem solchen Ambiente leichter fertig werden mit
einem Text wie dem, der ihr derzeit den Schlaf raubte?
Oder würde sie tatsächlich über ein Gemälde schreiben können, das zwar unsichtbar blieb, aber nicht aus
ihren Gedanken verschwinden wollte? Nein, es gab
keinen Grund, Djuna zu beneiden, ermahnte sie sich,
ihre kleine Schreibinsel in der Fensternische und die
Arbeitsstelle bei Sylvia waren weitaus mehr, als viele andere Ehefrauen sich herausnehmen durften. Sie musste
dankbar sein.

   Ann reichte Sylvia den Brief zurück. »Klingt so, als sei
Djuna wieder fast die Alte.«

   »Wollen wir es hoffen«, sagte Sylvia.

   »Sie hat dir einen ausgewachsenen Liebesbrief geschrieben, das ist dir bewusst, oder?«

Sylvia saß noch immer auf der Schreibtischplatte, schaute versonnen ins Weite. »Sie ist wie immer zu impulsiv vorgegangen. Achte auf die Adjektive: viel zu viele!«

Ann lachte. »Und es ist trotzdem ein Liebesbrief!«

»Wirst du hinfahren?«

»Wohin?«

»Zu Djuna, nach Devonshire.«

Ann wollte zunächst antworten, dass das unmöglich sei, dann aber dachte sie: Warum sollte es unmöglich sein? Janet und Solita waren seit Wochen auf Reisen, das Letzte, was Ann von ihnen gehört hatte, war, dass sie von Athen aus auf dem Seeweg nach Konstantinopel gelangen wollten, um dort für eine Reportage über die Fortschritte der Frauenemanzipation durch Präsident Mustafa Kemals Reformen zu recherchieren. Und da sollte sie nicht in der Lage sein, zwei Fernzüge und eine Fähre nach England zu besteigen? Aber was sagte sie Johann?

»Ich würde sehr gerne zu Djuna fahren, vorausgesetzt, dass du mich für eine Weile hier entbehren kannst.«

»Widerwillig«, sagte Sylvia. Sie sprang von der Schreibtischkante, faltete Djunas Brief zusammen, steckte ihn zurück in den Umschlag und deponierte ihn in einem Holzkasten, von dem Ann wusste, dass er der Aufbewahrung kostbarer Dinge diente. »Aber du musst natürlich trotzdem fahren, Liebes! Peggy Guggenheims illustre Entourage allein ist schon eine Reise wert, und Djuna bittet so selten direkt um etwas, dass man ihr sämtliche Wünsche dieser Art erfüllen sollte. Ohne dich wird hier wahrscheinlich alles zusammenbrechen, aber so ist es dann eben, darauf kann man keine Rücksicht nehmen.«

»Mir würde es sehr gefallen, wenn ohne mich hier alles zusammenbräche, ein schönes Gefühl der Unentbehrlichkeit.«

»Ja, ja, lach du nur! Vielleicht leihe ich mir auch einfach Adriennes Justine aus und vermisse dich kein bisschen. Das hast du dann davon.«

»Na, großartig, ich bin noch nicht fort und werde bereits ersetzt.«

Sylvia lächelte. »Adrienne wird mir eher ihren eigenen rechten Arm schenken, in handliche Portionen zerlegt, bevor sie mir Justine überlässt.«

»Das beruhigt mich enorm. Ich würde auch nur wenige Tage fortbleiben, versprochen!«

»Wir sollten den Laden einfach für eine Woche schließen und gemeinsam hinfahren.«

»Das wäre traumhaft!«

Sie tranken Tee, unterhielten sich über Djunas zu erwartenden Roman, von dem Sylvia sich viel versprach – trotz ihrer Sorge bezüglich der amerikanischen Zensurbehörden sowie Djunas fragiler Gemütslage.

Für den Rest des Vormittags ging jede wie gewohnt ihrer Arbeit nach, verständigen mussten sie sich darüber schon lange nicht mehr. Ann gefielen diese Tage, an denen sie ausschließlich Routinearbeiten zu erledigen hatte, sie mochte die Fraglosigkeit und die schlichte Sinnhaftigkeit dieser Vorgänge. Es war ebenso beruhigend wie entlastend, genau zu wissen, was man zu tun hatte, und dies ohne Schwierigkeiten zur Zufriedenheit aller zu erledigen. Sich den Kopf zermürben konnte sie sich am Abend noch genug, wenn sie sich wieder an die Schreibmaschine setzte. Sie sortierte die Ausleihkarten neu, ordnete sie in die Karteikästen ein, widmete sich anschließend den Bestellungen, die auf dem Postweg rausgehen sollten, lieferte danach noch zwei Ausgaben des *Ulysses* an nahe beieinander gelegene Adressen im benachbarten Universitätsviertel aus. Sylvia bekam währenddessen überraschend Besuch von dem gut aussehenden amerikanischen Schriftsteller, der sie oft um Rat in allen möglichen Angelegenheiten fragte und selten seine Rechnungen beglich. Er hieß Ernest und verdiente, neben der Schriftstellerei, die ihm nur wenig einzubringen schien, sein Geld als Korrespondent für den *Toronto Star*. Sylvia mochte ihn sehr, erklärte angesichts der Schulden, die er bei ihr hatte, er bezahle in einer weitaus wertvolleren Währung und man solle ihn mit trivialen materiellen Forderungen nicht weiter behelligen. Als Ann von ihrem Botengang zurückkam, war Ernest gerade im Begriff zu gehen. Er drehte das Schild an der Ladentür auf *fermé/closed*, zwinkerte Ann zu, während er ihr die Tür aufhielt. »Eine angenehme Mittagspause wünsche ich!«

»Danke sehr!«

Kurz darauf kam Adrienne mit einer Lauchtarte herüber, die sie am Morgen gebacken hatte. Die Tarte schmeckte, wie zu erwarten, köstlich, und Ann aß drei Stücke davon.

»Wo steckst du halbe Portion nur dieses ganze Essen hin?«, sagte Adrienne.

»Sie arbeitet eben viel mit ihrem klugen Köpfchen, das verbraucht reichlich Energie«, sagte Sylvia.

Adrienne zeigte auf die Rundungen ihrer Hüften. »Und was soll mir das mitteilen?«

»Du speicherst eben die Energie, statt sie, wie ich, zu vergeuden«, sagte Ann.

Adrienne begann lachend auf sie einzuschimpfen: »Wer hat dieses impertinente dürre deutsche Ding hier hereingelassen?«

»Wir werfen es einfach wieder hinaus!«

»Jawohl, raus mit dir!«

»Wagt es nicht!« Anns Protest ging im allgemeinen Gelächter unter.

Vermutlich hörten sie deswegen die Ladenglocke nicht, vielleicht hatte Adrienne auch die Tür hinter sich nicht richtig geschlossen, oder die Glocke klemmte schon wieder, jedenfalls stand mit einem Mal Johann im Eingang zum Hinterzimmer und keuchte, als sei er die ganze Strecke von der Kanzlei gerannt. Er war leichenblass und zitterte, trug nicht einmal einen Mantel über seinem Jackett, auch den Hut schien er vergessen oder verloren zu haben. Ann war unfähig, sich zu rühren, starrte ihn bloß erschrocken an, sie hatte ihn noch nie in einem solchen Zustand erlebt. Er sah aus, als hätte ihn der Schlag getroffen.

»Ann, du musst mit mir kommen!«

Johanns Beine gaben nach, er stützte sich am Karteischrank ab.

Adrienne sprang auf, legte einen Arm um Johann, führte ihn wie einen hilfsbedürftigen Greis an den Tisch. Ann saß noch immer wie eingefroren da.

»Nehmen Sie Platz, Monsieur, setzen Sie sich!«

Sylvia goss ihm ein Glas Wasser ein.

Johann lehnte kopfschüttelnd ab. »Draußen wartet eine Motordroschke, meine Frau und ich müssen sofort los!«

Es war, als legte sich ein eisernes Band um Anns Brust, etwas schnürte ihr den Hals zu.

»Was ist passiert?«

Johann verbarg das Gesicht in seinen Händen. »Mein Bruder!«

Ann verstörte die Erkenntnis, dass genau an dem Platz, an dem Johann jetzt saß und weinte, vor über zwei Monaten Djuna zusammengebrochen war. Wie konnte es ausgerechnet ihr besonnener, kluger und in der Öffentlichkeit stets die Contenance bewahrender Mann sein, dessen Schluchzen jetzt durch das Zimmer tönte?

Ann ging zu ihm und umarmte ihn. »Ruhig, mein Liebster, beruhige dich!«

»Wir lassen die beiden am besten alleine.« Sylvia und Adrienne gingen aus dem Hinterzimmer. Ann konnte hören, dass sie sich draußen im Verkaufsraum leise unterhielten.

Die Ladentür wurde geöffnet.

»Wir haben geschlossen!«

»Wollte nur fragen, ob ich den Motor ausmachen kann.«

»Kommen Sie später wieder!«

Johann ließ seine Hände sinken, sein Gesicht war tränenüberströmt. »Der Fahrer muss warten! Mein Bruder … hat sich erschossen.«

In Anns Kopf begann es zu dröhnen, ein eigenartiges Rauschen wütete in ihren Ohren, ein stechender Schmerz durchbohrte ihre Kehle.

»Was redest du da?«

»Konrad ist tot. Verstehst du?«

»Nein«, stammelte Ann. »Wie soll ich das verstehen? Was soll der Unsinn?«

Johann gab einen furchtbaren Laut von sich, ein Jaulen wie das eines schwer verwundeten Tieres. »Er hat sich seine Walther Olympia an die Schläfe gehalten und abgedrückt.«

»Woher weißt du, dass es eine Walther Olympia war?«

»Mein Gott, Ann! Konrad und ich haben vor zehn Jahren mal jeder eine gekauft. Er ist Sportschütze und liebt Pistolen, irgendeiner seiner Handfeuerwaffen wird er sich eben bedient haben, das war bloß die erste, die mir eingefallen ist. Mein großer Bruder hat sich eine Kugel in den Kopf gejagt! Konrad ist tot! Er liegt in einer Lache aus Blut und Gehirn in seinem Büro in der Bank, was muss ich denn noch sagen, bis du es endlich kapierst?«

Das Rauschen in Anns Ohren wurde so laut, dass sie die Besinnung zu verlieren glaubte.

»Es tut mir leid, Johann! Es tut mir so unendlich leid!«

Die Türglocke ging erneut.

»Können Sie denn nicht lesen? Es ist geschlossen!«, rief Sylvia draußen.

»Ist er hier? Ist Johann von Schoeller hier?«

»Dort hinten.«

Eugène kam herein. Ann sprang auf, fiel ihm um den Hals, und erst jetzt war auch sie in der Lage, ebenfalls zu weinen.

»Es ist furchtbar«, sagte Eugène. »Eine absolute Tragödie! Ich bin selbst fassungslos.«

»Warum nur?«, fragte Ann. »Warum um Himmels willen hat Konrad das gemacht? Er war zu Weihnachten noch so aufgeblasen und glücklich, der frisch gekürte Herr Direktor.«

Eugène löste Anns Arme von seinem Hals. »Wahrscheinlich hat er da schon bloß versucht, die Fassade aufrechtzuerhalten. Es geht dem Bankhaus bereits seit längerer Zeit nicht gut, der Generationenwechsel war ein Versuch, das Ruder noch einmal herumzureißen. Konrad war wohl überfordert damit.«

»Aber deswegen bringt man sich doch nicht um! Wegen einer Bank!«

»Er hat riskant operiert, es sind Kredite geplatzt, und irgendetwas mit den Bilanzen scheint ebenfalls nicht in Ordnung zu sein. Mehr konnten wir bislang nicht in Erfahrung bringen. Die Angestellte, ich glaube, es war Konrads Sekretärin, die Johann verständigt hat, war völlig außer sich.«

Eugène schob Ann sanft zur Seite, ging dann zu Johann an den Tisch, setzte sich neben ihn, nahm seinen Hut ab und legte ihn vor sich hin.

Johann ließ sich ein frisch gestärktes Taschentuch von Eugène reichen, putzte sich die Nase, und wieder musste Ann an Djuna denken.

»Entschuldigen Sie, Onkel! Ich hätte nicht einfach so kopflos davonrennen sollen.«

»Ich bitte dich! Wer würde in dieser Situation nicht die Nerven verlieren?«

Sylvia erschien im Hinterzimmer. »Wir konnten nicht umhin, alles mit anzuhören. Mein aufrichtiges Beileid, Johann! Wenn wir irgendetwas für Sie tun können …«

»Erwecken Sie meinen Bruder zum Leben, oder drehen Sie die Zeit zurück, Sie können doch sonst angeblich immer alles.«

Ann zuckte zusammen. »Johann, was soll das jetzt?«

»Schon gut«, sagte Sylvia.

»Gut?«, heulte Johann auf. »Nichts ist gut, Sie Närrin!«

Sylvias Blick auf Johann war trotz der Beleidigung noch immer voller Mitgefühl. Ann hingegen spürte Ärger aufkommen.

»Haben Sie einen Fernsprecher hier, Miss Beach?«, fragte Eugène.

Sylvia bejahte und bat ihn, ihr zu folgen.

»Was werden wir jetzt nur machen, Ann?«, fragte Johann.

Ann setzte sich wieder neben ihn. »Wir können von hier aus erst einmal gar nichts tun, fürchte ich.«

Johann nahm ihre Hand. »Wir sollten nicht hier, wir sollten dort sein!«

»Es würde sich nichts an der Situation ändern, wenn wir vor Ort wären. Selbstverständlich werden wir zur Beisetzung …«

»Herrgott, wie schwer von Begriff kann man denn

sein?«, fuhr Johann sie an. »Dämmert es dir nicht langsam? So leid es mir tut, wir müssen Paris aufgeben.«

»Wir müssen was?«

»Ich werde in Berlin gebraucht, muss jetzt bei der Familie sein! Nicht nur für einen kurzen Besuch, sondern auf Dauer. Bettine hat vier kleine Kinder, das Jüngste ist noch keine drei Monate alt!« Johanns Stimme versagte, er putzte sich noch einmal die Nase. »Abgesehen davon existiert das Bankhaus von Schoeller seit 1798, das kann ich doch nicht einfach alles den Bach heruntergehen lassen.«

»Du wirst Bettines Kindern den Vater nicht ersetzen können. Und wenn es stimmt, was Eugène sagt, dann ist das Bankhaus bereits den Bach heruntergegangen, und zwar ganz gewaltig. Aus welchem Grund solltest du auf dieses sinkende Schiff aufspringen?«

»Was sagst du da? Ich kenne dich nicht wieder! Hast du denn gar kein Gefühl in dir?«

Ann war selbst erstaunt, wie kaltblütig sie geklungen hatte. Sie holte tief Luft, bemühte sich, ihren Atem unter Kontrolle zu halten, einen fürsorglichen Ton anzuschlagen: »Ich versuche nur, dich vor einer großen Dummheit zu bewahren, Johann. Du hasst dieses Bankhaus, und du verachtest alles, was damit zu tun hat. Ich weiß das, und du weißt es auch. Warum solltest du dich und deine Karriere, dein Leben, *unser* Leben dafür aufgeben?«

»Weil wir jetzt eine Verantwortung haben, ob sie uns gefällt oder nicht. Du wagst es, mich einer Dummheit zu bezichtigen? Ja, ich war dumm. Dumm und blind und ignorant! Ich habe meinen Bruder alleine gelassen mit einer Bürde, die zu schwer für ihn war, ich hätte merken müssen, wie es um ihn stand! Aber wir mussten uns ja an Weihnachten gleich wieder aus dem Staub machen! Damit ist jetzt Schluss. Von heute an werde ich zumindest meinem Vater beweisen, dass in der Not auf mich Verlass ist. Für Papa immerhin kann ich noch etwas tun.«

»Du würdest todunglücklich werden!«

Johann stand auf, schüttelte dabei Anns Hand ab. »Meine persönliche Befindlichkeit spielt hier keine Rolle und deine auch nicht. Wir sind lange genug eigennützig gewesen. Jetzt packen wir das Nötigste zusammen und nehmen den Nachtzug nach Berlin. Was unsere Angelegenheiten hier angeht, bekommt der Onkel alle Vollmachten, und ein Transportunternehmen kann sich darum kümmern, unsere Sachen zurückzuschaffen. Viel ist es ja ohnehin nicht.«

Adrienne erschien im Hinterzimmer. »Herr von Schoeller, entschuldigen Sie, wenn ich mich an dieser Stelle zu Wort melde, aber ich denke wirklich nicht, dass Sie in dieser aufgewühlten Situation bereits Entscheidungen treffen sollten, die Ihre und Anns Zukunft betreffen.«

»Und ich denke nicht, dass Sie das in irgendeiner Weise etwas angeht«, schrie Johann Adrienne an.

Ann wurde übel.

Eugène und Sylvia kamen ins Zimmer zurück, der Onkel legte Johann die Hand auf die Schulter. »Kurzschlusshandlungen helfen jetzt niemandem, mein Junge.«

»Seid Ihr alle so schwer von Begriff, oder wollt ihr es einfach nicht verstehen?«

Johanns Verzweiflung und Trauer waren einer abgrundtiefen Rage gewichen. Sein Gesicht war zu einer wütenden Fratze verzerrt, seine weit aufgerissenen Augen kamen Ann wie die eines Wahnsinnigen vor. »Es ist vorbei, Onkel! Hiermit kündige ich. Falls Sie es noch schriftlich von mir haben wollen, reiche ich es nach. Ich werde mich meiner Pflicht als Sohn keinen Tag länger entziehen, werde versuchen, in Berlin zu retten, was zu retten ist – und du, Ann-Sophie, wirst dabei an meiner Seite sein.«

Ann sagte: »Nein!«

Johann starrte sie mit offenem Mund an. »Wie bitte?«

»Das werde ich nicht.«

»Was soll das heißen, das wirst du nicht?«

»Ich lebe hier. Ich arbeite hier. Meine Familie ist hier.«

»Familie?« Johanns Augen verengten sich zu schmalen Schlitzen. »Ich bin dein Ehemann. Eine Frau hat bei ihrem Ehemann zu sein. Ich kann dir befehlen, mit mir zu kommen, und du wirst mir gehorchen müssen!«

»Gehorchen soll ich?«

Eugène hielt Ann mit einer Handbewegung davon ab, weiterzusprechen. »Langsam, Sohn«, sagte er an Johann gewandt. »Die Erschütterung macht dich gerade zu jemandem, der du nicht sein möchtest.«

»Es geht hier nicht mehr darum, wer ich sein möchte. Oder du, Ann-Sophie. Wir fahren nach Hause. Keine Widerrede!«

»Johann, mein Junge«, begann Eugène von Neuem, aber diesmal fiel Ann ihm ins Wort: »Dein Bruder wird nicht wieder lebendig, auch nicht, wenn du dich für ihn aufopferst. Ich werde dir nicht dabei helfen, dich zu ruinieren, und ich werde Paris und mein Leben hier nicht aufgeben. Nicht für ein Bankhaus und auch nicht für deine Familie, sosehr ich euch alle wegen dieses Schicksalsschlages auch bedaure.«

»Für mich, Ann-Sophie, für mich sollst du es aufgeben! In guten wie in schlechten Zeiten, sagt dir das überhaupt noch etwas? Buchhändlerin, jetzt sogar noch Schriftstellerin willst du sein? Merkst du nicht, wie du diese Hirngespinste über unsere Ehe stellst?«

»Herr von Schoeller, Sie sollten nicht ...«

»Ich habe Ihnen gesagt, dass Sie das nichts angeht!«

»Doch«, sagte Ann. »Ich merke es. Ich hätte es schon früher merken müssen.«

Johann schnellte von seinem Stuhl hoch, und im ersten Moment dachte Ann, er würde sie schlagen.

Sylvia schien dasselbe zu denken, sie sprang nach vorne und drängte sich ihm in den Weg. »Sie werden sich jetzt augenblicklich mäßigen, Herr von Schoeller, oder ich muss Sie bitten, meinen Laden zu verlassen. Bei allem Respekt vor Ihrem Schmerz, aber so geht das nicht!«

Johann schossen erneut Tränen in die Augen. »Ich bin dein Mann«, wimmerte er. »Ich bin dein verfluchter Mann, und ich habe zugelassen, dass mein Bruder stirbt.«

Sylvia ließ seinen Arm los und trat zur Seite. Ann war kurz davor, ihren Widerstand aufzugeben, ihm zuzusichern, dass sie doch mit ihm käme und ihm zur Seite stünde, für ihn da wäre. Sie wusste, dass diese Regung falsch war, ganz und gar falsch, nicht das Mitleid, sondern ihr Einlenken – sowohl für sie selbst als auch für

Johann. Es würde nichts Gutes dabei herauskommen, nichts als Kummer, Bedauern und Bitterkeit. Dennoch wäre sie in dieser Sekunde bereit gewesen, die Folgen zu tragen und mit ihm ins sichere Unglück zu gehen, hätte Johann sich nicht auf einmal wieder drohend vor ihr aufgebaut, seine Züge erneut zu einer Maske aus Raserei und Verachtung verhärtet. »Ich drehe dir den Geldhahn zu, ich kündige die Wohnung hier, ich verstoße dich und lasse dich mittellos zurück, wenn du nicht augenblicklich mit mir aus diesem beschissenen Buchladen hinausgehst und nie wieder einen Fuß hineinsetzt!«

Er ist verzweifelt, dachte Ann, er steht unter Schock.

»Dann kannst du in deinem geliebten Paris unter einer der Brücken schlafen und verrecken. Ich gebe dir dreißig Sekunden, es ist deine Entscheidung!«

Ann hielt Johanns Blick stand, trat noch einen Schritt auf ihn zu. »Eugène würde es niemals zulassen, dass ich obdachlos werde.«

Eugène räusperte sich. »Es wäre mir lieber, du würdest mich aus dieser Sache heraushalten, Nichte. Dies ist nicht der passende Zeitpunkt, die Situation noch weiter eskalieren zu lassen. Dein Mann ist nicht er selbst.«

»Ich bin nie mehr ich selber gewesen als in diesem Moment! Zwanzig Sekunden oder du endest in der Gosse!« Etwas von Johanns Speichel landete auf Anns Lippen, reflexhaft wischte sie ihn mit dem Handrücken ab.

»Du kannst über dem Laden wohnen«, sagte Sylvia mit einer Stimme, die so eiskalt war, dass Ann eine Sekunde brauchte, um zu realisieren, dass es tatsächlich ihre gewesen war.

»George und Margot haben eine Bleibe unterhalb des Montmartre gefunden, die ihnen besser zusagt, die Wohnung ist also frei. Es ist nur ein kleines Zimmer mit einer winzigen Badekammer und einer noch kleineren Kochnische, es zieht im Winter und es stinkt im Sommer nach Kanalisation, aber wenn du willst, gehört sie dir. Das bisschen Miete arbeitest du problemlos bei mir im Laden ab.«

Im Hinterzimmer herrschte Totenstille.

Es war Eugène, der als Erster das Schweigen brach: »Kinder, wir sollten zunächst unsere überhitzten Gemüter zur Ruhe kommen lassen, bevor wir irgendetwas …«

Ann sagte: »Ein Zimmer für mich allein ist mehr als genug.«

Johann stieß sie brutal zur Seite und stürmte hinaus, kurz darauf fiel die Ladentür krachend ins Schloss.

Anderthalb Wochen später kam der zweite Umschlag aus Hayford Hall, diesmal war er an Ann adressiert.

12, Rue de l'Odéon,
1er étage

Als sie ihn öffnete, fielen ein Eisenbahnbillett und ein Stück Papier in Postkartengröße heraus.

Auf die Vorderseite des Papiers hatte Djuna etwas gezeichnet: Eine Frau, in der Ann sich selbst erkannte, saß in einem Nest aus Büchern am offenen Fenster über Shakespeare and Company, hielt eine riesige Schreibfeder und einen Block in den Händen, um ihren Kopf flatterte ein Schwarm zerzaust aussehender Vögel.

Auf der Rückseite stand:

She had storms all her life,
but she died peacefully.
Janet Flanner

Sonst nichts.

Nachbemerkung

Der Roman verwendet teilweise Motive und Begeben-
heiten aus dem Leben historischer Persönlichkeiten,
nimmt sich dabei aber alle Freiheiten der Literatur.

Folgende Titel dienten als Quelle und Inspiration:

Baedeker, Karl: *Paris und Umgebung.* Leipzig 1923.

Barnes, Djuna: *A Book.* Boni and Liveright, New York
1923.

Dies.: *Paris, Joyce, Paris.* Aus dem Amerikanischen
von Karin Kersten und mit einem Nachwort von Kyra
Stromberg. Wagenbach, Berlin 1988.

Dies.: *Ryder.* Aus dem Amerikanischen von Henriette
Beese. Suhrkamp, Frankfurt 1989.

Dies.: *Ladies' Almanach.* Aus dem Amerikanischen von
Karin Kersten und mit einem Nachwort von Brigitte
Siebrasse. Fischer, Frankfurt 1990.

Dies.: *Eine Nacht bei den Pferden*. Aus dem Amerikanischen von Karin Kersten. Wagenbach, Berlin 1999.

Dies.: *The Book of Repulsive Women and other poems*. Herausgegeben und mit einem Vorwort versehen von Rebecca Loncraine. Cacanet, Manchester 2003.

Dies.: *Nachtgewächs*. Aus dem Englischen von Wolfgang Hildesheimer. Suhrkamp, Frankfurt 2009.

Beach, Sylvia: *Shakespeare and Company. Ein Buchladen in Paris*. Aus dem Amerikanischen von Lilly v. Sauter. Suhrkamp, Frankfurt 1982.

Benstock, Shari: *Women of the Left Bank, Paris 1900–1940*. University of Texas Press, Austin, Texas 1987.

Bovet, Vincent / Durozoi, Gérard: *Paris, 1919–1939*. Christian Brandstätter Verlag, Wien 2009.

Elpers, Susanne / Meyer, Anne-Rose (Hg.): *Zwischenkriegszeit. Frauenleben 1918–1939*. Edition Ebersbach, Berlin 2004.

Field, Andrew: *Djuna Barnes*. Aus dem Englischen von Ingrid von Rosenberg. Frankfurter Verlagsanstalt, Frankfurt 1992.

Fitch, Noël Riley: *Sylvia Beach and the Lost Generation. A History of Literary Paris in the Twenties and Thirties*.

Norton & Company, New York / London, 1983. Deutsche Ausgabe: *Sylvia Beach. Eine Biographie im literarischen Paris 1920–1940*. Aus dem Amerikanischen von Angelika Scheindl. Suhrkamp, Frankfurt 1988.

Flanner, Janet: *Legendäre Frauen und ein Mann*. Aus dem Französischen von Angelika Felenda. Verlag Antje Kunstmann, München 1993.

Dies.: *Darlinghissima*. Aus dem Englischen von Kyra Stromberg und Heinrich von Berenberg. Verlag Antje Kunstmann, München 1995.

Dies.: *Paris was Yesterday*. Virago Press, London 2003.

Guggenheim, Peggy: *Ich habe alles gelebt*. Aus dem Amerikanischen von Eva Malz. Bastei Lübbe, Köln 1998.

Monnier, Adrienne: *Aufzeichnungen aus der Rue de l'Odéon. Schriften 1917–1953*. Aus dem Französischen von Nicolaus Bornhorn. Insel, Frankfurt 1995.

Rachilde: *Monsieur Vénus*. Aus dem Französischen von Alexandra Beilharz und Anne Maya Schneider. Reclam, Ditzingen 2020.

Stromberg, Kyra: *Djuna Barnes, Leben und Werk einer Extravaganten*. Wagenbach, Berlin 1989.

Weiss, Andrea: *Paris war eine Frau*. Aus dem Englischen von Susanne Goerdt. Rowohlt, Reinbek 1998.

Wineapple, Brenda: *A Biography of Janet Flanner*. Ticknor & Fields. New York 1989.

Das Lied, das Mademoiselle Odette im Kapitel 11 singt, ist »Someone to Watch over Me« aus dem Musical *Oh Kay!*; 1926, Musik: George Gershwin, Text: Ira Gershwin.

Von Herzen Dank an:

Carla »Charlie« Peters
Christoph Peters
Jutta Maron
Petra Eggers
Ulrike Ostermeyer

KAMPA POCKET

Christian Schnalke
Louma

Roman

»Im Planetensystem der Familie war Louma die Sonne
gewesen. Jetzt war die Sonne verschwunden.
Ohne Louma waren sie den Fliehkräften schutzlos
ausgeliefert, die Planeten schossen haltlos
in die Dunkelheit hinaus.«

Als Louma viel zu jung stirbt, hinterlässt sie vier Kinder von zwei
Vätern. Die beiden Männer sind wie Feuer und Wasser: Tristan
und Mo verbindet nur, dass sie mit derselben Frau verheiratet
waren. Noch vor der Trauerfeier eskaliert die Situation, und die
vier Kinder müssen mitansehen, wie sich ihre Väter prügeln. Beide meinen zu wissen, was das Beste für Toni, Fabi, Fritte und
Nano ist, keiner von beiden würde dem anderen seine Kinder an-
vertrauen. Da hat Fritte eine Idee: Damit die Geschwister nicht
auseinandergerissen werden, ziehen die ungleichen Väter einfach
zusammen. Und während sie alle auf ihre Weise um Louma trau-
ern, müssen sie zueinanderfinden. Kann aus der Zweck-WG eine
richtige Familie werden?

Das berührende, mit feinem Humor erzählte Porträt einer
Frau, die über ihren Tod hinaus die Menschen, die sie lieben, ver-
bindet. Ein Roman über Familienbande und den Mut, sich seinen
Ängsten zu stellen.

KAMPA  POCKET

Tessa Hadley
Hin und zurück

Roman
Aus dem amerikanischen Englisch
von Brigitte Jakobeit

Vor drei Jahren haben sie sich kennengelernt. Paul, der Schriftsteller, und Cora, die Bibliothekarin. Eine Begegnung mit Folgen. Viel ist seither passiert.

Paul fährt von Wales nach London, um seine Tochter zu suchen, die verschwunden ist. Er will sie retten und merkt nicht, dass sein eigenes Leben aus den Fugen gerät. Cora fährt in die Gegenrichtung, nach Cardiff, zum Haus ihrer Eltern. Sie flüchtet aus ihrer unglücklichen Ehe, aus ihrem Londoner Leben, das sie als einzige Enttäuschung empfindet. Dann bekommt sie einen Anruf: Ihr Mann sei verschwunden. Alles, was gewiss schien, gerät ins Wanken. Wie durch ein Wunder sind sich Paul und Cora einst im Zug begegnet. Doch die lange Reise, die das Leben bedeutet, ist durch ständige Verspätungen und verpasste Anschlüsse bestimmt. Ziel unbekannt.

»Tessa Hadleys Einfühlungsvermögen ist nahezu einmalig.
Sie zählt zu den besten AutorInnen unserer Zeit.«
Chimamanda Ngozi Adichie

KAMPA ⚘ POCKET

William Boyd
Eines Menschen Herz

Roman

Aus dem Englischen von Chris Hirte

Logan Gonzago Mountstuart, 1906 in Uruguay geboren, ist Schriftsteller, Kunsthändler, Spion. Und vieles mehr. Eine Lebemann. Ein Mann mit vielen Talenten und ebenso vielen Schwächen: Mit Anfang zwanzig erlangt er frühen Ruhm als Shelley-Biograph und heiratet in den englischen Landadel ein, später geht er als Berichterstatter in den Spanischen Bürgerkrieg und wird Leutnant beim Secret Service. Er trifft Berühmtheiten wie Evelyn Waugh und Virginia Woolf, lernt in Paris Ernest Hemingway und Pablo Picasso kennen und kauft für wenig Geld Gemälde unbekannter Künstler: Paul Klee und Juan Gris. Noch später arbeitet er für Bond-Erfinder Ian Fleming und landet in einem Schweizer Gefängnis. Im Laufe seines Lebens hat Mountstuart nahezu überall gelebt. Schließlich, als alter Mann, wird er glücklich – beinahe. In Form eines fast siebzig Jahre umfassenden fiktiven Tagebuchs erzählt William Boyd das bewegte und bewegende Leben eines außergewöhnlichen Mannes, der sich durch die Londoner, New Yorker und Pariser Kunstszene trinkt und schreibt. Das schillernde Porträt eines Lebenskünstlers und eine atemberaubende Reise durch das 20. Jahrhundert.

»Wer sich noch daran erinnert, wie es ist, wenn man
mit den ersten Sätzen in ein Buch hineinfällt und sich umgehend
wünscht, die Zeit möge nun stillstehen bis zur letzten Zeile,
der sollte sich den Roman Eines Menschen Herz besorgen.«
Elke Schmitter / Der Spiegel

Wenn Ihnen dieses KAMPA POCKET
gefallen hat, gefällt Ihnen vielleicht auch der
Lesetipp auf der gegenüberliegenden Seite.

Schicken Sie uns bitte Ihren LIEBLINGSSATZ
aus einem Kampa Pocket, bei einer Veröffent-
lichung auf unseren Social-Media-Kanälen
bedanken wir uns mit einem Buchgeschenk:
lieblingssatz@kampaverlag.ch